BUR narrativa

PAOLO VILLAGGIO

FANTOZZI CONTRO TUTTI

Biblioteca Universale Rizzoli

ISBN 88-17-10775-1

prima edizione BUR: agosto 1981
prima edizione Superbur: luglio 1994
prima edizione BUR Narrativa: settembre 2003

Non si capisce perché al mondo ci sono persone come il tragico ragionier Fantozzi. Fantocci per i colleghi e Pupazzi per i superiori, «merdaccia» per i vicini di casa. È così sfortunato che forse serve da parafulmine per i nostri guai, per questo è simpatico. È il più brutto, il più grasso, il più mediocre, il più bugiardo, il più vigliacco di tutti. Ha una moglie che ha i capelli color topo e l'alito come una fogna di Calcutta nella stagione monsonica. La figlia è un mostro e Filini, il suo compagno di cella alla Megaditta, quasi cieco, la crede una scimmia scappata dal circo Bush e Glieck.

Insomma è così sfortunato che offre a chiunque la possibilità di sentirsi normale. Lui sa lucidamente di essere un «diverso» ma s'inganna, finge che la cosa non sia vera. La sua vita per una persona fragile sarebbe un incubo, ma lui va avanti perché in realtà è più forte di Rambo, ha lo spirito di adattamento di un cammello del Sahara, di una tartaruga delle Galapagos e di un topo delle fogne di Parigi. Insomma è l'animale più adattabile che ci sia in natura. Non crede in Dio, ma prega disperatamente quando pensa di avere un infarto in arrivo. Non è superstizioso, ma quando un gatto nero gli attraversa la strada, si accosta con la macchina e aspetta che passi un altro automobilista.

Passeranno le stagioni, ci saranno inverni duri per tutti. Gli eroi veri, quelli muscolati e con i denti acuminati, saranno spazzati via. Verrà l'autunno con le nebbie, l'uva, le piogge leggere e il campionato di calcio. Molti miti crolleranno, molti saranno inghiottiti dall'inverno, molti pregheranno disperati. Ma lui, la «merdaccia», il tenero, feroce, cattivo e indistruttibile ragionier Fantozzi Ugo, sarà sempre lì a sperare che la Sampdoria vinca la Coppa delle Coppe e a sognare di scappare con Claudia Schiffer in un'isola misteriosa. Dopo aver ucciso con una forchetta di plastica il capoufficio, la moglie e la figlia scimmia.

I

Tremate, tremate, le streghe son tornate

Erano le cinque meno un quarto di un venerdì pomeriggio e si aspettava con ansia la fine anche di quella maledetta settimana.

Fantozzi nella sua stanza stava quasi tentando una lezione di vita ad un gruppetto di colleghi.

«Noi siamo una casta privilegiata! Baciate queste scrivanie benedette che sono il simbolo della vostra fortuna, e soprattutto guardate come vivono tutti gli altri disgraziati... Avanti su... Ditemi come vivono!»

«Ma cosa diavolo dice. Proprio lei che è infognato qua dentro da dodici anni con uno stipendio da fame» replicò Filini quasi minaccioso «ma non vede che è calpestato da tutti?»

«Io?» Fantozzi aveva quasi un'aria incredula.

«Sì, lei» gli si avventò contro una vecchia impiegata, la signorina Mastoni «ed è perché ci sono ancora degli stronzi come lei che noi siamo i più disperati» gli fece una presa di collo e rotolarono per terra. Calboni, fingendo di volerli separare, ne approfittò per sparargli un calcio proprio sulla spina dorsale.

«Maledetti» ringhiò lui da terra «vi faccio fuori tutti!» si alzò, si avventò e... si fermò di colpo: sulla porta era comparso il dottor Còbraton capo del SECIS (Spiate e Controlli Impiegati Sovversivi). «Ma bene! Bene! Sempre lei Fantozzi, sempre pronto ad attaccar briga e a far comizi, non le basta vedere come hanno ridotto questa nostra bella Italia Berlinguer, Toni Negri e i suoi compari?»

«Scusi dottore, guardi che non sono stato io a cominciare.»

«Ma guarda che figlio di puttana!» lo interrompe Calboni.

«Ma come si fa ad essere così falsi!» incalzò la vecchia Mastoni e gli mollò un pugno rimbombante in nuca. «Si vergogni! » disse la Silvani sparandogli una borsata con rotazione a spigolo di metallo sul labbro e Calboni ne approfittò per centrargli netto il filo della tibia colla punta in ferro della scarpa.

« Buoni... buoni... » li placò il dott. Còbraton: « Fantozzi, Fantozzi... questa sua aggressività va controllata, lunedì mattina passi nel mio ufficio subito dopo la timbratura che le devo dire due paroline ».

Suonò la campana e partirono a razzo tutti come centometristi senza guardarlo, solo la Silvani gli diede un'occhiata strana: era come se avesse visto una merda in un cuscino di broccato bianco. Poi partì galoppando anche lei, lasciandolo solo.

Lui scese lentamente le scale, era preoccupato per le « paroline » di lunedì, aveva il labbro tumefatto per la borsata, un bernoccolo in nuca e i due lividi di quel fottuto di Calboni. « Non sanno quanto sono fortunati! » pensò e sospirò profondamente.

Fuori all'uscita diede cento lire ad una mendicante:

« Ma che fai Ugo? ». Era sua moglie che come tutti i venerdì sera era venuta a prenderlo per andare a vedere le vetrine dei negozi. Lui rimase un po' imbarazzato.

« Scusa Pina non ti avevo riconosciuta. » Lei gli sorrise e lo prese sottobraccio. Raggiunsero la Bianchina. Lui stava armeggiando per togliere l'antifurto, quando una raffica di mitra mandò in frantumi la vetrata del negozio di alimentari: dall'ufficio postale di fronte uscirono quattro coi passamontagna che sparavano all'impazzata: una vecchia si avventò giù in strada dal 1° piano dello stesso palazzo con un sacchetto di plastica: balzò agilmente dentro la vetrina e cominciò ad arraffare velocissima tutto quello che poteva con famelici mugolii di soddisfazione.

« Vuoi andare al cinema? » domandò Fantozzi alla moglie, mentre un colpo di mitra gli faceva volare via il basco.

« Sì » disse lei salendo in macchina « voglio però un film violento, eccitante, tipo "Rapina a mano armata" o "Il giustiziere della mala" sono stufa del solito tram tram quotidiano. »

Due malviventi si erano riparati dietro di loro, uno aveva puntato una Magnum sulla tempia della Pina e indicandolo abbaiò: « Dì a quella merdaccia di stare fermo finché non glielo dico io! ».

« Non si preoccupi, signore, faccia con comodo » fece gentilmente lui e poi alla moglie con tono accomodante: « va bene, va bene hai ragione. Un po' di violenza farà bene anche a me, mi scarica dalla tensione di una settimana di lavoro. A proposito, ma lo sai che anche oggi in ufficio c'è stata una discussione con Calboni e gli altri su chi è più felice e perché...».

«E come è finita?» fece la Pina ansiosamente.

«Mi hanno dovuto dar ragione come sem...»

Non finì la frase perché uno dei due malviventi gli aveva dato una martellata col calcio della rivoltella sul labbro. Poi dopo aver sparato un ultimo colpo per sfregio alla ruota anteriore della sua macchina, fuggirono.

«Scusa, amore, cambio la gomma e sono subito da te» fece lui pazientemente. La Pina gli sorrise teneramente, salì in macchina e gli mandò un bacino d'amore.

«Close up» disse spiritosamente facendo il verso ad un noto carosello televisivo.

Mentre lui cambiava la gomma, la vecchiaccia che aveva ripulito la vetrina stava attraversando a fatica sulle strisce pedonali: teneva stretta a tre braccia la borsa di plastica piena di ogni ben di Dio. Arrivò rombando una Kawasaki 6000 con due laidi giovinastri, le passarono accanto e quello di dietro si sporse e si agganciò alla borsa. Ma la vecchia in silenzio non mollò la presa e partì al traino come una sciatrice acquatica. Fecero tutto il rettilineo e curvarono in fondo alla strada. Si capiva, dalla fredda determinazione della sua faccia, che la vecchia aveva un'autonomia di almeno un 240 km prima di consumarsi completamente!

«Fatto!» disse Fantozzi saltando allegro in macchina. «Al cinema ora.»

«Al cinema? Lei in un momento come questo ha voglia di andare al cinema?»

Era un leader del gruppo studentesco «Guerriglia totale» sbucato da un tombino dove si era nascosto giorni addietro per sfuggire alle ricerche della polizia.

Tirò fuori da sotto l'eskimo un cannone a tamburo:

«Tieni, ecco cosa si merita un borghese di merda come te!» e gli sparò sulla ruota appena cambiata.

Proseguirono docilmente a piedi senza consultarsi.

«Vuoi che cantiamo?» domandò la Pina.

«Sì, sì, cantiamo però una canzone allegra perché oggi sono molto felice.» Scelsero un repertorio leggero.

Stavano cantando a due voci e malissimo «Tuppe-tuppe marescià» quando passarono davanti ad un bar noto per i suoi squisiti frullati di frutta. Sui tavolini fuori c'era un gruppo di «sfasciatori» fascisti. Uno prese subito Fantozzi per il bavero della giacca sollevandolo da terra:

«Canta Giovinezza. Hai capito? Canta Giovinezza». Gli aveva preso con l'altra mano il collo e stava per strozzarlo.

«Scusi signore» rispose lui «ma non mi ricordo bene tutte le parole.»

«Ma senti questa merdaccia di un comunista di merda, non si ricorda le parole eh...?»

Gli si avvicinò un altro e, sollevato da terra com'era, gli fece una terrificante vite al naso. Lui scivolò giù come un sacco di stracci e quelli gli spararono un calcio al filo della tibia, con una scarpa speciale a lamina d'acciaio, esattamente dove l'aveva beccato Calboni mezz'ora prima. Era rotolato vicino al marciapiede e si lamentava molto sommessamente sotto gli occhi della Pina preoccupata. Solo quando prima di rientrare nel bar gli mollarono un'altra tremenda cannonata sulla spina dorsale, stesso punto di Calboni, lui fece timidamente:

«Ahi! Ahi! Che male!».

«Ecco il trattamento che i figli di Mussolini riservano alle merdacce rosse» urlarono i giovani all'interno del bar.

Lui non osava rialzarsi, ma stava in silenzio con la faccia giù contro il filo del marciapiede. La Pina si chinò in silenzio mentre un giornalaio che aveva l'edicola proprio lì all'angolo applaudì:

«Gli sta bene, ne abbiamo le scatole piene di questi predicatori comunisti che ci hanno mandato alla malora. Lei lo sa» e il giornalaio gli si avvicinò con il dito puntato contro «lei lo sa che per colpa sua non si riesce più a vendere un giornale? Lei lo sa come sta vivendo la mia famiglia per colpa sua?».

«Ma guardi» tentò timidamente Fantozzi alzandosi «ma guardi che io... non ce l'ho assolutamente con la sua fami...»

«Ma stia zitto, almeno! Sa che cosa è lei?»

«No» disse Fantozzi curioso.

«Una merdaccia.»

«Grazie, signore» fece lui con un sospiro e si tolse rispettosamente il basco per salutare.

Proseguirono verso il cinema Astor dove davano «Squadra antiscippo». Arrivava a bomba una ragazzina bionda su di un motociclo.

«Mi scusi, signorina, sa dove è il cinema Ast...» Non finì la frase perché quella cercò di buttarlo sotto senza rispondere. Lui si salvò con una mirabile schivata da torero:

«Grazie» le urlò dietro «molto gentile!».

« Mi scusi, signore, mi sa dire dove è il cinema Astor? »

Il tipo al quale si rivolgeva sobbalzò. Era un tipo di industrialissimo, ladrissimo, con bavero d'astrakan, lobbia nera e tutto intento a guardarsi, con uno strano gorgolio di oscena soddisfazione in gola, le dita piene di gioielli.

« Vuol vedere i miei anelli? » domandò con un'ansia piena di speranze il ricchissimo. Fantozzi rimase muto ad occhi bassi e poi disse:

« No vorrei gentilmente sapere dove è il cinema Astor ».

Un po' deluso il ladrissimo gli fece:

« Mi dia una penna ».

Fantozzi gli diede la sua Parker d'oro.

« Mi dia un foglietto per favore » e Fantozzi strappò dolorosamente una pagina della sua agendina tascabile.

Quello guardò con disprezzo il fogliolino, lo appallottolò e lo buttò lontano con un mirabile colpo di tacco.

« Allora guardi, noi siamo esattamente qui » e il riccone segnò l'asfalto con una croce.

« Così me la rovina » tentò di inserirsi lui timidamente mentre quello gli sbranava il pennino sul marciapiede.

« Poi lei vadi fino lì, poi venghi fino qua e quando sarete arrivati qui... » il riccone stava quasi per scomparire saltellando dietro l'angolo della strada, quando da un'alfetta rubata sbucarono improvvisamente cinque incappucciati da calze di seta che gli tapparono la bocca con un nastro adesivo. Il riccone divenne paonazzo.

« Almeno lasciategli finire la spiegazione » disse un poliziotto ossigenato di passaggio. I cinque allora gli scostarono il nastro adesivo, tenendogli però ben fermi mani e piedi.

« Allora quando sarete lì, voltate a destra, dopo cinque metri, non di più e vi troverete di fronte al cinema Astor, fanno un film niente ma... » non poté finire perché gli avevano rimesso il cerotto in bocca e un tampone al cloroformio al naso. Lo buttarono con violenza su un furgone rubato che partì con gran stridore di gomme.

« La mia penna... va be' è lo stesso. Molto gentile... vero com'era gentile quel signore? » fece rivolto alla Pina.

Controllarono la piantina che quello aveva disegnato sul marciapiede e si avviarono saltellando e fischiettando « La bela gigogin ».

« Seimila lire in due? » protestò esterrefatto.

La cassiera del cinema lo guardò con disprezzo: « Se non

vuole entrare non entri, sapesse a me che me ne frega! ».

E rimise i due biglietti sotto il blocchetto degli altri.

« Sempre questi autoriduttori di merda. Mi avete proprio rotto le scatole. »

« No, signorina, mi scusi, io non ce l'ho con lei, ma con chi pratica prezzi proibitivi. »

« Chi è che pratica prezzi proibitivi? »

Era il direttore di sala, un uomo di quasi quattro metri con una faccia butterata che cominciò subito a fargli una terrificante, lentissima vite al naso.

« Canta una canzone della Vanoni » gli diceva con voce da orso senza mollare.

Fantozzi cominciò con voce nasale « L'appuntamento », era chinato molto in avanti:

« Fa la controvoce, Pina » chiese sommessamente alla moglie « così riesce meglio ».

Avevano appena iniziato che la montagna gli sfilò dal portafoglio con mugolii di libidine diecimila lire.

« Il resto me lo tengo come mancia. »

E lo buttò in sala con una spinta. Lui non commentò l'episodio. Nel buio della sala prese amorevolmente la mano della moglie:

« Vieni Pina, qui ci sono due posti liberi ». E le sorrise.

« E sta zitto merdaccia... »

« Non si parla » fecero coro altre voci.

« Maleducato, culattone... Fermi dove siete e non rompete più i coglioni! »

Rimasero immobili, marmorizzati al centro del corridoio. E solo quando gli tirarono un cartoccio di patate fritte e alla parola « Seduti! » si accovacciarono in silenzio sui gradini del cinema vuoto. Lui guardò Pina che gli sorrise.

Erano entrati da non più di due minuti quando si sentì nell'atrio l'inferno di una colluttazione con la montagna umana. Poi fecero irruzione in sala quaranta autoriduttori professionisti. Si accesero le luci, uno salì sul palco sotto lo schermo:

« Amici e compagni » disse con voce da tribuno della plebe « siamo qui per un'autoriduzione in vostro favore e contro i fottuti noleggiatori, esercenti, e tutti i figli di puttana che, gonfiando artificialmente i prezzi dei cinema di periferia come questo mascherandolo da 1ª visione con poltroncine in gomma piuma e due moquettes di merda, tengono lontani i proletari da ogni tipo di cultura. E la colpa sapete di chi è? » e scese dal palco con tono minaccioso.

«Dei fascisto-borghesi di merda come questo che se ne sta spaparanzato in poltrona.»

Era arrivato ai gradini di Fantozzi, lo prese per un orecchio e lo alzò a mezzo metro da terra con forza per mostrare a tutti quella vergogna.

«Ecco chi è il nostro vero nemico, questo rappresentante della comoda e ricca borghesia conservatrice che ci succhia il sangue.»

Fantozzi aveva un dolore cosmico all'orecchio che gli si stava allungando come un elastico e mandò alla moglie un'occhiata d'amore.

«Fuori... Fuori» urlarono dalla galleria buttando giù resti di noccioline e bucce di banana.

«Che sia punito come merita.»

Fu gettato nel mucchio degli altri autoriduttori che lo portarono fuori. La Pina lo seguì a distanza sorridendo e si scusò con gli altri spettatori per il disturbo. Nell'atrio lo buttarono per terra. Cominciarono a calpestarlo tipo vendemmia, si unirono al branco anche il direttore montagna e la cassiera che gli sparò un calcio nella tibia Calboni. Una cannonata sull'osso sacro il direttore. Una violenta ginocchiata in bocca mentre si rialzava uno spettatore che entrava in sala in quel momento.

«Nel punto Calboni, prego.» Fece Fantozzi pignolo.

«Sfotte anche eh, il teppista!» sibilò la montagna belva e questa volta partì da lontano. E mentre la cassiera gli sputava con disprezzo in mezzo agli occhi, lui ebbe la sensazione di andare sotto un tram.

Per lo scontro rotolò fuori dal cinema Astor, era una maschera di sangue e la Pina sorridendo si scusò molto per lo spettacolo con dei passanti inorriditi. Uno che voleva entrare ma era indeciso, gli domandò:

«Com'è questo film, scusino, cruento?».

«Crediamo buono» disse Fantozzi, pulendosi con la mano, ma incrociò lo sguardo minaccioso del direttore di sala che gli mostrò il pugno destro.

«Cioè buono, molto buono!» si corresse.

Erano tornati alla macchina per cambiare la gomma quando arrivò con gran stridore di freni un camion rosso dell'autorimozione veicoli. Lo agganciarono subito.

«Sto andando via, vado via» protestò lui sorridendo e si sedette al volante, ma lo alzarono e partirono a bomba verso il centro di raccolta. Si buttò fuori dallo sportello di corsa rischiando di finire sotto un esagitato che arrivava alla guida di una locomotiva a centottanta all'ora, la schivò a stento rotolandosi sull'asfalto come un sacco di sabbia.

« Pazzo maledetto » gli urlò il macchinista. « Stai attento a dove cammini! »

Lui si alzò, sentì se l'orologio da polso funzionava ancora, sorrise a sua moglie, e si diressero lentamente verso casa.

« Tremate... Tremate le streghe son tornate. »

Dal fondo della strada arrivava il grido di guerra d'un feroce corteo di femministe. Erano circa un migliaio di terrificanti femministe a tempo pieno. Si fermarono incuriositi a guardare e lui le indicò sorridendo bonariamente alla moglie e le mormorò all'orecchio:

« Però sono carine! ».

Fu visto da una belva che era in mezzo al corteo, faccia da molosso napoletano.

« Che ci avete da ridere voi due, stronzi! » urlò il mostro con gli occhi iniettati di sangue. Il corteo si fermò. Lo individuarono subito.

« Ecco il classico clerico, reazionar-rappresentante del potere fallocratico, il maschio retrivo di merda che pullula in questo paese di merda. »

Gli si avventarono addosso in una decina come cani rabbiosi, lo trascinarono in mezzo alla strada e lo fecero salire a forza sul tetto di una « 128 ».

« Tagliategli il cazzo » abbaiavano da più parti.

« A morte il fallocrate... »

« Tremate, tremate le streghe son tornate, ma questa volta armate. »

Cominciarono a denudarlo, ma quando comparvero i tragici mutandoni ascellari di lana ci fu un momento di agghiacciante silenzio e si sentì ululare dal fondo del corteo:

« Ma che fate, vi fermate? Tagliateglielo con un coltello da cucina. Tremate... tremate le streghe son tornate ».

Ora era sul tetto della macchina in calzini e basco, completamente nudo. Il molosso napoletano brandiva nella destra dei forbicioni da sarto.

Cominciarono delle affannose ricerche, salirono altri molossi, ma non si riusciva a trovare nulla. La Pina, che sapeva la pietosa verità del « fallocrate », teneva gli occhi bassi.

« Mi scusino, signorine » diceva intanto lui imbarazzatissimo « ma quando c'è freddo mi capita di avere una certa difficoltà a trovarlo, e quando faccio pipì ho sempre qualche problema. »

Sorrise miseramente. Il corteo si rimise in moto lentamente. Lo lasciarono solo sul tetto dell'auto.

« Signorine fermatevi... un momento... Forse... Forse con un po' di pazienza qualcosa trovo, aspettate un attimo. Ecco... Ecco ho trovato! Ah no, scusate, falso allarme era un foruncolo » disse lui deluso.

La Pina lo aiutò a scendere. Tutto intorno e alle facciate dei palazzi c'erano curiosi con gli occhi sbarrati, e quella scena era immersa in un silenzio di vetro. Lui si rivestiva lentamente e a tutti diceva:

« Scusate, scusatemi tanto per il mancato spettacolo. È il freddo, cercate di capirmi. È questo benedetto freddo che fa questi scherzi ».

La Pina gli accarezzava la nuca e poi quando si allontanarono si aprì un corridoio di curiosi esterrefatti. Lui per farsi coraggio cominciò a cantare la canzone della Carrà « Felicità tà tà tà tà », ma non gli riusciva bene perché questa volta un groppo di lacrime gli chiudeva la gola.

II

Il Preside

Al telefono la voce del Preside del Liceo Leonardo da Vinci era concitatissima: «Venghi... venghi subito... devo parlare».

«Mi deve parlare di mia figlia?» domandò Fantozzi che aveva appena chiamato per una informazione.

«No... No...» disse la voce ancora più affannata. «Voglio parlare con qualcuno... Io non so neppure chi sia lei, ma venghi subito, la prego!» E buttò giù la cornetta senza aspettare conferma.

Fantozzi era nel salottino di casa sua in via Livorno, era rimasto col telefono in mano, in piedi con un «pallato oculare» e faceva alla Pina che era presente la bocca bassa dello stupore.

«Si vede che hanno dei problemi con Mariangela» fece la Pina con finta calma per non spaventarlo «ma non vedo proprio quali, conosco bene mia figlia». E andò in cucina a terminargli un minestrone cipollato che gli avrebbe fatto passare un pomeriggio in presenza della Madonna di Fatima.

Erano le dodici e quarantadue. Alle dieci e trenta del giorno dopo lui chiese un permesso di uscita straordinario di un'ora «per gravi motivi familiari» al dottor Franco Viperi del Personale. Con l'atroce Bianchina si avventurò in un traffico vomitevole: direzione Liceo Statale Leonardo da Vinci.

Era in tenuta da «battaglia»: guanto d'acciaio dentellato per rigare le carrozzerie, cacciavite gigante, occhiali «Francesco Baracca», baffi finti e un sacco da lancio di plastica bianco legato in vita, tipo supermercato nel quale aveva fatto una cagata violenta per «smerdare» gli avversari più odiati: quelli con le macchine sportive scoperte! Si trovò subito in piena bagarre: all'angolo di via Roma era caduto nella solita trappola: aveva tamponato violentemente una finta auto in cemento armato! Subito una «132» Fiat «rostrata», sbucata da un portone, gli aveva sbranato mostruosamente tutta la fiancata destra. Diede mano al sacco, con scatto veloce alla Sartana, ma nell'ansia aveva affondato profondamente tutto l'avambraccio destro nell'atroce poltiglia ancora tiepida. Si sporse a vedere il danno alla carrozzeria: un disastro! Respirò profondamente e si passò disperato la mano sui capelli. Si guardò nello specchio retrovisore e gli venne da vomitare. Proprio in quel momento dall'angolo di via Trieste arrivò a bomba una Mercedes «da guerra» in ferro battuto che lo centrò clamorosamente.

A quel clangore terrificante si sporsero dalle finestre del palazzo sovrastante tutti gli impiegati dell'Ina, si fermarono i «combattenti stradali» e uscirono a frotte tutti dai negozi come topi curiosi.

Cominciarono allora delle sinistre risatine civettate che degeneravano in alcune risatacce sguaiate. Poi cominciarono tutti a ridere in maniera assordante tenendosi le pance. Lui scese lentamente da un ammasso di rottami. Valutò il danno e cominciò a tremare in silenzio dalla rabbia: due grosse lacrime gli cominciarono a scendere lentamente sulle guance, per asciugarle si passò la mano destra sul viso con un gesto virile: si ridusse una maschera rivoltante.

«Faccia di merda!» gli urlò un negoziante di frutta e verdura sporgendosi da una vetrina e la risata divenne cosmica. Lui cadde in ginocchio e cominciò a singhiozzare senza dignità. Urlacchiava frasi sconnesse: «Vigliacchi... ce l'avete tutti con me, ma che v'ho fatto io eh?... Mi dite che v'ho fatto io?». La risata s'appiattì, si fece un grande silenzio inquietante perché dal tram 27 barrato scese sua moglie Pina. Passò in mezzo ad un corridoio che si era formato di gente ammutolita da quella grande dolorosa dignità, gli si avvicinò, tirò fuori un grande asciugamano di spugna rosso e cominciò a pulirgli i capelli, la faccia e poi la mano. Quando risalirono sui rottami da una finestra all'ultimo piano un mutilato gli urlò: «Coraggio!». Un lungo applauso invase il pesante silenzio. Quando furono soli sulla macchina rottame cominciarono a ridere di quell'episodio insignificante e arrivarono alla conclusione che quella era in fondo la vita e che bisognava accettarla così come veniva. In corso Italia salutò affettuosamente col braccio un garzone di panettiere in motorino: «Salve!» fece lui. E quello gli sputò in una pupilla. Non ci fece caso. Quando arrivarono vicino alla chiesetta di S. Giuliano con l'odore del pitosforo, lui aveva cominciato a cantare a squarciagola «Come porti i capelli bella bionda... tu li porti alla bella marinara... tu li porti come l'onda come l'onda in mezzo al maaaaar». Prolungò quell'acuto finale cercando di degenerare in un do di petto alla Del Monaco e per lo sforzo chiuse gli occhi abbandonando il volante.

Si sfasciò definitivamente contro un palo della luce.

«Ugo, ma come sei allegro oggi!» gli disse la Pina uscendo faticosamente dalle lamiere.

«Lo so» fece lui sorridendo da sotto la testata fumante del motore. «È una gran bella giornata!»

Si avviarono a piedi tenendosi le mani intrecciate come due innamorati: saltellavano cambiando passo. Era veramente un magnifico pomeriggio, era l'inizio della primavera e il cielo era pieno di rondini. Saltellando incontrarono un gruppo di bambini che giocavano al pampano. Lui si bendò subito con entrambe le mani: «Permette che facci un tentativo io?» domandò, e senza aspettare la risposta saltò da 1 a 4, da 4 a 3 e da 3, in un tombino aperto dall'Acea. La Pina sentì l'urlo che andava a morire sinistramente al centro della terra e divenne pallidissima.

Fu estratto a fatica dai vigili del fuoco. Fu un'operazione che richiese sei ore di lavoro delicatissimo. Arrivò anche un sacerdote cattolico a rincuorarlo, ma lui non capiva quello che il prete gli diceva, fra l'altro delle stronzate sconfortanti, e dalla seconda ora aveva cominciato a urlare ininterrottamente.

Quando uscì fuori dalla buca ascoltò se l'orologio «prima comunione» funzionava e vomitò di fronte al capo dei pompieri mentre la Pina gli reggeva la testa. Puzzava ferocemente perché si era anche cagato addosso. Intorno a loro si era fatto subito un vuoto di ribrezzo: anche il sacerdote, che visto un fotografo si era subito avventato per abbracciarlo, era scappato sulle colline tamponandosi a sei mani la bocca gonfia per la nausea.

Erano rimasti soli: la Pina gli bagnava la nuca con un fazzoletto bianco.

Sembravano la pietà di Michelangelo. Era l'unica sempre a non aver schifo di lui. Ed è per questo che lui la odiava: perché non gli dava mai la possibilità di una singolare, tragica solitudine.

«Come stai amore?» gli domandò amorevolmente sua moglie e lui:

«Ma va a fare in culo, imbecille!».

La Pina galoppò via ululando perché sapeva che se la trattava così lo faceva solo perché era molto infelice. Andò a recuperare i resti della macchina.

Quando arrivò al Liceo Scientifico Leonardo da Vinci era

una magnifica giornata di sole e capì subito che si trattava di un «liceo da guerra».

Parcheggiò il rottame ad un chilometro di distanza e si avvicinò a piedi. I ragazzi, saranno stati circa duecento, erano sdraiati al sole sul prato antistante l'edificio della scuola. Erano naturalmente tutti in «divisa», vale a dire: zoccoli neri svedesi, calze grigie a maglia grossa; gli implacabili jeans con finte toppe, camicie fuori misura; giacche da uomo di tweed larghissime che ovviamente si scambiavano l'un l'altro ogni settimana, sciarponi rossi di lana, berretti pure di lana a righe, collane, braccialetti, orecchini in abbondanza e borse di vitello scamosciato a tracolla. I capelli, secondo i severissimi regolamenti erano lunghi, non pettinati e possibilmente sporchi. Ma quest'ultima prerogativa o privilegio spettava solo ai più impegnati politicamente.

«Fumavano» tutti passandosi con sprezzante ostentazione delle «canne» coniche di un metro e venti di «marocchino». Stavano accatastati l'uno sull'altro in un groviglione promiscuo e laocoontico. Un po' più scostato da loro c'era un altro groviglione che non fumava marijuana: erano i ciclomotori e le motorette.

Fantozzi si avventurò verso il gruppo con un certo timore.

«Permesso... Permesso... Mi scusi signorina se disturbo...» Poi visto che non si spostava nessuno, cominciò a scavalcarli prudentemente. Nessuno lo degnò di un'occhiata, era esattamente come se fosse un uomo invisibile. Li guardò con uno strano rispettoso timore: eccoli finalmente questi tanto famigerati «giovani»! Erano ormai dieci anni che non sentiva parlare d'altro: politici, politologi, sociologi, televisione, rotocalchi e anche il Papa, non avevano fatto altro che occuparsi dei «giovani», dei problemi dei «giovani» e delle colpe, cioè sue di Fantozzi ovviamente, in questa vicenda. Aveva partecipato a lunghe battaglie verbali in ufficio e nei comitati di quartiere con argomento il problema giovanile e le difficoltà di inserimento dei «giovani». Ovviamente li aveva un po' mitizzati. Ed eccoli finalmente! Era la prima volta che li vedeva da vicino e in branco. Insomma era la prima volta che gli poteva parlare, che ci passava addirittura in mezzo e che sentiva l'odore dei «marziani».

Era molto incuriosito e forse anche un po' emozionato. Scavalcandoli li guardava attentamente con la coda dell'occhio: vide innanzi tutto che le ragazze erano complessivamente molto carine, anzi alcune erano proprio belle.

Non sentiva ridere né parlare molto e pensò che la loro presenza non era rallegrante come aveva pensato. Si ricordò delle risate continue della sua infanzia lontana. Gli comunicarono invece una strana angoscia, effetto che non gli faceva neppure il vecchio Filini nei lunghi pomeriggi in cella. Poi improvvisamente capì qual era la cosa che poi sentì in quella totale immersione: una strana curiosa antipatia! Sì, la stessa antipatia che aveva provato una volta che era entrato a telefonare al bar «Esquinade» a St. Tropez, in Costa Azzurra, per un gruppaccio molto «in». Erano in un'altra divisa, d'accordo, ma sempre però in divisa sia ben chiaro! l'avevano trattato e accolto allo stesso modo: con finta indifferenza, ma in realtà con molta aggressività.

Ebbe un'illuminazione e capì che quelle due specie animali in realtà senza saperlo e pur considerandosi nemici, erano della stessa famiglia, parlavano lo stesso linguaggio: con i loro orecchini e le loro borse a tracolla questi «giovani», con le loro abbronzature, con le loro collane d'oro e il loro Cartier quelli, ma tutti con segni diversi dalla parola, gli avevano comunicato violentemente e telegraficamente lo stesso messaggio: tu sei vecchio e quindi morirai prima di noi, sei stronzo, piccolo e grasso, non capisci un cazzo della vita e noi siamo i depositari unici della verità su tutto: modelli di vita da seguire e come deve essere la società futura. Insomma noi siamo quasi perfetti, tu invece sei in malafede, brutto dentro e ci fai schifo. Ed è per questo che non ti parliamo!

«Scusi...» si rivolse ad un gruppetto quasi umano «scusino, mi sanno dire dov'è la Presidenza?»

«E che ne so» rispose gentilmente una ragazza senza voltarsi.

«Sa mica dove posso trovare il Preside?»

«Boh!... cioè... boh!» rispose un ragazzotto che si distingueva dagli altri solo per un gran naso.

Sentì che il loro vocabolario era ricco di «cioè» e di «boh!», ma l'espressione più misteriosa, almeno per il modo come loro la usavano era proprio «boh!». Ecco alcuni esempi.

«Che fai quest'estate?» «Boh!»

«Vieni da me stasera?» «Boh!»

«Tu stai con Franca?» «Boh!»

«E dopo che farai?» «Boh!»

Lui la trovò quasi minacciosa.

Entrò nell'atrio della scuola. Era ormai controllato completamente da «loro»: «murales», scritte a spray cancellate e riscritte centinaia di volte, tazebao scritti fitti fitti con delle cupe minacce a tutti. Non una sola frase lieta o di speranza. Si diresse verso una porticina. Dietro la porticina in un piccolissimo sgabuzzino viveva rintanato da chissà quanti anni, un vecchio bidello quasi cieco: un fossile di una precedente era scolastica.

Sembrava molto allegro, parlava da solo e stava ascoltando un atroce programma radio.

«Mi sa dire per cortesia dove posso trovare il Signor Preside?»

Il vecchio sobbalzò come se avesse sentito una musica celestiale o comunque qualcosa che gli evocava tempi più felici.

«Chi è che parla?» domandò guardando il soffitto.

«Sono qui... sono qui» disse Fantozzi alzando la voce per farsi individuare. «Sono qui signore» e gli prese delicatamente la mano per fargli sentire che era di fronte a lui.

«Come signore?» fece il vecchio che non capiva. «Ma che succede? Da dove viene lei?»

«Sono il padre di un'alunna e vorrei parlare col Signor Preside.»

«Col Signor Preside... il Signor Preside...» ripeteva fra sé molto allegro e divertito. «Venghi, venghi che l'accompagno.»

Attraversando l'atrio capì che il vecchio aveva conservato di quelle pareti un'immagine antica: un muro a calce bianca con al massimo un crocefisso, un manifesto della campagna antitubercolare e alle volte il ritratto di Sua Maestà, il Re Imperatore d'Etiopia e d'Albania. Il «fossile» andava ormai a memoria, quasi avesse una specie di radar da pipistrello, e quando furono di fronte ad una porta in fondo al corridoio gli disse:

«Eccolo qua il Signor Preside! Questa è la Presidenza» fece una pausa e poi più sommessamente gli domandò: «Ma mi scusi, perché io non ci vedo più molto bene, ma quanti anni ha lei?».

Fantozzi ci pensò un attimo: «Centodue» rispose deciso e quello se ne tornò rassicurato alla sua colombaia biascicando una vecchia filastrocca magica.

Bussò decisamente tre volte alla porta sulla quale a spray c'era la scritta «W.C. fuori uso».

«Chi è?» domandò dall'interno una voce molto spaventata.

«Sono un genitore!»

«Avanti!»

Abbassò la maniglia e cercò di aprire: la porta era chiusa a chiave! Dall'interno si sentì:

«Ah! Già».

Poi dei passi in avvicinamento, due mandate di chiavi che scattavano e poi dallo spiraglio fece capolino una faccia da topo braccato: era il Signor Preside del Liceo Scientifico Leonardo da Vinci.

La faccia di Fantozzi lo rassicurò.

«Ah!... Prego, prego entri.»

Lui entrò chiudendosi la porta alle spalle.

«Chiudaaaaaa a chiave!!!» urlò il Signor Preside avventandosi e facendo scattare tre mandate.

«Sarebbe un'imprudenza mostruosa...» urlacchiava ansimando il poveraccio. «Mi creda, sarebbe veramente pericoloso...»

Andò dietro la sua scrivania e lo invitò a sedersi. Fantozzi era a disagio per quello strano clima e non osava fare domande a quel topino spaventato che spuntava solo a filo di naso.

«Ma lei chi è?» domandò quello ancora un po' diffidente.

Tra le sbarre della finestra, aperta per la magnifica giornata, frusciò dentro qualcosa.

«A terraaaaaaa!» urlò il Preside come Kirk Douglas in «Orizzonti di gloria» e scomparve dietro la cattedra.

Fantozzi si girò lentamente senza capire quello che succedeva. Un gruppo combattente che si definiva «Avanguardia armata per il sette politico», aveva buttato dentro un triccheballache napoletano a trentotto botti: i due disgraziati passarono a terra tre minuti d'inferno.

Si rialzarono.

«So' ragazzi!» commentò il topino rimettendosi a posto un miserabile nodino di cravatta.

«Eh, lo so!» fece Fantozzi prendendo posto di fronte a lui.

«Mi diceva?» domandò il Preside sorridente, ma colla fronte «perlata».

«Veramente... Era lei che mi aveva convocato per...»

«Ah, sì! Per parlare del mio problema con qualcuno!» fece quello tutto d'un fiato. «Perché vede quando si poteva stare con le finestre senza sbarre, io ogni tanto potevo raggiungere la mia famiglia calandomi giù... Sa è al 1° piano, ma ora vede...» e indicò un'inferriata bianca da manicomio provinciale.

Fece una pausa, sorrise: «Questo è un magnifico lavoro,

perché ti concede il privilegio di essere a contatto con le nuove generazioni e cioè di star al passo coi tempi e quindi di non invecchiare... vede signor?».

«Fantozzi... sono il pa...»

«Vede sig. Fantocci, io con questi giovani ho stabilito un magnifico rapporto. Loro hanno ampi poteri autodecisionali, non c'è l'obbligo della frequenza, ricorda? che era se vogliamo l'incubo della nostra infanzia... Cioè se vogliono entrare entrano se no no.»

«Oggi ho visto che son tutti sdraiati fuori» osò timidamente Fantozzi.

«Sì! Perché c'è il sole! Un'altra loro conquista è che possono uscire quando vogliono se la lezione non li interessa. Non sono obbligati a giustificare le assenze. E le spiego perché, sono maggiorenni a 18 anni e quindi non devono dipendere da nessuno e così per non creare spiacevoli differenze neppure i minori hanno l'obbligo ricorda? della giustificazione scritta dal padre o da chi ne fa le veci.»

Fantozzi ricordava perfettamente, ma pensava anche che con questi regolamenti lui a scuola non ci sarebbe andato mai!

«Lei è molto che è qui?» domandò.

«Poco tempo... poco tempo... prima ero al Foscolo mi hanno bruciato la macchina due volte e allora ho preferito cambiare aria. Non che qui non sia esposto a qualche piccolo rischio, ma d'altronde che altro posso fare... sa se fossi ricco le confesso...»

Bussarono tre volte alla porta, il sig. Preside impallidì. Si guardarono negli occhi consultandosi.

«Apra» disse il Preside.

«Io?» fece Fantozzi. «E perché scusi?»

Ribussarono, il topino si alzò e aprì una fessura sottile.

La porta si spalancò con violenza e lui fu quasi spappolato contro il muro.

Entrò una ragazza con lo sguardo duro, si avvicinò minacciosa a Fantozzi con l'indice puntato e, certamente scambiandolo per il Preside che si lamentava flebilmente tra la porta e il muro, disse:

«È vero che non vuoi autorizzare la manifestazione per la giornata della donna?».

«Io?» fece lui.

«Ah!» fece la ragazza e uscì.

Dal muro si staccò cadendo a pavimento la forma appiattita del Preside che disse: «La ringrazio, ha fatto bene, mai dico mai contraddirli! Vede hanno voluto i giornali, tutti i quotidiani e io li facevo comprare tutti li potevano leggere al mattino in biblioteca. Ma scoppiavano delle brutte risse per la conquista delle pagine sportive e allora sa che ho fatto? ho tagliato la testa al toro: tutti i quotidiani in tutte le classi! ». Sorrideva compiaciuto per il suo intuito democratico, ma Fantozzi pensava all'imbarazzo di quei professori che entravano alle prime ore e si trovavano di fronte lo sbarramento dei giornali aperti.

« Senta sa mica mia figlia come va? » domandò.

« Sua figlia è qui da noi? Come si chiama? »

« Fantozzi come me, Fantozzi Mariangela. »

« Ah Fantocci me lo aveva detto già, mi deve scusare, ma se io dovessi ricordarmi i cognomi di tutti... che cos'è che vuole sapere? »

« Ma! almeno se viene a scuola » fece lui un po' preoccupato.

« Beh vede io così su due piedi non glielo posso dire, ma dato il rapporto di stretta collaborazione che ho con i professori... »

Fu interrotto da urla bestiali in corridoio: non erano urla, ma i grugniti terrificanti di un maiale che sta per essere macellato, poi arrivò qualcosa: « Aiutatemi... vi scongiuro... noooo! ».

Fantozzi guardò negli occhi il Preside: era pallidissimo, ma cercava di sorridere, la sua faccia tranne il colore cadaverico cercava di esprimere la più grande indifferenza per la cosa. Lui continuava a parlare come se la cosa non fosse successa:

« In pochi istanti lo possiamo controllare insieme... forse » aggiunse dopo una pausa impercettibile e con una leggerissima rottura della voce.

Suonò il pulsante di un campanello alle sue spalle. Sorrideva aspettando fiducioso una risposta: sudava molto.

Dal cortile arrivò uno slogan urlato con ritmo ossessivo:

« Al rogo... al rogo... il professore nuovo!... ».

« Al rogo... al rogo... il professore nuovo!... »

Sul soffitto bianco della stanzina della presidenza si disegnava sinistramente come in un mostruoso effetto di ombre cinesi, ma nitidissimo come in un film, l'immagine di una croce rudimentale sulla quale si intuiva legata una figura umana: era il nuovo professore di matematica, di cui i due avevano sentito le urla strazianti in corridoio.

Sempre sul soffitto i due uomini terrorizzati videro armeggiare un gruppetto di persone poi un terrificante sfrigolio di fiammiferi, un ultimo urlo disumano e una grande fiammata!

Fantozzi balzò in piedi: «Ma è bruciato in un attimo!».

«Sì... me l'aspettavo» disse il Preside quasi con una punta di disprezzo. «Era un alcolizzato!»

Bussarono alla porta e il Preside si buttò sotto la cattedra: «Apra lei! Apra lei...» implorava.

Fantozzi a malincuore aprì, fortunatamente era il bidello fossile.

«Desidera sig. Preside?»

«Mi porti il registro di presenze della... che classe fa e quale sezione fa sua figlia sig. Fantocci?»

«1ª E.»

«Della 1ª E! Vede» continuò «che nonostante tutto la nostra è proprio una vera e autentica missione.»

«A una sola condizione però, che si riesca, oltre ad un dialogo, ad instillare in questi ragazzi un rispetto per l'istituto scuola.».

Entrò il «fossile» e gli poggiò sulla scrivania il registro delle presenze della 1ª E.

«Grazie Fernando» fece il topo «e per rispetto degli istituti intendo anche senso della scuola intesa come bene comune da rispettare.»

Aprì il registro a caso e si buttò a coprire con mani e braccia disperatamente un enorme cazzo disegnato mirabilmente ad acquarello che riempiva due pagine intere: era certo frutto di un mese di lavoro accurato. Fantozzi se ne accorse, cercò di non incontrare gli occhi del pover'uomo.

Poi lentamente i loro occhi si incontrarono. Il sig. Preside sospirò profondamente e dopo una lunga pausa disse: «Sì... è molto difficile!... forse lei non l'avrà capito ma qui si vive in un clima veramente esplosi...».

L'edificio fu squarciato da una paurosa deflagrazione. Fantozzi fu scaraventato a terra in un mare di calcinacci. Rimase alcuni istanti semistordito in una fitta coltre di polvere e fumo. Poi intravide un po' di luce e barcollando uscì da un grosso squarcio nel muro, scese una scala semidistrutta e si trovò in un prato con l'erba tutta imbiancata.

Si guardò intorno: non c'era nessuno. Cominciò a correre come un ubriaco verso la macchina.

Solo a un chilometro di distanza si voltò a guardare. La scuola ricompariva lentamente in mezzo alla cortina di fumo e polvere. Delle larghe crepe attraversavano i muri dell'edificio.

I ragazzi stavano su tre file a debita distanza. Si tenevano tutti per mano e facevano uno strano girotondo: la fila centrale girava in senso orario, le altre due in senso opposto. Gli arrivava affievolito un canto infantile. Poi una delle crepe si allargò lentamente, minacciosamente e tutto l'edificio lentissimamente, come al rallentatore, si dissolse in un bianco polverone che saliva al cielo.

Lui salì in macchina e si diresse fischiettando verso casa sua.

Quando la Pina lo vide impolverato, coi capelli pieni di calce, con una manica strappata e senza una scarpa, gli domandò sorridendo: « Com'è questa scuola di Mariangela? ». « Normale » disse lui con faccia indifferente « come tutte le altre, ma credo che l'anno prossimo ne potremmo trovare una un po' più vicina. » E andarono abbracciati saltellando verso il televisore.

III

La TV privata di mezzanotte

La prima volta era stato preso in contropiede. Era mezzanotte e mezzo d'un lunedì sera, stava agonizzando di fronte al mostro a 16 canali: commutatore in mano, saltava, in preda ad un raptus inquietante, dal monoscopio di Capo d'Istria a GBR, da GBR a Telemare, da Telemare all'effetto neve del primo canale, e di nuovo a GBR. Il tutto in un quasi coma diabetico, devastato da rigurgiti orrendi di quella stramaledetta frittata di piombo e cipolle che aveva «bevuta» quasi intera con la sua solita oscena voracità serale, e di una tragica mela in ferro battuto inghiottita a trance senza masticare.

Quando improvvisamente gli parve di sognare: era saltato distrattamente ad un canale che gli dava da due anni solo delle strisce colorate. Sobbalzò leggermente in un rigurgito di mela ferrigna. Si svegliò completamente.

«Un'allucinazione da frittata sicuramente» pensò.

Guardò con più attenzione e rimase esterrefatto con la bocca semiaperta: a colori, a quell'ora della notte, a casa sua, nel suo salottino impregnato di frittata cipollata si era insinuata una donna che ballava. Aveva solo un reggiseno ed uno slippone di paillettes argentate.

Si guardò alle spalle circospetto come Henry Fonda in «Sfida infernale». La Pina era in bagno che si attrezzava ignobilmente per la notte. La ballerina, che era una fetida culona di Campobasso travestita da spogliarellista sudamericana, si tolse il reggipettone ed il cuore gli balzò in gola con un pezzo di mela. Con passi da puma andò a controllare se la Pina era in coma a letto e che la porta della stanza di Mariangela fosse ben chiusa. Poi, con la prudenza di un gatto svizzero, tornò allo spogliarello in preda ad un'eccitazione che lo faceva ansimare.

Con sguardo «pallato», respiro preagonico si sfilò i pantaloni e le tragiche mutande ascellari in un sol colpo. Rimase in calze, scarpe, cravatta e camicia. Controllò che nella sua stanza non ci fosse il suo cane e attaccò un «maniglione» a tre mani ad una velocità da frullatore. Quando la culona si sfilò lo slippone, lui cambiò velocità e attaccò la seconda del Girmi che aveva in cucina: vale a dire effetto stroboscopico! Urlacchiava, sputacchiava per terra, emetteva fonemi e usava un suo strano turpiloquio:

«Eccomi a te porcaccia schifosa, sgodazzo...».

Era al massimo di una delle sue rarissime e fugacissime erezioni: tre centimetri e mezzo forse quattro nelle giornate di grazia. Ora stringeva freneticamente l'attrezzo tra il pollice e l'indice della mano destra e, ormai vicino all'orgasmo, si stava lasciando lentamente cadere per terra sul fianco destro con un lento ululaccio, che contemporaneamente andò via l'immagine! Comparve un paesaggio dell'alto Lazio con la scritta «Ci scusiamo con i nostri telespettatori per l'interruzione delle trasmissioni, che saranno riprese al più presto possibile».

Lui si «finì» ugualmente, in un «pallato» triste, su una diapositiva di Canale Monterano. La sua eiaculazione fu una miserabile goccia sul tappeto, dove era rimasto pieno di atroce umiliazione. Si alzò scricchiolando e andò col fiato corto verso il bagno.

Dalla stanza da letto la Pina lo sentì.

«Ugo perché hai l'affanno?»

«Chi, io?» rantolò lui per prendere tempo.

«Sì» incalzò lei implacabile, «respiri come un mantice... Non ti senti bene?»

Lui entrò in stanza con i pantaloni e le mutande in mano, in camicia, cravatta, calze e scarpe:

«Pina?».

«Sì?» fece lei flebilmente con voce da topo.

«Non mi rompere i coglioni!» e dopo una rincorsa di quasi due metri si buttò a letto con le scarpe: mancandolo clamorosamente! Si sfasciò, con uno strano guaíto, contro il comodino, la lampada, la bottiglia dell'acqua ed i libri per la notte.

Era accartocciato per terra in quel piccolo disastro da quasi sei interminabili minuti, quando la Pina finalmente dal buio domandò:

«C'è qualcosa che non va?».

Ma lui finse di essere addormentato.

Da quella sensazionale serata la sua vita cambiò radicalmente. Dopo cena non scendeva più al bar Cocco giù all'angolo a vedere giocare a carte o a parlare di politica e di calcio. Ma alle otto e mezza si piazzava di fronte al «mostro a colori» e aspettava in una ansia mortale «Soft Melodie»: il magico spogliarello di mezzanotte! Si impossessava con un colpo di mano da buon «femminista» del commutatore, rovinando la serata a sua moglie e a sua figlia.

Aveva sedici canali a disposizione, ma non riusciva a guardare un programma per più di due o tre secondi. Continuava a saltare da un western a Pippo Baudo, a «Caccia al rumore», a Capo d'Istria e al monoscopio di Telemare finché la Pina e Mariangela si alzavano e gli dicevano:

«Beh, noi andiamo a dormire».

E sua moglie sommessamente, ma senza speranze:

«Ugo, ti aspetto di là».

Lui non rispondeva neppure, sapeva che ben altro lo aspettava verso le dodici e trenta!

Verso mezzanotte, dopo aver accuratamente controllato che dormissero tutti, si denudava freneticamente la parte inferiore di quel suo corpaccio infelice (più che un uomo nudo lui sembrava un boiler o un silos granario), si forniva di un asciugamano di spugna (quello che sua moglie e sua figlia usavano per gli occhi) e si metteva in trincea.

Ormai era padrone della tecnica. Cominciava «l'operazione» un po' prima che partisse la sigla, in modo da essere carburato al punto giusto al momento supremo.

Quando compariva l'immagine di una delle oscene spogliarelliste di quel miserabile «Soft Melodie» lui attaccava sordamente col suo tragico rituale:

«Sozza... schifosa... to'... io ti apro come una mela» urlacchiava impugnando con la punta delle dita quella specie di mozzicone di matita che era la sua attrezzatura di piacere.

Il tutto accompagnato da penosi mugolii, sputacchiature per terra mentre estraeva oscenamente la lingua all'angolo destro della bocca.

Poi quando la sua «fidanzata della notte» si toglieva il reggipetto, lui passava alla seconda velocità e si lasciava cadere lentamente sul fianco rantolando.

Sul pavimento aveva già piazzato strategicamente «l'asciugamano occhi» della sua famiglia. Il suo sguardo era pallato, i pupilloni sfuocati per la libido, fissi sull'immagine.

Questi tragici appuntamenti d'amore lo stavano perseguitando ormai da due settimane. Quando una sera la catastrofe!

Era già a pavimento e stava fissando voluttuosamente un travestito di Arezzo, quando col gomito sfiorò i tasti del commutatore per terra vicino all'asciugamano ed era tragicamente saltato a Telemare, dove un laido sacerdote stava farneticando con voce agnellata.

Contemporaneamente la Pina, incuriosita da quei rantoli e lamenti, che da un po' arrivavano fino alle case dei vicini – c'erano state anche delle prudenti e imbarazzate lamentele del Consiglio di quartiere – avvicinatasi di spalle a piedi nudi, l'aveva sorpreso nel gran finale stroboscopico: lui seminudo si «finiva» contorcendosi sul pavimento, guardando fisso un sacerdote di sessantadue anni, sputacchiando e chiamandolo:

«Troia, schifosa, porca, tieni vigliacca».

La Pina rimase marmorizzata pensando ad una grave crisi mistica e quando lui si rivoltò sulla schiena e i loro sguardi si incrociarono non fece commenti, ma lo guardò con disperato ribrezzo.

Lui asciugò con «l'asciugamano occhi» la tragica goccia sul pavimento, si nascose l'atroce mozzicone arrossato con la mano sinistra e andò solo in cucina a bere a canna dalla bottiglia. Qui ebbe un crollo di nervi e per l'umiliazione tentò di uccidersi con una forchetta di plastica, ma fece solo l'atto e andò a letto ansimando. La Pina dal buio, dopo un silenzio magistrale, gli fece:

«Ugo?».

«Sì» rispose lui in ansia.

«Mi fai schifo!»

Lui allora si alzò lentamente, aprì la finestra che dava sul grande cortile di tutte le stanze da letto del mondo.

«Perché ce l'avete tutti con me?» urlava. «Che v'ho fatto io, scusate, eh?... Ditelo vigliacchi... Ma parlate almeno. Una parola sola, vi prego... Una parola per capire.»

Si accesero ad una ad una tutte le luci e comparvero dei disperati come lui che guardavano in silenzio senza rispondere.

«Parliamoci, vi prego... Diciamoci veramente come stanno le cose... Vi prego...»

Ma le luci ad una ad una si spensero. Lui tornò a letto e dopo sette minuti cominciò a singhiozzare. Poi sentì che singhiozzava anche la Pina. Singhiozzavano insieme nella notte, senza toccarsi, tragicamente come sempre. Pensando tragicamente a quella loro tragica condanna di vivere insieme quella tragica vita di merda.

IV

La scritta nel cielo

«Il direttore generale è uno stronzo!» disse Fantozzi con rabbia a Filini alle cinque del pomeriggio.

«Mi piacerebbe scriverlo in cielo così» e spingendosi fuori dalla finestra con le braccia fece l'atto con le dita.

Era febbraio e nel cielo ormai scuro comparve una grande scritta luminosa «Il direttore generale è uno stronzo!».

Sembrava la scritta di Costantino a Ponte Milvio, ma aveva anche il punto esclamativo. Occupava tutto il cielo ed era molto luminosa.

Sulle prime pensò ad una allucinazione dovuta alla dieta dimagrante alla quale l'obbligava sua moglie. Poi sentì che Filini non parlava, e con la coda dell'occhio vide che guardava in alto anche lui.

Erano esterrefatti. Ci fu un lungo imbarazzante silenzio e poi si guardarono negli occhi.

Cominciò a salire dalla strada e dagli edifici vicini un mormorio leggero che cresceva impercettibilmente. Al piano di sotto, dove era l'ufficio acquisti, si udì dalla finestra la voce della signora Boncioni:

«Guardate... Venite a vedere tutti...!».

Ci fu uno scalpiccio di impiegati che correvano, poi una lunga risata argentina della Silvani che gli gelò il sangue: non era una allucinazione allora!

Si sentì una sorda animazione, prima nei corridoi e alle finestre della Megaditta e poi nelle strade. Cresceva come un'onda di piena: erano commenti esterrefatti e risate sguaiate.

Loro due erano terrorizzati: avevano spento prudentemente le luci e stavano al buio ad aspettare tremanti. Poi si fece all'improvviso nei corridoi un silenzio orrendo e sentirono dei minacciosi passi da lupo in avvicinamento.

Entrò con una violenza terrificante il Conte Colombani il Megadirettore Totale in persona. Andò diritto verso Fantozzi che cercava di mascherarsi da calamaio e batteva i denti:

«È stato lei vero? La scritta partiva da questa stanza!! Mi segua e vedremo le responsabilità».

Lui alzandosi cercò di dire a Filini con gli occhi: «Addio... Le raccomando mia figlia».

Il Conte Colombani lo prese per un orecchio e lo portò via, facendolo camminare curvo fra due ali di colleghi marmorizzati. C'era un silenzio innaturale. Solo quando passò di fronte ad un gruppo dell'ufficio acquisti, la Silvani scoppiò in una spietata risatina, ma una occhiata del Conte, pesante come una sciabolata, la troncò di netto.

Lo portò su su fino al settimo piano dove era già riunito in seduta straordinaria il Gran Consiglio dei Dieci Assenti. La stanza del Gran Consiglio sembrava un galoppatoio: tutti i «Mega» che erano accorsi dalle spiagge, dai laghi, dalle case delle puttane con le quali passavano i pomeriggi, passeggiavano freneticamente. Erano tutti nervosi e non parlavano.

Quando entrò il Conte Colombani con la sua preda si fermarono di colpo. Lo guardarono a lungo in silenzio. Lui stava con la faccia giù fin quasi alla moquette e si lamentava flebilmente perché quello gli staccava quasi l'orecchio. Quando il Conte mollò la presa, gli saltò al collo il direttore Arcangelo: «Lei esprimeva un giudizio o le è scappato scritto?».

Fantozzi aveva gli occhi bianchi, andò a sbattere contro un soprammobile d'oro raffigurante l'orrenda moglie del Galattico, che costava alla società quanto 130 sue mensilità: «Io?... Non lo so più» e aveva quasi le lacrime agli occhi.

Gli saltò al collo allora il Duca Búmbam capo dell'Anonima Sequestri: «Guardi che io la faccio interdire, cacciare, massacrare, tagliare a pezzi e la metto in una valigia e la spedisco ad Olbia!!».

Gli saltò al collo il Dottor Cálabar Capo dell'URDS (Ufficio Riciclaggi Denaro Sporco): «Ma io, carogna maledetta ti stacco le orecchie, braccia e gambe, le metto in una valigia e spedisco il tutto a piccola velocità a Olbia!».

«Ma voi ad Olbia, avete un centro di raccolta?» domandò timidamente Fantozzi per prendere tempo.

I due mascalzoni gli saltarono addosso mordendogli là nuca e le mani con sinistri mugolii: «Lazzarone» ululavano «ti faremo vedere noi!».

Lo stavano per mangiare vivo, quando il direttore Arcangelo fece un gesto imperioso e lui rimase solo seduto sulla moquette al centro di un cerchio di lupi. L'Arcangelo fece una pausa teatrale, poi cominciò con una voce dolcissima:

«Ho saputo che lei ha scritto in giro che io sono, diciamo così, uno stronzo».

«È vero» disse subito Fantozzi «ma io non l'ho scritto.»

«Cioè è vero che io sono uno stronzo?»

«Sì cioè no... Io l'ho solo detto e non l'ho scritto.»

«Allora l'ha detto?»

«No... e poi ho detto solo la verità... l'ho detto solo qui in ufficio, non in giro.»

«E quale sarebbe questa verità?» e la faccia del direttore Arcangelo divenne terrificante.

«Signori abbiate pietà... io ho fatto solo così con le dita» andò alla finestra e rifece il gesto di prima.

Nel cielo oscuro della città comparve accanto alla prima un'altra grande scritta luminosa: «Il direttore generale è uno stronzone!».

Arrivò subito alla sala del Gran Consiglio dei Dieci Assenti un'altra ondata di rumori e di risate sguaiate dalle strade e dalle piazze dell'intero quartiere. Poi isolata e sinistra la trillante risata della Silvani. Arrivarono subito a valanga telefonate di protesta di tutti i direttori generali del Territorio.

Fantozzi tentò un'ultima disperata difesa: «Non l'ho scritto io, io l'ho solo pensato questa volta», e svenne in avanti.

Alle 11 di quella stessa sera, nel centro della Piazza Grande era stato già eretto una specie di patibolo con le insegne della Società. Le poltroncine di ring erano riservate a tutti i direttori generali del Territorio, ma dalla dodicesima fila in poi c'erano già tutti i suoi colleghi: Filini, la Silvani, Calboni profumatissimo come sempre e tutti gli altri pallidi e ammutoliti. La signora Pina l'avevano fatta sedere, con Mariangela in piedi, su uno sgabellino ai piedi del palco.

Si sentì un grande brusio, la folla dei colleghi si aprì e venne avanti lui fra sei uscieri, con le mani legate dietro la schiena «perché non scrivesse altre sciocchezze in cielo» aveva detto il direttore Arcangelo.

Fantozzi arrivò al patibolo. Guardò sua moglie che si alzò e gli sorrise. A lui parve giusto averla vicino in quella prova suprema della sua vita.

Lo fecero salire e lo legarono, sempre con le mani dietro la schiena, ad una seggiola col sedile di paglia intrecciata. La Silvani, quando lo vide lì da solo, non riuscì a trattenere una trillatina. Lui guardò sua moglie e le fece un sorriso rassicurante.

Poi dal fondo si udirono tre squilli di tromba d'argento e

cominciarono ad arrivare tutti i direttori generali. Arrivavano da tutte le parti del Territorio, con delle lunghe Fiat blu scure pagate praticamente con le trattenute dello stipendio di Fantozzi e di tutti quelli come lui.

Si alzò in piedi su una sedia il dottor Vinelli capo del cerimoniale: «Per i signori direttori generali hip hip...».

«Hurrà» rispose un coro di voci tremanti.

I Galattici avanzavano pomposi col loro seguito di impiegati-spie, impiegati ruffiani, impiegati da caccia e da riporto. I grandi mascalzoni presero posto in ordine rigidamente gerarchico nei posti loro assegnati. Il seguito delle spie ai loro piedi.

Fantozzi li guardava e respirava a fatica. Incrociò lo sguardo di sua figlia che gli sorrise teneramente.

Si alzò il direttore Arcangelo principe Marratani-Bocca, presidente onorario dell'Associazione Nazionale Ladri: «Non ho sentito il suo hurrà Fantozzi» disse con voce melodiosa. «Vuole avere la compiacenza di farmelo arrivare?» e si portò la mano all'orecchio curvandosi leggermente in avanti.

Balzò in piedi sulla sedia il dottor Vinelli e urlò con voce isterica: «Per i nostri direttori generali hip hip».

«Hurrà» fece flebilmente Fantozzi in piedi e portandosi dietro la sedia alla quale era legato.

Sul fondo si sentì la trillante risata della Silvani perché Calboni aveva fatto un commento spiritoso. La faccia dell'Arcangelo fu pervasa da un lampo di osceno trionfo, alzò gli occhi al cielo e poi con voce da colomba disse:

«Innanzi tutto sia ben chiaro che io non vedo nessuna scritta».

Dalla piazza si levò un'ovazione e poi varie grida isolate:

«Sì è vero|».

«È giusto.»

«È straordinario.»

«È bello.»

«È sacrosanto.» e quest'ultima era la voce isolata del dottor Vinelli. «Non c'è nessuna scritta nel cielo.»

Fantozzi alzando gli occhi ebbe la sensazione che le due scritte luminosissime lampeggiassero: «Il direttore generale è uno stronzo!» e «Il direttore generale è uno stronzone!».

L'Arcangelo fece un gesto alla Von Karajan e l'applauso si arrestò di colpo:

«Siamo qui riuniti questa sera cari amici per fare alcune domande inquisitorie ad un vostro collega un po' confuso». Guardò verso il palco. «Vede quindi, caro Fantozzi, che non è successo nulla perché in cielo non v'è scritta, ma lei che cosa ha da dirci egualmente a sua discolpa?»

Lui rimaneva in silenzio con gli occhi bassi, poi guardò giù nell'angolo dove c'erano sua moglie e sua figlia cercando disperatamente aiuto.

«Senta caro amico» incalzò l'Arcangelo inquisitore «quel giudizio da lei solo pensato riguardava eventualmente il suo direttore o tutti i signori direttori qui presenti? Dica... la prego, dica... almeno ci dica cosa pensa di noi... visto che ci ha scomodati tutti, compresi i suoi colleghi e ci ha costretti alla costruzione di questo palco oneroso... Dica... Avanti su dica... Una cosa qualunque ma dica!!!»

«Chissà dove andremo a finire!» fece lui dopo tre minuti di silenzio terrificante.

«E cioè dove?» domandò saltando sul palco come un ghepardo il direttore dell'Ufficio Protezione della Mafia Prof. Conte Sarzani.

«Non saprei...» cominciò a ingarbugliarsi lui.

Il Conte Sarzani divenne minaccioso:

«Ma lei come la pensa?».

«Io?... Dice di me?»

«Sì lei... di chi altri vuole che parli?»

«Io... esattamente come lei.»

«E cioè?»

«Nel modo più giusto.»

«E quale sarebbe?»

Fantozzi svenne in avanti. Dalla piazza si levò un mormorio di commenti. La Pina si alzò in piedi. Quando rinvenne, il Prof. Marratani-Bocca e il Conte Bàlabam gli erano sopra con aliti di fuoco e gli urlacchiavano un'altra domanda:

«Inter o Milan?».

«Io farei la fusione tra le due squadre» fece lui flebilmente «e poi chiamerei questa nostra squadra MilanInter.»

«MilanInter? o InterMilan?» incalzò con un lampo da squalo-tigre negli occhi Bálabam mordendogli quasi la gola.

«Linterlina...» fece lui e stava per perdere nuovamente i sensi. «Perdonatemi, sono un po' confuso... mi ha fatto male qualcosa, vorrei ritirarmi da questa bella serata, ho una gran confusione in testa.»

Allora balzò sul palco come una ballerina russa il gran direttore Arcangelo.

«È un po' confuso il povero cocco, ha una gran confusione in testa questo stronzone. Vedete tutti che si tratta quindi di uno stronzone maledetto » e gli diede un calcio rimbombante nelle costole.

Balzarono su grappoli di direttori generali e impiegati ruffiani e cominciarono sul palco una specie di girotondo.

Lui era sdraiato per terra ancora legato alla seggiola. La Pina era in piedi che guardava piena di ansia. Gli appioppavano dei calcioni sulle costole e in nuca, si erano presi per mano in un infernale girotondo:

« È confuso lo stronzone, diamogli allora un bel calcione... » e giù cannonate dolorose.

Lui da terra faceva ritmicamente « Aih... aih... aih... » e tutti nella piazza battevano a tempo le mani. Dal fondo si sentiva sempre la risata trillante della Silvani che rideva ai commenti volgari di Calboni.

Prima di mezzanotte era finito tutto.

Smontarono il palco e lo lasciarono per terra.

La Pina lo caricò nel baule di un taxi, con la seggiola e tutto.

Dopo solo tre giorni trovò il coraggio di tornare in ufficio, sul suo tavolo c'era una comunicazione dell'ufficio personale. Lo ammonivano con toni paternalistici che non avrebbe dovuto inventarsi tutta quella storia delle scritte, che indubbiamente il tutto era dovuto a una forma di esaurimento nervoso e che doveva stare riguardato per un po' di tempo.

« Ecco » gli disse il capo del personale dal quale era andato « si prenda un mese di ferie pagate e vedrà che non avrà più quelle brutte allucinazioni. »

« Grazie » rispose lui « siete molto comprensivi, scusatemi tanto e grazie. »

Quando uscì da quel colloquio era già buio e si avviò verso la macchina, guardò su e bella alta, luminosissima nel cielo vide scritta due volte la verità: « Il direttore generale è uno stronzo! » « Il direttore generale è uno stronzone! », ma si convinse anche lui che era solo frutto della sua malattia.

V

Il maestro di tennis

Il nuovo maestro di tennis col quale aveva appuntamento al Circolo Dopolavorista Aziendale gli corse incontro sorridendo: aveva una faccia mite e simpatica. Anche lui gli sorrise ma molto imbarazzato perché quando quello gli fu vicino gli prese la mano e gliela baciò appassionatamente: « Ma che fa... la prego si alzi ». Tentò di tirarlo su prendendolo sotto le ascelle: « No, no » diceva quello « lo faccio naturalmente, il cliente deve capire che sono al suo completo servizio ».

« Grazie, grazie » diceva Fantozzi sempre un po' a disagio. « Venghi » disse il maestro alzandosi sorridente « è il campo 4. » « Ecco queste sono le Dunlop gialle: sono nuove così giocheremo meglio. » « Sì d'accordo » disse Fantozzi « ma anche io ho comperato delle palle nuove e sa non vorrei spendere troppo per questo vizio del... » « Non si preoccupi » lo interruppe sorridendo il maestro « queste le regalo ai miei nuovi allievi. »

Cominciarono un palleggio serrato. « Bravo » disse subito il maestro. « È bravo sa!? Altro che esordiente, lei ha già giocato, non me la conta giusta, sa. » « No le giuro » fece Fantozzi « solo una volta con un mio collega di ufficio. » Il maestro si limitò a sorridere.

« Bravo » diceva ad ogni risposta anche se oscena. « Bel colpo, vede questo è proprio un bel colpo, lei ha del talento, insomma è portato per il tennis, ha il senso della palla, si muove bene sulle gambe... »

Lui respirò profondamente varie volte: era gasatissimo, lusingato, stordito quasi da quella valanga di complimenti.

La prima lezione fu un trionfo. Dopo 1 ora esatta – lui aveva controllato il suo orologio discretamente – il maestro disse: « Grazie! » saltò la rete e gli tese la destra sorridendo:

« Straordinario, davvero straordinario sa... Lei in una decina di lezioni mi è in grado di partecipare a qualche torneo aziendale con probabilità di successo... oh! domani imposteremo il rovescio... venga andiamoci a fare una bella doccia».

Sotto la doccia il maestro cantava allegramente. Fantozzi si sbloccò dalla sua abituale timidezza e attaccò a cantare a squarciagola «Mille violini suonati dal vento...».

«È allegro, vedo, vedrà vedrà il tennis le darà grandi soddisfazioni.» Lo aspettò all'uscita della doccia con un blocchetto: «Ecco queste sono cento lezioni a diecimilalire se vuole può pagare anche subito».

Lui rimase un attimo interdetto. «Dovrei fare un assegno perché non credo di avere tutti quei soldi liquidi».

«Ma si figuri... Per me è lo stesso...»

Il maestro sorrideva. Lui ancora bagnato tirò fuori il suo blocchetto degli assegni e si fermò di nuovo.

«Scusi maestro, ma io non ho tutti quei soldi in banca... e non vorrei... sa.»

«Mi facci 4 postdatati da 250.000» e scoppiò in una risata deliziosa. E mentre lui firmava e staccava continuava a mormorare: «Il nostro futuro campione... bravo bravo... vedrà».

Tornò a casa con una faccia da Panatta, gli occhi a palla con una luce inquietante. Non riuscì a toccare cibo e si chiuse in cesso con la racchetta e provò alcuni colpi senza palla.

La Pina, che lo aveva spiato dal buco della serratura, era un po' preoccupata. Gli domandò solo: «Come è andata la lezione?».

«Quale lezione?» simulava una grande indifferenza.

Nella notte fece una serie di sogni confusi: vinceva il torneo aziendale battendo Calboni 6-0, 6-0 e riceveva la coppa dalle mani della Silvani. Poi di essere convocato in ritiro con Panatta, Zugarelli, Bertolucci e di aver fregato il posto a Barazzutti. Il tutto sudando, sbattendo come un pazzo e lanciando ogni tanto qualche rantolo. La Pina lo guardava questa volta preoccupatissima.

In mattinata in ufficio provò il rovescio varie volte contro la parete dopo aver controllato ogni volta per prudenza il corridoio, poi gli capitò uno scambio al volo, si avventò e sparò una cannonata terrificante sui denti al Conte Colombani capo Totale che stava passando, stendendolo. Fece sparire subito ogni traccia dell'attrezzatura da tennis e il Colombani pensò ad un attacco di cuore e si fece subito portare al centro di rianimazione del S. Camillo.

Uscì a bomba alla campana delle 12,15: non voleva arrivare tardi alla lezione. Il maestro arrivò con 10 minuti di ritardo, era sorridente, ma con un sorriso di una qualità leggerissimamente diversa da quella del giorno prima. Fantozzi ci lesse una luce un po' sfottente. Il maestro non si scusò minimamente per il ritardo e incominciò a interrogarlo sul suo lavoro, che cosa faceva esattamente, dove e come e per chi e si mangiò un sedici minuti buoni.

«Si comincia?» osò timidamente lui.

«Certo... pronti» il maestro saltò la rete. «Ha portato le palle?»

«No, credevo che le avesse lei.»

«Mi aspetti un attimo, vado negli spogliatoi a prenderne due pacchi di nuove»

Lo fece aspettare 12 minuti.

«Ecco le palle» il maestro gliele tirò tutte e sei «poi prima di andare via me le pagherà con comodo.»

Cominciò il palleggio, il maestro era distratto e non lo incoraggiava minimamente.

Sui sei primi colpi di risposta buttò tre palle fuori campo, due le mancò clamorosamente e l'ultima la colpì ansimando con estrema violenza sparandola a 1500 metri di distanza sull'autostrada.

«Ma non proviamo il rovescio?» fece timido.

«Oggi no, devo lasciarla 10 minuti prima perché ho un impegno col Presidente della FIT.» Guardò l'orologio e disse:

«Grazie per oggi basta. Mi deve dare 14 mila per le palle e domani mi raccomando» e Fantozzi gli lesse nel volto qualcosa di minaccioso «alla solita ora puntuale.»

Il giorno dopo quando si presentò al campo c'era già il maestro che parlava con un altro tennista, lo salutò da lontano:

«Buongiorno maestro».

Ma quello non lo degnò neppure di uno sguardo. Aspettò un quarto d'ora polemicamente immobile in piedi dalla sua parte del campo pronto a battere, ma poi quando vide che quello si allontanava verso gli spogliatoi col suo interlocutore tentò: «Scusi, ma io che debbo fare...»

Il maestro senza guardarlo fece un gesto come a dire: "ma non vedi che sto parlando", e continuò ad andare verso gli spogliatoi. Lui rimase solo. Cominciò a preparare varie frasi aggressive da dirgli:

«Ma scusi mi vuol chiarire quali sono le sue intenzioni?». Oppure:

«Senta un po', ma lei crede che i soldi che le ho versato

in anticipo li abbia rubati in qualche rapina ad un ufficio postale?». Oppure:

«Caro signore se lei crede che il nostro rapporto possa...».

«Che stai borbottando?»

Era la voce del maestro alle sue spalle, non si era accorto della sua presenza e gli balzò il cuore in gola.

«Sto preparando... stavo dicendo una cosa che mi serve per l'ufficio e allora...»

«Non mi interessa la tua vita privata, quindi zitto!»

E si avviò verso la sua metà del campo. Pensò che scherzasse e sorrise però con un leggero tremito alle ginocchia.

«Che c'hai da ridere?» il maestro si fermò di colpo senza voltarsi.

«Io, non... non ridevo mica.»

Fece lui con salivazione zero e quello riprese a muoversi, quando fu a fondo campo si voltò e solo allora si accorse che non aveva la racchetta.

«Proviamo il rovescio oggi? Sei d'accordo?»

Il maestro si avvicinò minaccioso alla rete:

«A chi è che dai del tu?»

«Come?» Fantozzi era pallido. «Ho avuto la sensazione che lei mi avesse chiamato col tu e allora...»

«La sensazione? Io ti do del tu, caro il mio merdone, come do del tu a tutti i miei allievi, perché vorresti un trattamento particolare forse?»

Fantozzi fece col capo un cenno di diniego.

«E allora gioca e sta zitto!» Fantozzi gli fece un cenno indicandogli la racchetta che lui non aveva.

«Certo che io ce l'ho perché ora tu giochi e io ti farò notare a voce di volta in volta gli errori di impostazione standoti vicino è così che si fa... o mi vuoi insegnare il mestiere?»

Lui fece un altro cenno di diniego e mentre il maestro veniva verso la sua parte del campo sbirciò l'orologio: era già l'una e lui all'una e 20 doveva finire la lezione e a gran velocità fare una doccia, asciugarsi e correre in ufficio.

«Che fai? Guardi l'orologio? Dammelo, niente orologi quando si gioca a tennis!» Si mise l'orologio in tasca, prese posto in una piccola panchina all'ombra lì a fianco, tirò fuori di tasca Tex Willer un fumetto per ragazzi e cominciò a leggere.

Lui rimase immobile esterrefatto e quello senza alzare gli occhi dal libro:

«Che fai, ti sei incantato? E comincia no? Merdetta!»

Fantozzi cominciò con grande imbarazzo a fare qualche

battuta nell'altro campo vuoto. Quando aveva giocato tutte le sei palle, si spostava sull'altra metà del campo e ripeteva l'operazione in senso inverso: senza che il maestro alzasse una volta gli occhi dal libro o dicesse una parola.

« Per oggi basta! » Il maestro si alzò dirigendosi verso lo spogliatoio.

« Scusi, il mio orologio? Si è dimenticato di restituirmi l'orologio! »

« Requisito! » fece secco senza voltarsi e continuando ad allontanarsi.

« Se vuoi diventare un buon tennista devi scordarti gli orologi stronzone! »

L'indomani il maestro non c'era neppure, gli venne incontro il tennista col quale l'aveva visto parlare il giorno prima che gli disse:

« Oggi non viene, ha lasciato detto che devi provare il rovescio ».

Mentre giocava da solo, vide ad un tratto dietro una pianta di oleandro sua moglie e sua figlia.

« Pina sei tu? » Vennero fuori:

« Ti ho voluto fare una sorpresa, siamo venute a vederti giocare ». Lui fu un po' infastidito della cosa, ma continuò a lanciare la Dunlop nell'altro campo.

« Ma il maestro dov'è? » chiese Mariangela.

« Oggi abbiamo deciso che mi debbo allenare così » disse lui e lesse negli occhi di sua moglie una luce di incredulità.

Il giorno dopo stava per uscire per andare senza molta voglia alla lezione quando gli suonò il telefono sul tavolo dell'ufficio: era il maestro: « Vieni che fai? Guarda che finora abbiamo scherzato, ora si comincia veramente ». Andò al campo speranzoso. Il maestro lo aspettava al parcheggio, gli aprì la porta della Bianchina: « Vieni, c'è da lavare della roba! ».

« Come? » Non capiva.

« Sì cara la mia merdacciola, vuoi che un tennista puzzi da fare schifo? Hai mai per caso visto Connors o Borg o Panatta con le magliette sporche? » Entrarono in uno sgabuzzino degli spogliatoi. C'era molta roba sporca buttata per terra.

« Ecco qua, guarda che schifo, eccoti del sapone da bucato, una bella spazzola, lì c'è l'acqua calda e fredda, perché ricordati che devi sciacquare sempre con l'acqua fredda, e poi ti sposti qui... » e lo portò in una stanzetta vicina « fai asciugare vicino a questi tubi del riscaldamento e stiri per benino. Chiaro!! » E qui nei suoi occhi passò un lampo minaccioso. Fantozzi vide che la gran parte della roba non era roba da tennis, ma mutande e molte lenzuola.

«Scusi ma che c'entrano le lenzuola e le...» Il maestro interruppe duramente: «Senti stronzone maledetto dove credi che debbano dormire i campioni? Per terra come le merde come te?».

E se ne andò via. Ricomparve sulla porta:

«Voglio che fra tre ore al massimo sia tutto finito! Chiaro?»

«Tre ore?» fece lui, flebile «ma devo andare in ufficio!»

«E vuoi diventare un campione con questi problemi da lavandaia? Va là, va là lavora.»

«Mi lasci almeno telefonare» implorò Fantozzi.

«Ma non mi rompere i coglioni!» urlò il maestro e scomparve.

Dopo tre ore aveva finito tutto e cominciò ad aspettare il maestro, che si presentò solo alle 7 di sera:

«Sei ancora qui? Togliti dai piedi ora che ho da fare!». Ed entrò negli spogliatoi con una ballerina negra profumatissima.

La Pina a cena gli disse dopo quasi 40 minuti di silenzio: «Oggi hanno telefonato dall'ufficio!» e lasciò la frase sospesa a galleggiare nell'aria imbarazzata della stanza.

«Poi ti spiego... non mi fare domande» pregò lui «ho già i miei problemi... poi ti dirò tutto.» E andò a dormire perché era distrutto dalla fatica.

Il giorno dopo il maestro gli andò incontro sorridendo e con la racchetta in pugno: «Dammi le mani».

«Cosa vuole?» chiese lui.

«Le tue mani, stendi le mani in avanti, voltale con i palmi in giù!» E gli sparò un tremendo colpo con la Spalding sulle nocche facendolo urlare dal dolore.

«Questo per il modo come hai stirato le magliette da tennis, brutto troione merdoso! Ed ora subito al lavoro e finché non hai finito non ti muovi.» C'era per terra una montagna di roba e Fantozzi intuì che il maestro gestiva sicuramente una lavanderia rionale. Andando via lo chiuse dentro a doppia mandata e si portò via la chiave: «E attento a come stiri altrimenti ti faccio vedere io!». Sentì la sua voce minacciosa che si allontanava. Era solo.

Guardò il lavoro che l'aspettava e buttata la testa su un cumulo di lenzuola sporche cominciò a singhiozzare.

Bussarono alla porta sommessamente:

« Ugo sei tu, apri, che c'è? ».

Era la voce di sua moglie.

« Vai via Pina, ti prego, ti spiegherò, ti spiegherò tutto dopo. »

Sentì i passi dellla moglie che si allontanavano.

Si buttò a lavorare con molta attenzione perché temeva nuove punizioni. Dopo quasi due ore si addormentò su una montagna di mutande. Si risvegliò di soprassalto, non riusciva a capire dov'era, poi lentamente riprese nozione del posto, ma non del tempo:. non aveva la più lontana idea di che ore fossero. Lavorò ancora molto e poi il sonno riprese il sopravvento. Il mattino dopo lo svegliò il maestro con un calcio:

« Eccoti un po' di colazione campione, devi tirarti su per lavorare... vedo che sei un po' indietro... guarda che fra un po' arriverà dell'altra roba! » e gli porse la mano destra. Fantozzi gliela strinse dicendo:

« Buongiorno signore ».

« No... no... » fece lui « non ci siamo caro. »

E di nuovo stese la mano in avanti e mentre Fantozzi stava per riprendergliela la alzò di colpo colpendolo al labbro con un grosso anello di acciaio.

« Ahi » fece Fantozzi « mi ha fatto male » e dal labbro cominciò a uscire un po' di sangue.

« È quello che voglio, tu non devi stringermi la mano, ma come ogni buon allievo che si rispetti devi baciarmela tutte le mattine, è così che si diventa campioni! » E aprì un pentolino nel quale c'era una specie di zuppa di fagioli, brodo, qualche osso e della pasta.

Fantozzi gli baciò la mano riconoscente e cominciò a mangiare avidamente.

« Piano, fai piano, coglione che ti strozzi! » Lo ammonì. Si sentì lo stridìo di una frenata nel parcheggio:

« Ecco la nuova infornata ». Due garzoni scaricarono nello stanzino una valanga di roba quasi seppellendolo.

« Mi date un passaggio? » Domandò il maestro.

« Ciao merda » gli fece « io ora ho da fare. » Lui sentì che chiudeva a doppia mandata e che sfilava la chiave. Poi il rumore delle ruote sull'asfalto.

La mattina o la sera dopo – ma non avrebbe saputo più dirlo – fu svegliato da un rumore curioso, si guardò in giro e vide che era il fruscio di uno sportellino di legno nella parte bassa della porta che si apriva. Dall'apertura comparve la scodella in alluminio con la zuppa, un cucchiaio di legno e la mano del maestro che la spingeva dentro.

« Come va il nostro campione? » Era la sua voce.

« Scusa se ti farò lavorare al buio, devo risparmiare un po' di luce, ma non ti preoccupare dopo pochi giorni si abituano tutti e poi lavorano meglio. » Teneva la mano ferma sulla ciotola e Fantozzi capì che se voleva mangiare doveva baciargliela, cosa che fece avidamente. Alle prime cucchiaiate di zuppa, il maestro spense la luce.

Cominciò uno dei periodi più angosciosi della sua vita: ogni sei ore arrivava il camioncino a portare nuova roba da lavare e dal portellino ritiravano quella lavata e stirata. Ogni dodici il maestro portava il rancio. Una volta lui chiese:

« Scusi, ma quando proviamo il rovescio? ».

Quello non rispose neppure, ma ebbe la certezza che avesse sputato nella scodella.

Un giorno o una notte chi sa? Fu svegliato da un curioso lievissimo grattare alla porta. Era la Pina.

« Ugo » sussurrò « ieri hanno mandato la seconda visita fiscale dall'ufficio e poi ha telefonato Filini che mi ha detto che sono molto arrabbiati per il tuo comportamento! »

Finse di non sentire; ma aveva ormai in mente il suo piano.

Si appostò con la faccia vicino al portellino e aspettò pazientemente. Dopo nove ore si aprì il portellino e comparve la scodella, ma non la mano del maestro:

« La prego... mi dia la sua mano per l'omaggio » implorò. Comparve la mano, lui la prese dolcemente tra le sue e si avventò con un morso terrificante. Il maestro urlava dal dolore e lui a denti stretti:

« Aprimi, merdaccione, stronzone maledetto o te la stacco ». Il maestro aprì e lui senza mollare la presa si fece portare fino al bar del tennis dove dettò le sue condizioni.

Voleva 2.000 lire e che gli chiamasse un taxi per tornare a casa.

Il maestro cedette su tutto. Arrivato a casa si barricò dentro terrorizzato: aveva perso i soldi delle lezioni e tutta la sua nuova attrezzatura da tennis.

L'indomani in ufficio a Calboni che gli chiedeva:

« Come va il tuo tennis Puccetto? » lui rispose solo con un gesto della mano come per dire « non c'è male ».

VI

La Pina si innamora

Una sera tornando a casa dall'ufficio aveva la solita «borsata» terrificante, cioè una pressione vescicale di due atmosfere. Era la mezz'ora di Bianchina che gli faceva sempre questo scherzo: in macchina tutto teso nella battaglia del traffico non se ne accorgeva ma appena chiudeva la portiera era come se Cassius Clay gli prendesse in mano la «mazzata» cioè il sacco delle palle e cominciasse a stringere senza pietà.

L'ascensore tardava a venire e lui salì le scale al galoppo con una perlinatura gelata alla fronte, un leggero sdoppiamento alla vista, ma soprattutto con la mano di Mohamed Alì che non allentava la presa. Suonò con una frequenza d'allarme, cioè «borsata grave» e intanto cercava le chiavi, suonò da «borsata gravissima» e intanto non trovava le chiavi, cominciò a suonare con allarme con la sinistra e a martellare col pugno destro la porta, cioè «possibile esplosione». Fece un ultimo tentativo ricerca chiavi e si pisciò addosso sulle scarpe e sul pianerottolo quasi due litri di orina caldissima. Aveva le chiavi nel maledetto taschino segreto dei pantaloni.

Entrò: «Pina! ma porca puttana è mai possibile che quando c'è un'emergenza tu non senti mai... Pina! Pina! Ma dove sei?».

Non c'era nessuno in casa. Si fece un bidet ristoratore e poi col vestaglione flanellato si piazzò davanti al televisore a guardare «Orizzonti della Scienza e della Tecnica». Dodici secondi e fu come se gli avessero dato una martellata in nuca, si addormentò cioè svenne di fronte alle abitudini degli abitanti dell'Asia Centrale.

Quando la Pina rientrò lo trovò a bocca aperta in un coma profondo: russava come una belva e ogni tanto emetteva urletti e gorgoglii. Lo accarezzò posandogli una mano sulla fronte.

«Chi èeeee?» Si svegliò lui a sforbiciata.

«Sono io Ugo.»

«Ma che ore sono?»

«Le otto meno un quarto.»

«Ma dove diavolo eri?»

«Dal fornaio a parlare.»

«A parlare dal fornaio? E Mariangela dov'è?»

«È andata a inglese, adesso arriva.»

La Pina se ne andò lasciando una leggera scia di profumo. Lui era ancora rincoglionito dal tremendo «abbiocco» da televisione. Annusò l'aria come un bracco e seguendo la pista andò verso la cucina.

«Perché sei venuta a quest'ora?» domandò con indifferenza.

La Pina stava mettendo su l'acqua per la sua oscena spaghettata serale, non rispose.

«Pina mi senti? Ti ho fatto una domanda.»

«E io che cosa dovrei rispondere?» e si chinò a raccogliere sotto il lavandino il tagliere in legno, lo poggiò sul tavolo della cucina, staccò una grossa testa d'aglio da una treccia appesa vicino alla cappa da fumo e comiciò a sbucciarla.

«Perché sei tornata così tardi?»

«Perché Ugo, tu non lo fai mai?»

«No, volevo dire perché non mi hai avvisato, sono stato in pensiero.»

Lei lo guardò con tono incredulo, quasi a dirgli "ma non mi prendere in giro va".

«Perché invece tu quando fai tardi o non vieni avvisi sempre?»

Lui non sapeva che dire, era imbarazzato, annusò ancora l'aria, misto ora all'aglio c'era un profumo che non conosceva, aggirò l'argomento.

«Di chi è questo profumo?»

«È mio, l'ho comprato tre giorni fa da Ribuzzi.» Era il profumiere sotto casa.

«E perché?»

«Perché, dove, cosa. Ma cos'è questo interrogatorio di terzo grado, perché tu non ti profumi mai?»

Lui in effetti ogni tanto, per la Silvani naturalmente, si era scaricato addosso decilitri di Tabacco d'Harar.

«Va be', ma perché ora lo fai tu?»

La Pina finì di tritare l'aglio e lo fece scivolare aiutandosi col coltello dal tagliere nella padella dell'olio caldo. La cucina si riempì di una fragranza che gli fece perdere la testa dalla fame.

«Falli molto al dente» disse deglutendo un mezzo litro di saliva e mentre veniva attirato dalla sigla del Telegiornale verso il salotto suonavano alla porta.

«Apri Ugo, per favore, è Mariangela.»

«Ciao papà.» Gli buttò le braccia al collo come tutte le sere.

«Ciao mamma» disse alzando la voce.

Lui andò verso il TG1.

«Queste le principali notizie» diceva lo speaker «gravi scontri a Roma fra gli autonomi e la polizia – la lira perde ancora qualche punto rispetto al dollaro – il Presidente del Consiglio convoca d'urgenza il Ministro del Tesoro e il Governatore della Banca d'Italia – esplodono due bombe alla stazione di Lamezia Terme, l'azione è stata rivendicata da gruppi dell'estrema destra – grave fatto di sangue oggi a Torino ad opera di due malviventi – sequestrati altri due commercianti oggi in Lombardia. Il Pontefice condanna in un'omelia le violenze di ogni tipo.»

Ascoltava ormai quelle notizie terrificanti con apatia quasi distratto perché ormai facevano parte della sua vita. Rizzò le orecchie e fece: «Silenzio un attimo» a Mariangela che parlava da stanza a stanza con sua madre in cucina, perché lo speaker concludeva l'elenco delle notizie della serata con: «Questa sera a Magdeburgo la Juventus affronterà la squadra locale per la partita d'andata degli ottavi di finale della coppa UEFA. Alle 21,40 trasmetteremo la telecronaca registrata delle fasi salienti della partita».

Stava per riabbioccarsi quando entrò la Pina col piatto fumante di una monumentale aglio olio e peperoncino.

«Se vuoi il formaggio è in tavola.»

Lui si avventò senza aspettare nessuno. Andava pazzo per la pasta aglio olio e peperoncino. Ma era lo spaghetto in genere che lo fotteva. E pensare che ad ogni spaghettata faceva propositi del tipo «Basta, questa è l'ultima volta, ancora questa e da domani mi metto a dieta». Questa volta lo disse ad alta voce con in bocca almeno un etto di pasta.

«Va bene?» domandò la Pina sedendosi a tavola. «Eh? Ugo? Come va Ugo?»

Lo speaker del TG2 stava leggendo: «Le scorte di petrolio sono quasi terminate e il Segretario di Stato americano Vance prevede un inverno senza riscaldamento e senza luce...»

«Bene... molto bene» disse lui abboffandosi sconciamente. Alla fine bevve una bicchierata di rosso, si alzò e si sbracò sulla sua poltrona di fronte al televisore. Alle 21,40 la Pina che era stata fino a quel momento in assoluto silenzio disse:

«Ugo, ti vorrei parlare!».

Proprio in quel momento l'annunciatrice disse: «Vi trasmettiamo ora la telecronaca registrata delle fasi più salienti della partita Magdeburgo-Juventus validi per gli ottavi di finale della coppa UEFA».

«Nooo... Non dirmi il risultato!» fece lui tappandosi le orecchie e pronto a guardare golosamente una partita oscena.

Si addormentò a bocca aperta nuovamente subito dopo il calcio d'inizio e perse il primo goal della partita. Lo svegliò la Pina durante un calcio d'angolo.

«Ugo» disse con maggior fermezza «ti devo parlare!»

«Cosa c'è» disse lui sbadigliando sconciamente.

«Ugo io... io... sono innamorata di un altro uomo!»

Si svegliò completamente, non riusciva ad attaccare l'una all'altra quelle parole, poi domandò:

«Come?... Non ho capito bene. Cosa hai detto?».

«Sì, Ugo... mi dispiace moltissimo... ma io non ti amo più, perché sono innamorata di Cecco il nipote del fornaio...»

«Chi è innamorato del nipote del fornaio?» domandò lui flebilmente. «Tu sei innamorata... cioè mi vorresti dire che... Cecco?»

Rimase muto, gli veniva da vomitare. Cecco era il nipote del panettiere all'angolo di casa sua. Era un orrendo butterato di ventisei anni; col culo molto basso, che scorrazzava su una Kawasaki, con una maglia blu con la scritta Georgia University, un tatuaggio: un cuore con la scritta Love sull'avambraccio sinistro. A lui sinceramente gli aveva sempre fatto schifo, anche perché sprizzava una oscena volgarità d'animo in ogni movimento. Era stronzo, presuntuoso, molto ignorante e aveva il difetto di grattarsi il solco delle natiche continuamente.

Respirava male: «Quando è successo?».

«Sono due mesi.»

«Due mesi che tu e lui?...»

«No Ugo, non mi fraintendere... sono due mesi che io sono segretamente innamorata di Cecco. Fra noi due non c'è ancora stato nulla, ma penso che potrebbe presto succedere» e dicendo quest'ultima frase abbassò gli occhi.

«Succedere cosa, porca puttana?» sbottò lui alzandosi e cominciando a passeggiare come un orso per la stanza. «E me lo vieni a dire così... fra poco può succe...»

Respirò profondamente, poi le si avvicinò con tono minaccioso: « Pina, guarda che io ti ammazzo! ».

Entrò Mariangela e lo guardò esterrefatta.

« Che ci hai da guardare tu? » domandò lui. « Volete che vi ammazzi tutte e due? Anzi, sai che ti dico? » fece rivolto alla Pina « Mi ammazzo io... così vi frego. »

Andò in cucina, tirò fuori il coltellone del pane e tornò in salotto: « Mi ammazzo! ».

Ma proprio in quel momento avevano accordato un calcio di rigore alla Juve! Si fermò e attese con ansia che Causio battesse:

« Rete! » urlò facendo un salto.

« Tié » e fece verso il televisore un gestaccio col braccio dandosi quasi una coltellata in un occhio.

La Pina gli prese docilmente il coltello di mano:

« Ugo andiamo... non fare commedie... ».

« Io?... ah!... io faccio la commedia... ora io faccio la commedia! Guarda Pina che io domani mi licenzio e poi voglio vedere... »

Lo prese per le spalle:

« Andiamo a parlare di là » e più sommessamente « non voglio di fronte a Mariangela. »

« E io voglio che senta, che senta le porcate che fa sua madre » urlacchiò lui.

« Ma che succede mamma? » Era Mariangela dalla sua stanza.

« Niente tesoro, va a dormire adesso » e a lui « vieni Ugo, sii buono. »

Si lasciò accompagnare a letto come un bambino. Mentre la Pina si spogliava a lui venne il solito leggerissimo conato di vomito e non riuscì a immaginare che cosa « potrebbe presto succedere ».

Litigò sordamente fino alle cinque. Un bel momento la prese anche per il collo.

« Mi prenderanno per il culo tutti, ti rendi conto che dovrò cambiare quartiere, cambiare lavoro, cambiare amici! »

« Ma Ugo, non è ancora successo nulla te l'ho già detto. »

« Sì, ma potrebbe succedere presto! »

« Dipende da te Ugo, devi impegnarti perché la cosa non succeda. »

Si addormentò alle cinque e trenta e alle sette lo sveglione apocalittico lo riportò ad un tremendo duplice compito: andare alla solita fogna e per di più impegnarsi a non far succedere la tresca tra sua moglie e il nipote del fornaio sotto casa.

Impegnarsi come? Pensava mentre si faceva la barba al sangue per la notte insonne. Dimagrire, vestire con i jeans e comperare una motocicletta o buttarla sul patetico, fingere una sofferenza insostenibile e giocarsi così le carte della pietà? Tormentato da questi dubbi si tuffò nella giornaliera infernale battaglia del traffico. Uscì fuori dal garage come un kamikaze sperando in un incidente grave, ma non mortale. Si vedeva tutto bendato in un letto di ospedale con la Pina ai suoi piedi che implorava il suo perdono e lui magnanimo che diceva:

«Vedremo Pina, ora forse è meglio che io stia solo per un po'».

«Cornuto!» gli urlò un energumeno passandolo sulla destra: era fermo da venti secondi con semaforo verde. Si buttò nella lotta. Cominciò un duello con una cinquecento e dopo una serie di finte abilissime riuscì a buttare l'avversario nella corsia dei tram a schiantarsi fra le rotaie. Ma quello indomabile riuscì dall'altra parte e gli si affiancò e urlò:

«Lo sai che sei un gran cornuto?».

Cominciò ad insospettirsi. Entrò in stanza, non c'era ancora nessuno e telefonò a casa:

«Pina, guarda che qui la cosa ha fatto il giro della città, bisogna chiarirla una volta per tutte o io o lui».

«Lui chi?» domandò la Pina.

«Pina non farmi incazzare, lui il tuo amante.»

Entrò Filini e lo guardò da dietro gli spessi vetri da cieco e lui abbassò la voce e attaccò la bocca al microfono:

«Voglio un confronto all'americana questa sera stessa, chiaro?».

E riattaccò.

«Tutto bene ragioniere?» domandò Filini curiosissimo.

«Bene... benissimo» fece lui.

«Facciamo le corna allora.»

Lui divenne grigio:

«Senta Filini, guardi che se lei ha intenzione...».

Era violaceo. Filini lo guardava esterrefatto. Poi cambiò di colpo tattica:

«Mi fa la guardia ragioniere? Vado un po' a leggere la pagina sportiva».

Era un vecchio accordo che avevano stipulato da tanti anni: cioè a turno uno dei due andava in cesso con un giornale nascosto sotto la giacca mentre l'altro faceva da sentinella. In caso di chiamata telefonica o diretta di un superiore lo doveva stanare.

«Non più di quaranta minuti» lo ammonì Filini.

Lui invece andò a telefonare dal telefono dell'archivio generale dove non c'era mai nessuno.

«Qui in ufficio lo sanno già tutti, quindi questa sera voglio parlare con quel mascalzone, capito?»

«Ma Ugo, forse non hai capito bene quello che ho detto.»

«Ho capito benissimo.»

«Ma Ugo, guarda che lui non sa neppure...»

«Guarda Pina, che vado su dal personale e mi licenzio in tronco.»

«Va bene» sospirò lei. «A che ora vuoi che lo faccia venire?»

«Alle sette in punto a casa!» ordinò lui.

Mangiò alla mensa e durante tutta la giornata Filini lo spiò preoccupato: parlava da solo, si rispondeva, ogni tanto si alzava, indicando oggetti inesistenti, si stava preparando per il confronto della serata. All'uscita delle sei e un quarto corse dal parrucchiere a fianco del bar Stella, si fece fare i capelli, lo shampo, le mani e una frizione, una rinfrescata alla barba e un massaggio facciale. Uscì dopo un'ora esatta paonazzo per i panni caldi e distrutto: dimostrava una decina di anni in più. Era in ritardo. Fu impegnato nel ritorno a casa in duelli vari macchina contro macchina. Lui era conosciuto come «il Francesco Baracca di corso Europa» e non poteva certo sottrarsi alla sua fama. Quella sera aveva incontrato una cinquecento truccata che era il suo avversario naturale. Sotto casa come sempre, appena chiusa la portiera, capì che era in condizioni gravi: non solo una leggera «borsata», ma doveva «fare sacco» cioè aveva dei dolori tipo parto e valutò che aveva un'autonomia di soli 15 secondi. Non osò aspettare l'ascensore e si avventò al galoppo su per le scale. Aveva le mani «spugnate», «perlinatura a fronte» e una pressione viscerale di 12 atmosfere. Non suonò neppure, ma cominciò subito a prendere a pugni la porta che significava nel suo linguaggio: «sono da esplosione».

Non apriva nessuno. Cominciò anche a urlare.

«Pina, porca puttana, sto male.»

Poi vide il biglietto sul campanello attaccato con lo scotch: «Sono andata a prendere Cecco come d'accordo, eventualmente aspettami un attimo».

Cercò le chiavi, si ricordò di averle lasciate in macchina, gli si annebbiò la vista, cominciò a respirare molto faticosamente e con uno spasmo muscolare atroce cominciò lentissimamente a cagarsi addosso. Ebbe due o tre cedimenti che riuscì a controllare, poi si cagò addosso clamorosamente. Era uno spettacolo angoscioso. Per non fare guai grossi si accovacciò sul pianerottolo ad aspettare sua moglie.

La Pina uscì dall'ascensore con Cecco, il nipote del fornaio, che visto Fantozzi in quella strana posizione gli disse:

« Ragioniere che fa l'ovo? Cocò... cocò... » cominciò a ridere per la sua spiritosaggine.

« Facci meno lo spiritoso » disse Fantozzi da terra « e mi dica piuttosto che intenzioni ha? Lo sa che la legge penale punisce il flagrante adulterio e che anche la legge divina nel suo comandamento » era una tirata a memoria preparata in ufficio « non desiderare la donna d'altri prevede delle sanzioni ultraterrene? »

Il garzone fornaio guardò Fantozzi accovacciato come si guarda un pazzo, poi guardò la Pina:

« Ma che cazzo dice questo? ».

« Lei insidia la stabilità della mia famiglia. »

« Io? Ma tu sei matto in testa » e poi guardando la Pina « ma chi te lo guarda questo mostro, ma la vedi almeno... non sentite una puzza tremenda di...? »

« Guardi che se lei osa offendere la mia signora io... » lo interruppe lui sempre da terra.

« Che cosa fai tu? » gli si avvicinò minaccioso e lo prese per il naso cominciando una « vite » lentissima: « Che cosa faresti? Ma io ti stacco il naso, poi i denti, le orecchie » gli diede anche un calcio nel torace che rimbombò nella tromba delle scale « io ti rompo! ».

« Moderi le parole » disse Fantozzi ansimando.

« Sei tu che devi stare attento! » e lo portò a vite con la faccia sul marmo del pianerottolo mettendogli l'odiosa scarpa col tacco sulla nuca « se non vuoi che ti sfracelli tutte le costole » e gli diede una martellata clamorosa sulla schiena.

« Ah... ah... ah... ahia... » cominciò a lamentarsi lui.

La Pina era in un angolo impietrita da quella umiliazione siderale. Uscì Mariangela dall'ascensore e si rifugiò presso sua madre.

« Ecco, visto che siete tutti qui, dichi a questo stronzo » disse il fornaio tenendogli la scarpa sulla nuca « di non rompermi più i coglioni con le sue merdate... a proposito » si chinò ad annusarlo «signora gli cambi le mutande perché questo si è anche cagato addosso...»

Mollò la presa e gli sparò un ultimo calcio terribile sulle costole e se ne andò fischiettando «Mi vendo» di Renato Zero.

Fantozzi era rimasto con la faccia in giù.

La Pina si avvicinò, si chinò dolcemente accarezzandogli la nuca:

«Vieni Ugo, andiamo a cambiarci».

Si lasciò portare dentro casa.

«Mamma cos'è questo odore?» domandò Mariangela.

«Si deve essere rotto il condotto della fognatura del palazzo» disse la Pina.

Prima di entrare in bagno disse:

«Ugo non devi preoccuparti di nulla perché io ti stimo molto».

Lui entrò, si guardò allo specchio e prima di cambiarsi cominciò a piangere silenziosamente seduto sul bordo della vasca.

VII

Il compleanno di Francis Barambani

Il dott. ing. Grand Farabutt. Pier Matteo Barambani capo dell'UFERDS (Ufficio Furti e Riciclaggi Denaro Sporco) era uno degli uomini più potenti della società: dai suoi capriccioni dipendevano gli avanzamenti di carriera e gli scatti di stipendio cioè la vita, di 1200 disgraziati. Fra questi ovviamente Fantozzi fermo da 12 anni ad una fascia retributiva imbarazzante.

Il dott. ing. Grand. Ladr. Barambani era un uomo fondamentalmente cattivo e capace delle bassezze più ignobili: «Sa perché io sono arrivato dove sono arrivato» domandava pomposamente ai suoi sottoposti che ogni volta fingevano servilmente di ignorare la risposta. «Perché ho un cuore così» e si apriva le mani davanti al petto.

In realtà tutti sapevano che era una carogna e che era arrivato a quel posto dopo aver fatto fuori con registrazioni telefoniche, finti scandali, spiate e ricattoni un'altra decina di ladroni della sua specie quando era a capo dell'URA (Ufficio Ricatti Aziendali).

Ma come tutti i malvagi aveva una debolezza, un amore morboso per l'unico figlio 18enne Francesco detto Francis.

Nei corridoi in presenza delle spie di Barambani non si faceva che un gran parlare di quello che Francis aveva detto o fatto e di come andava a scuola. Insomma se ne parlava come di una specie di ragazzo prodigio. In realtà Francis era viziatissimo, arrogante come suo padre e non aveva voglia di fare un cazzo.

Il giorno del compleanno del ragazzo era accuratamente segnato sui calendarietti di tutti i terrificati dipendenti. Cominciavano a festeggiare l'evento con anticipi mostruosi: «Ingegnere, fra 8 mesi... fra 2 mesi... fra un mese... sabato è il compleanno di Francis, eh? Fa 18 anni eh? Già un uomo!».

Il ragazzo era alto solo 81 cm cioè decisamente un nano.

Ma quando Barambani lo esibiva settimanalmente nei corridoi tutti a urlacchiare ammirati: «Che gigante! Ha proprio una struttura atletica, questo le diventa come Facchetti e poi intelligente com'è, chissà le donne come gli correranno dietro».

Quattro giorni prima della grande data Fantozzi uscendo da un cesso li incontrò, padre e figlio, in un corridoio deserto, mentre stava richiudendosi la cerniera lampo sul davanti. Lui per mascherare l'operazione si richiuse la lampo di colpo artigliandosi 18 cm di pelle delicatissima e per l'emozione si finì di orinare addosso. Abitualmente lasciava la parte complimenti ai colleghi più esperti. Aveva voglia di urlare per l'atroce incidente ed aveva la vista annebbiata, ma questa volta doveva salvarsi da solo.

«Che gigante, dimostra ben più dei suoi» e qui fece una pausa, mi devo tenere molto alto pensò... «dei suoi 4 anni.»

«Quattro?» domandò con gli occhi pallati Barambani. Lui si ricordò che il nano aveva quasi 18 anni e svenne in avanti anche per il dolore atroce della chiusura lampo.

Quello stesso giorno Barambani entrò in sala mensa di colpo. Tutti si alzarono applaudendo. Fantozzi stava pregando al tavolo della Silvani. Barambani fece un grande gesto e ottenne un silenzio totale: «Sabato» urlacchiò «è il compleanno di mio figlio» fu interrotto da un brevissimo applauso frenetico «e siccome non si lavora io darò una festicciola a casa mia alla quale dovete venire naturalmente tutti!». E uscì in un'ovazione incontenibile.

Nei tre giorni che precedettero la festa lui e la Pina pensarono con grande concentrazione al tipo di regalo da fare a Francis: non volevano fare errori. Il ragazzo odiava i libri. Roba di vestiario era da scartare. Date le misure del nano gli andavano bene solo vestiti da topo o da bambola di medie dimensioni. Scartarono come pericolosamente allusivi: trenini elettrici, tricicli, cavalli a dondolo e biberon. Optarono per un paio di guantoni da pugilatore: misure universali e sport virile.

Alle 16,57 di sabato suonavano alla porta della reggia di Barambani. La Pina era in nero, cappellino verde e veletta, lui con l'implacabile spigato siberiano. Aprì Francis in persona. Fantozzi si chinò per accarezzarlo e quello gli sputò violentemente negli occhi e gli chiuse clamorosamente la porta sull'indice della mano destra. Lui bussò timidamente per liberare il dito. Poi cominciò ad urlare: «Aiutooooo!!». Dopo 4 minuti arrivò Filini con un pallone da foot-ball in una reticella e partecipò alla operazione di soccorso urlando e dando dei pugni alla porta. Al 6° minuto si aprì la porta e apparve un cameriere terrorizzato: dietro di lui era nascosto Francis con un paio di scarpe da pallone nuove.

«Sono Pulici» gracchiò con voce da nano e sparò una cannonata sul filo della tibia destra di Fantozzi che si chinò a porgergli il pacco coi guantoni. «Tanti auguri tesoro» disse e tentò di dargli un bacetto sulle gote.

Ma quello gli si avventò e con una testata rimbombante sul labbro superiore glielo maciullò. Gli strappò il pacco di mano e domandò con tono schifato: «Ma che roba è?». Aprì di malagrazia, buttò un guantone giù dalla tromba delle scale e l'altro lo tirò in faccia al cameriere: «Vallo a mettere in camera mia con l'altra roba!» e scomparve.

Filini consegnò il suo pallone a Barambani che era arrivato in quel momento. «Auguri anche a lei per il nostro Francis» dissero quasi all'unisono. «Venite» disse lui felice «venite a bere qualcosa.»

Il salotto era pieno di gente che non conoscevano e che non li degnò di uno sguardo. In un divano d'angolo c'erano Calboni e la Silvani e si rifugiarono vicino a loro. Passò il cameriere con dello spumante: «Voglio ubriacarmi» trillò la Silvani. Fecero un ristretto brindisi a Francis. «Al nostro ometto» disse Calboni alzandosi, accostò il suo bicchiere alla bocca ed entrò il nano col guantone da pugilatore: «In guardia!» disse e gli sparò un diretto sfracellandogli il bicchiere sul labbro e si allontanò.

«Com'è vivace» fece Calboni. «E poi deve avere un'intelligenza clamorosa» fece eco Filini. Fantozzi sorrise cercando di succhiarsi in gola un filo di sangue.

Entrò Barambani con un bicchiere in mano, si alzarono tutti: «Voglio brindare con voi» disse. «Fantozzi lei che fa non beve?» Gli fece portare un'altra coppa di spumante. «Scusatemi ma bevo alla salute di mio figlio Francis!»

Fantozzi si accostò il bicchiere alle labbra e gli arrivò una cannonata in nuca. «Rete!» disse Francis che aveva tolto dalla retina il pallone di Filini. «Ho fatto rete» e tutti applaudirono ridendo.

Si spostarono in un salottino perché c'era un altro gruppo di colleghi. «Venghi» gli disse Filini «buttiamoci qui» e indicò un piccolo puffo molto basso.

Si lasciarono andar giù e si massacrarono a pavimento perché il nano sempre in agguato glielo aveva sfilato da sotto con un ghigno.

Ritornarono tutti nel salotto grande perché intanto era arrivata la torta, accolta da un'ovazione.

Il nano incitato da tutti spense una sola candela su 18 ma ci furono dei commenti di grande ammirazione.

A questo punto la Pina poi si avvicinò e gli disse in un oreccio: « Ugo stai attento che perdi molto sangue dalla bocca ».

Lui andò verso la sala d'ingresso dove non c'era nessuno, tirò fuori il fazzoletto e cercando di guardarsi nel vetro della finestra, se lo avvicinò alle labbra, ma fu raggiunto da una tremenda martellata in nuca: « Un fuori campo... ho fatto un fuori campo! » gracchiò Francis brandendo una mazza da baseball.

Gli si avventò contro. Lo prese per la gola e lo trascinò verso la finestra cercando di buttarlo di sotto.

Entrò Barambani e lui cominciò ad accarezzarlo: « Gli sto mettendo a posto il collettino della camicina » disse con un filo di voce mentre quello gli azzannava a sangue la mano.

Andò verso il bagno per cercare di medicarsi. Era buio e cercò l'interruttore prima a destra e poi a sinistra e qui fu raggiunto mentre si accendeva la luce da sola, da un diretto di marmo in un occhio: « Sono Monzon... sono Carlos Monzon! » era ancora la belva col guantone da pugile.

Perse la testa, lo prese per il collo mentre entrava Filini che perdeva sangue dal naso. Non si dissero una parola: mentre lui lo teneva fermo Filini lo infilò nel cesso e tirarono l'acqua. Entrò il cameriere ad abbracciarli: era commosso! Ripeterono l'operazione varie volte finché fu tutto tranquillo e tornarono in salotto a mangiare la torta.

Cinque giorni dopo ci fu, a spese della società, un funerale magistrale al quale parteciparono tutti in un lutto clamoroso e distrutti da un dolore teatrale.

Calboni – esagerando – si era messo ad ululare.

Stavano uscendo dalla chiesa quando da un tombino Fantozzi e Filini furono azzannati alle caviglie: sentirono un ghigno terrificante: era il nano che strisciava fuori faticosamente!

Non si consultarono neppure e cominciarono a correre verso le colline.

VIII

La rapina a mano armata

«Sa perché c'è tanta delinquenza in giro? Perché non c'è più nessuno che abbia voglia di lavorare, caro ragionier Fantozzi!» Gli diceva Filini in uno di quei terrificanti pomeriggi di aprile nei quali gli veniva voglia guardando la primavera fuori di fare di tutto: andare al mare, leggere un libro sotto una magnolia, innamorarsi di una ragazza di 22 anni, giocare a bocce, portare sua figlia al cinema, ma non certo di stare otto ore in quella fogna maledetta.

«Beh, in fondo noi non ci dovremmo lamentare» rispose Fantozzi «perché se osserviamo bene la condizione di tutti gli altri, noi siamo forse i più felici o meglio i meno infelici: non abbiamo le responsabilità che hanno i dirigenti, abbiamo la cassa malattia, la mensa, il sabato libero, le ferie pagate e soprattutto lo stipendio assicurato...»

«Fame assicurata!» lo interruppe Filini quasi incazzato «caro il mio illuso, con quello che costa vivere oggi lei ha solo la sicurezza di morire di fame, nessuno ha più voglia di fare un cazzo, i giovani vogliono tutto e subito, nessuno è disposto a fare sacrifici di nessun tipo» fece una pausa «alle volte mi verrebbe voglia di fare una rapina anch'io e mettermi a posto per tutta la vita.»

Si guardarono negli occhi con una strana intensità, in silenzio per quasi sei minuti poi Filini disse:

«Ragioniere e se tentassimo? E metta caso che andasse bene se le immagina le soddisfazioni?».

Fantozzi aveva la faccia rossa per l'emozione: «Io come prima cosa andrei su da Colombani senza farmi annunciare, entrerei di colpo e gli cagherei sulla moquette».

«Io» disse Filini «entrerei nudo da Semenzara, gli piscerei sulla scrivania e rutterei a pieni polmoni.»

Si stavano caricando come bestie. «Io» incalzò Fantozzi «andrei su da Catellani con un giornale pieno di merda e gli direi: "Ci sono brutte notizie per lei, legga qui!" e glielo sfregherei sulla faccia.

«E si immagini ragioniere, non doversi più svegliare alle sette, asportarsi una basetta con una rasoiata e scaraventarsi in questa fogna!»

«Ma, invece» incalzò Fantozzi «svegliarsi alle 11, prendere un caffè a letto, leggere la "Gazzetta dello Sport" in cesso, una lunga lenta barba in una vascata calda, una camicia croccante e lentamente scendere al bar a giocare a biliardo.»

«Il pomeriggio» disse Filini che aveva quasi le lacrime agli occhi «una pennichella fino alle 4,30, un bel caffeuccio e poi al cinema.»

Si guardarono ancora lungamente negli occhi. Poi Filini rompendo un altro silenzio di sei minuti disse: «Eh, ma se tentassimo sul serio, ma proprio sul serio?».

Fantozzi respirava a fatica: «Ma, ma, come si può fare?».

Filini si alzò in piedi e si pulì le lenti da cieco con il fazzoletto: «Ci ho già pensato. Ho letto le memorie di Vallanzasca che peraltro è un grand'uomo, che io ammiro moltissimo e mi sono fatto un'idea precisa di come la cosa vada portata avanti».

Fantozzi lo seguiva attentissimo.

«Bisogna come prima cosa fare una prima rapina pilota: una piccola azione per vincere la paura e imparare a agire con lucidità. Si potrebbe magari cominciare con una cosa facile».

«Il Monte Pegni qui di fronte» suggerì timidamente Fantozzi.

«Perfetto, magnifica idea... Vede ragioniere che lei ha già una mentalità da delinquente incallito, perché nessuno sospetterà di due impiegati che lavorano da 12-13 anni nel palazzo di fronte.» «Ma» continuò Filini che ormai si muoveva per la stanza come Al Capone nei suoi momenti più belli «la cosa più importante è procurarsi "l'artiglieria"» rise «voglio dire una rivoltella perché, né io né lei abbiamo il porto d'armi e quindi bisogna ricorrere ai fornitori clandestini ed è, non la sottovaluti, la parte più delicata, perché in genere sono quelli che "cantano".»

All'uscita delle sei e un quarto quella sera si recarono nella città vecchia per avere un contatto con un venditore d'armi. Giravano con i baveri degli impermeabili alzati, e «facevano gli occhi» a tutti quelli che incontravano.

Ne videro uno appoggiato con la gamba ad un muro vicino ad un bar. Fantozzi e Filini dietro le sue lenti da cieco cominciarono a roteare gli occhi a far mostruosi ammiccamenti con le labbra. Alla fine quello fece col capo il cenno di seguirlo. Lo seguirono a distanza guardandosi in giro con clamorosa prudenza. Quello entrò in un portone.

«Vadi» fece Filini pallidissimo spingendolo «io resto a far da palo.»

Fantozzi entrò nell'androne, le mani spugnate, la lingua accartocciata con le ginocchia che gli tremavano. Domandò: «Quant'è?» e quello: «Trentamila anticipate». Lui gli passò i fogli di denaro tremanti, quello intascò i soldi e gli mise in mano un accendino da 2.000 lire e uscì.

Entrò Filini e lo vide con l'accendino in mano e gli occhi bianchi «pallati» e gli fece una cazziata tremenda: «Ma scusi ragioniere» sbottò «poteva anche accorgersi che non era l'uomo giusto. Scusi si fa fregare 30.000 lire così come uno stronzo... Be', l'accendino almeno me lo dia che rimane a me...».

Fantozzi glielo passò automaticamente sempre con gli occhi «pallati».

«Venghi» gli disse Filini «e la prossima volta stia più attento.»

Erano molto giù di morale, cenarono in casa di Fantozzi in un silenzio agghiacciante. La Pina li guardava preoccupata: avevano ormai una «pallatura» da marina e Filini con le sue lenti da cieco sembrava una civetta russa. Dopo quasi 18 minuti Fantozzi si alzò urlando: «Il fucile del geometra Gambati». Filini andò quasi a pavimento per lo choc.

«Si spieghi, ha trovato l'arma?» domandò ansioso mentre la Pina li guardava preoccupatissima.

«Sì» ansimò Fantozzi «il fucile da caccia di Gambati me l'aveva offerto varie volte, lo vuole vendere per 300.000 lire.»

Si abbracciarono mentre la Pina aveva quasi deciso di telefonare alla neuro.

L'indomani si fecero autorizzare una trattenuta di 150 mila lire a testa dall'ufficio personale e salirono al 4° piano dal geometri Gambati dell'ufficio sinistri. «Lasci fare a me» disse Filini «vedrà che con centomila glielo portiamo via.»

Comperarono il fucile a 420 mila lire dopo una prudentissima trattativa tra Filini e Gambati con Fantozzi a far da palo sulla porta della stanza. In serata il fucile arrivò in casa di Fantozzi fasciato con un panno nero. Lo nascose sotto il letto. Nella notte si chinò più volte a guardarlo e gli sembrava un cadavere. La Pina, intanto, lo fissava ormai disperata.

Il colpo pilota al Monte di Pietà era fissato per venerdì mattina. Si erano creati due commissioni esterne per avere anche l'alibi pronto. Alle 10 in punto uscirono dalle rispettive stanze.

Fantozzi scese al parcheggio muovendosi con la prudenza di un commandos israeliano per le vie del Cairo: cioè facendo voltare tutti i passanti esterrefatti. Tirò fuori dalla Bianchina il paccone nero col fucile e andò verso l'ingresso del Monte di Pietà dove Filini lo aspettava incivettato. Quando gli fu a un passo disse: «Filini» e quello che non lo aveva visto a momenti sfondava la porta a vetri. Mentre salivano le scale si sentiva un curioso borbottío: «E la smetta di pregare» sussurrò Filini, ed entrarono nella sala degli sportelli. Si diressero decisamente al n. 1.

«Che fate voi due» disse un usciere severissimo. «Mettetevi in coda con gli altri!»

Ubbidirono meccanicamente. Passarono un quarto d'ora terrificante. Ora erano a meno uno di coda. Ed ecco il loro turno! Filini spinse Fantozzi verso lo sportello, lui sfasciò il fucile con un impaccio osceno perdendo almeno due minuti e lo puntò contro l'impiegato che gli prese il fucile di mano, lo guardò e disse: «24.000 lire!» e gli passò una ricevuta. Passarono alla cassa a ritirare le 24.000 con un «pallatura» gigante.

Due giorni dopo assaltarono con un coltello da cucina la filiale 16 della Banca Commerciale Italiana sotto la casa di Filini.

Si erano dati malati. Si erano vestiti da giovani delinquenti sempre per allontanare i sospetti: magliette americane con le scritte e blue jeans strettissimi e passamontagna di lana.

Uscirono dalla casa di Filini, salirono sulla Bianchina, fecero un giro dell'isolato e si infilarono i passamontagna. Era come se avessero messo la testa in un forno! Sudavano come bestie. Entrarono in banca. Fantozzi si diresse verso la cassa e consegnò un foglietto sul quale aveva scritto velocemente: «È una rapina».

«Chi è una faina?» domandò il cassiere alzando gli occhi. Poi rilesse faticosamente: «Come sei carina». E questa volta lo guardò con sospetto. Fantozzi gli strappò il foglietto dalle mani e riscrisse velocemente nel retro la minaccia e glielo stese sotto gli occhi.

Il cassiere cercò di decifrarlo rigirandolo in mano e poi disse: «Scusi signore, non capisco la grafia» e gli restituì il biglietto.

Filini allora urlò: «Tutti a terra, questa è una...» e brandendo il coltello da cucina cercò di saltare sul banco, ma lo mancò clamorosamente, prendendo netta una tibiata terrificante contro lo spigolo d'acciaio. Andò a pavimento ululando.

Ci fu un accorrere di impiegati, direttore e clienti: «Ammazza che botta, dategli qualcosa da bere, poveraccio s'è fatto un male della madonna, chiamate un'ambulanza».

«Basta!» urlò allora Fantozzi che non capiva più niente per la temperatura del passamontagna. «È una rapina vera.»

Raccolse da terra il coltello e si avvicinò minaccioso alla cassa. Il cassiere gli passò 400.000 lire: tutto quello che aveva. Lui cercò di sistemare i soldi in qualche modo ma aveva i jeans Levis senza tasche.

Filini si era alzato zoppicando come Enrico Toti. Arraffarono con le mani quanti più biglietti gli era possibile e scapparono verso la Bianchina seminando soldi dappertutto. Partirono a tavoletta inseguiti dall'autoambulanza, da una gazzella dei carabinieri, da una pantera della P.S., dal direttore e da tutti gli impiegati e i clienti della banca. Fecero solo 120 metri lasciando una scia di 390 mila lire in biglietti da 10.000 e quando ne avevano solo uno fecero un frontale rimbombante contro il palo della luce. Nessuno prese in considerazione la possibilità di arrestarli. Li portarono subito alla neuro in osservazione.

IX

Il sequestro di persona

« Pare sia stato pagato un riscatto di sei miliardi tutti in biglietti di piccolo taglio facilmente commerciabili. »

Filini stava leggendo la solita notizia sul « Corriere della Sera ». Nel tavolo di fronte a lui Fantozzi si era insabbiato con la biro in mano sulla pratica SAM 21.418, gli occhi « bambolati » a guardare le colline e le evoluzioni straordinarie che facevano le rondini in quel pomeriggio di maggio:

« Io per questi maledetti ripristinerei la pena di morte e poi voglio vedere ».

« Certo » fece Filini « ha ragione: uno ruba e gli si taglia la mano, gli studenti vogliono tutto subito e noi gli si dà subito un sacco di legnate, uno fa un sequestro di persona e gli si taglia la testa dopo averlo torturato e vedrà che tutta questa delinquenza che c'è in giro cesserebbe come per incanto... Ha visto che tramonto? Venga ragioniere, fumiamoci una sigaretta alla finestra che questa sera ci sono dei colori straordinari. »

« Grazie, non fumo. »

Fantozzi rifiutò la sigaretta che quello gli offriva ormai da dodici anni.

« Ah, già, è vero che lei non fuma, me lo dimentico sempre. »

Erano alla finestra. Fuori era già quasi estate e sotto l'ufficio al bar Stella c'era un'animazione straordinaria: ragazzotti bellocci e arroganti con delle Honda 750, Suzuki 900, Porsche bianche che scaricavano delle ragazzotte in jeans con delle magliette leggere senza reggiseno. Loro sembravano due ergastolani o quei ricoverati che si vedono alle finestre dei manicomi provinciali.

« Vede » fece Filini « di questi qui nessuno fa un cazzo. Si svegliano a mezzogiorno, vengono a cuccarsi l'aperitivo, vanno a mangiare dalla mamma, si fanno una bella pennichella, si sbattono quelle ragazzotte con quei capezzoli sotto le magliette che a me mi fanno perdere la testa e poi a quest'ora le vengono a scaricare qui al bar come trofei di caccia. Ora io mi domando ma dove li trovano i soldi per comperare le Porsche, per vivere da signorini senza lavorare? Chiaro no? Vivono di chissà quali loschi affari facendo magari qualche rapina o forse questi son quelli dei sequestri.» Fece una pausa. «Lei lo farebbe un sequestro ragioniere?» Fantozzi non rispondeva. «E per avere nuda sulla sua Porsche bianca con l'interno tutto impregnato di cuoio una di quelle lì, eh, ragioniere?»

E lo guardò da dietro i vetri da cieco, forse con tono sfottente. Fantozzi pensò alla Pina nuda sul sedile anteriore della sua Bianchina ed ebbe come un capogiro. «Perché a lei?»

Filini si «incivettò» con lo sguardo nel vuoto. Dopo un po' Fantozzi disse:

«Eppure pensi, basterebbe un po' di coraggio, basterebbe beccare qualcuno di quei ricconi ladri, sa, di quelli che se gli porti via un due miliardi gli fai anche un favore perché li defalcano dalle tasse, lo cloroformizziamo, lo portiamo a casa sua dove non c'è nessuno» stava dicendo tutto ridendo « lo trattiamo benissimo, due telefonate alla famiglia da un telefono a gettone ed è fatta: entrata due miliardi esentasse, uscita 100 lire per i gettoni».

Risero molto, poi la risata si spense lentamente e rimasero muti e poi lentissimamente si girarono e si guardarono. Filini negli occhi e Fantozzi nei vetri. Non vedeva i suoi occhi, ma sapeva esattamente quello che stava pensando.

«Quanti miliardi avrà rubato Colombani nella sua vita?» domandò Filini dopo un inquietante silenzio pieno di programmi.

«Da quando è direttore dell'Ufficio Furti?» fece Fantozzi.

«No, in tutta la sua vita.»

Conclusero che doveva avere in Svizzera almeno 6 o 7 miliardi.

Per una settimana misero a punto un piano perfetto. Un sabato, giorno nel quale non lavoravano, avrebbero aspettato all'uscita della scuola S. Gerolamo, Cocò, il figlio di Colombani; lo avrebbero caricato sulla Bianchina e via. Lo avrebbero portato a forza in casa di Filini. Due telefonate con voce alterata ed era fatta!

Erano le 12,30 di sabato.

Erano parcheggiati di fronte al cancello del S. Gerolamo vestiti da rapitori.

Filini si era messo un naso e degli occhiali finti, un cappello di feltro calato sugli occhi, impermeabilone con bavero alzato.

Fantozzi: un naso finto, baffi, una calza di seta infilata sulla faccia, degli occhiali neri, un cappellaccio calcato fin sotto le sopracciglia e una sciarpa avvolta intorno alla faccia.

Passò la signorina Maselli dell'ufficio acquisti:

« Buongiorno Fantozzi! » disse e passò oltre.

Erano in condizioni deplorevoli: si erano cagati leggermente addosso, sudavano come bestie e biascicavano un atto di dolore.

« Eccolo! » disse Filini e Fantozzi ebbe un'altra oscena scarica.

Uscirono dalla macchina, ma non lo videro più, era scomparso, si avvicinarono al cancello.

« Buongiorno! » disse di colpo il figlio di Colombani a Fantozzi dandogli una pacca su una spalla che era quasi una cannonata.

Lui rotolò per terra senza un gemito. Quando ritornò in sé c'era Filini seduto nel sedile posteriore di fortuna della Bianchina e il figlio di Colombani al volante: « Vieni che cazzo fai lì per terra » teneva la porta aperta. Lui guardò Filini nei vetri e salì.

« Andiamo a casa di Filini, è un sequestro, vero? » domandò Cocò e si avventò alla Fittipaldi, senza aspettare la risposta, verso corso Europa.

Fu un tragitto terrificante. Cocò guidava come una belva: sorpassava a destra, sui marciapiedi e loro avevano riattaccato l'atto di dolore.

« Scusi signore, ce l'ha la patente? » gli domandò Filini dopo un testa-coda di quasi tre minuti.

« Ma che domande del cazzo fai stronzo » disse Cocò « se ho solo 12 anni! » e gli sparò una gomitata sul naso riducendoglielo un saltimbocca alla romana.

Sfasciò la Bianchina contro un palo della luce sotto la casa di Filini e scese: « Che fate merdacce non scendete? ». E si avviò verso il portone.

Fantozzi guardò nei vetri Filini e capì ugualmente quello che provava. Salirono le scale: la belva stava aspettando già all'interno 5. Quando Fantozzi fu a tiro urlò: « Sono Bruce Lee » e gli diede due martellate di Kung fu incrinandogli la 4ª e la 5ª costola. Entrarono in casa e Cocò tirò la cartella dei libri contro il televisore disintegrandolo:

« Voglio solo pizza, una Coca Cola e Linus di Maggio » disse dando una tale ginocchiata nei coglioni a Filini che l'urlo si sentì anche sulle colline.

«Vadi lei a prendere quello che ha ordinato» pregò Filini da terra.

Fantozzi corse giù trafelato. Tornò dopo mezz'ora. Aprì la porta con le chiavi e sentì un lamento gutturale in salotto. Filini era legato alla libreria, in mutande, perdeva molto sangue dalla bocca, era senza occhiali e Cocò con una forbice da sarto gli aveva fatto una piccola incisione sul labbro superiore e tentava di aprirgli la faccia a strappo come i commessi dei negozi di tessuti. Si avventò per salvarlo, ma fece appena in tempo a schivare una forbiciata terrificante in una tempia e a chiudersi a doppia mandata in bagno.

«Adesso io vado a mangiare al ristorante» disse Cocò da dietro la porta «so dove sono i soldi e quindi non vi preoccupate, io vi chiudo in casa ma state attenti che se tentate di calarvi dalla finestra sono botte!» e uscì sbattendo la porta.

Dopo un po' Fantozzi uscì dal bagno con molta prudenza e andò in salotto a liberare Filini che stava rantolando.

Cocò stette via sei ore. Tornò prima di notte. «Ho speso tutto» disse trionfante. «Avete ancora denaro?» Risposero che aveva speso tutti i risparmi di Filini.

Si rivolse a Fantozzi: «E tu merda non hai soldi da parte?».

«Sì, ma a casa» rispose lui riparandosi la faccia con le braccia.

«Telefona e fatti portare qui tutto» ordinò la belva. «E mi raccomando devi camuffare la voce per non farti riconoscere.»

Lui fece il suo numero di casa. Rispose la Pina.

«Pronto» fece con una miserabile voce in falsetto «la signora Fantozzi? Venga subito al 6 di corso Europa con tutti i risparmi di suo marito perché è stato rapito da una banda di delinquenti» e scoppiò in singhiozzi.

«Vengo, Ugo, vengo subito» disse la Pina attaccando a singhiozzare anche lei.

Il giorno dopo in ufficio dissero che avevano avuto un tremendo incidente di macchina e dopo una settimana decisero di rapire la mamma di Colombani.

Era un'atroce vecchia di 86 anni viziatissima dal figlio che la odiava. Avevano come sempre preparato la cosa alla perfezione! Per una settimana avevano assunto informazioni sulle abitudini e notizie di ogni tipo sulla vecchia e avevano saputo che era un'erotomane, andava pazza per i marinai senegalesi e ogni pomeriggio si faceva accompagnare in taxi a vedere i film della luce rossa.

Sabato pomeriggio alle 5 in punto la aspettarono al varco sotto casa col solito atroce mascheramento. Quando la videro Filini le fece balenare sotto gli occhi velocemente una foto di Alain Delon nudo. La vecchia abboccò subito e si scaraventò sui resti della Bianchina.

Fantozzi partì a tavoletta mentre la vecchia cercava di baciarlo. Salendo su da Filini lei domandava avidamente notizie sui film che avrebbero visto e se avevano dell'eroina da iniettarsi o al peggio da « fumare ». Entrata in casa si denudò subito e cercò di portare Fantozzi verso la camera da letto. Lui le fece capire che non era ancora il momento e di andare avanti a prepararsi che l'avrebbe raggiunta subito.

« Vado prima in bagno » disse la vecchia con un lampo laido negli occhi e sparì in corridoio.

Loro due si avventarono sul telefono, Fantozzi si mise una patata in bocca, una molletta da stendere al naso, si fasciò la testa con un asciugamano, e si infilò in una grande conca di rame mentre Filini componeva il numero. Il Colombani rispose al primo squillo.

« Pronto? » fece Fantozzi con l'accento svedese.

« Pronto? Ah è lei Fantozzi, come mai mi chiama a casa? »

Fantozzi buttò giù. Gli veniva da vomitare.

« Ugo, ma che fai non vieni? » strillò la vecchia dalla camera da letto.

Lui era disperato: « Vieni qua tu amore » disse brandendo un coltellone da arrosto.

Presero la vecchia per le braccia e le misero il ricevitore telefonico all'orecchio: « Dì a tuo figlio che se non paga ti ammazziamo » fece Fantozzi facendole sentire la punta del coltello sul collo.

« Pronto » rispose Colombani al primo squillo.

« Vuole parlare con te » fece la vecchia, passando il telefono a Filini che lo passò a lui.

Colombani parlò con voce dura:

« Quali sono le condizioni? Fantozzi le dico subito che se volete che io riprenda in casa la vecchia dovete mettere in un cesto di rifiuti dell'archivio generale nel seminterrato un pacco con due milioni in biglietti da 10 mila chiaro? E attenti a non fare scherzi perché se no sono guai grossi » e buttò giù.

Passarono chiusi in casa di Filini un fine settimana terrificante mentre la vecchia cercava di baciarli sulla bocca quando si addormentavano. Alla fine si salvarono raccontandole delle cose erotizzanti e fingendo di masturbarsi negli angoli o dietro il televisore.

Lunedì mattina si fecero autorizzare da Colombani le trattenute sullo stipendio e scesero a mettere il malloppo nel cesto della carta straccia come richiesto. Si liberarono della vecchia solo dopo una settimana e per farla salire sul taxi la dovettero prendere a calci.

Nei pomeriggi di quella primavera quando sentivano il rumore delle moto al bar Stella e le voci delle ragazze senza reggiseno avevano voglia di urlare.

X

La corsa ciclistica

Quando si ammalò di rosolia il Direttore Totale Conte Bàlabam, Filini organizzò due manifestazioni: una visita aziendale di ruffiani fintamente preoccupatissimi alla clinica del Rosario dove il conte era stato ricoverato e una colletta clandestina per una novena e 14 messe nella Parrocchia Sacro Cuor del mio Gesù perché il Bàlabam crepasse. Perché l'odio che avevano per quest'uomo crudele era mostruoso.

Li umiliava in ogni modo con delle tecniche raffinate. Fantozzi si era addirittura tassato per 6 quote, e una sua messa speciale per la morte del conte l'aveva organizzata per suo conto in una chiesa vicino a casa.

Una sera dopo l'ufficio ci era entrato dentro timoroso per il tipo di richiesta. Ma subito da dietro una colonna, quasi all'ingresso, in una inquietante semioscurità, era balzato fuori un laido sacerdote che con voce agnellata gli chiese:

« Vuole una messa a favore o contro qualcuno? ».

« Contro » rispose lui sommessamente.

« Contro costa quasi il triplo » rispose con un lampeggiamento osceno il sacerdote « 15mila! »

Fantozzi pagò senza fiatare.

« Lo odia molto? » domandò il prete.

Lui fece solo di sì col capo e si ricordò delle umiliazioni che Bàlabam gli aveva inflitto negli ultimi 10 anni. Tutte le volte che lo incontrava con la Silvani in ascensore gli faceva: « Lei scommetto che vigliacco com'è ha paura anche dell'ascensore... lei è proprio una "merdarella", vero signorina? ». La Silvani si limitava a sorridere e ad assentire col capo.

Una volta prima di Natale, in occasione della consegna dei panettoni ai figli dei dipendenti, di fronte a 1200 colleghi e a sua figlia ottenne con un segnale alla Von Karajan un grande silenzio... fece una pausa e con gli occhi da vipera puntati contro di lui domandò a sua moglie:

« Signora Fantozzi chi è più stronzo io o suo marito? ».

La Pina aveva gli occhi umidi dalla rabbia, li abbassò e disse piano: « Mio marito ». « Non si sente un cazzo » fece Bàlabam con una oscena risata: « Chi è più stronzo? ». « Mio marito » rispose la Pina scoppiando in singhiozzi. E tutto l'anfiteatro fu scosso da una risata cosmica che lui aveva ancora nelle orecchie.

Uscito dalla chiesa corse a casa. « Questa sera non si mangia » disse ed organizzò con la Pina e sua figlia un rosario con litanie. Pregarono quasi tutta la notte per la morte del conte.

L'indomani in ufficio c'era un andirivieni dalla segretaria di Bàlabam di finti ansiosi per le sue condizioni di salute: « Ma non è nulla » rispondeva quella « di che vi preoccupate. Ha solo la rosolia! ». E il borbottìo delle preghiere si sentiva fin sotto al bar Stella.

In serata ci furono le messe aziendali clandestine organizzate da Filini e quella privata di Fantozzi.

Il Bàlabam morì di rosolia dopo due giorni.

« Ci ha lasciati uno dei direttori più amati dai suo dipendenti » aveva detto Colombani al funerale e in quel preciso istante i corridoi della società esplodevano come l'Avenida del Presidente Vargas a Rio durante la sfilata delle scuole di samba a carnevale. Avevano fatto venire su dal bar 180 bottiglie di Rosso Antico con i cappelli di paglia in omaggio, erano quasi tutti a torso nudo e si abbracciavano, buttavano strisce di carta di pratiche strappate dalle finestre, e ballavano dei saltarelli indiavolati, facendo musica battendo i pugni contro gli armadi e le scrivanie Trau Olivetti metalliche. Urlavano come pazzi cogli occhi pallati e le vene del collo gonfie. Fu davvero un pomeriggio indimenticabile per tutti.

Passarono 10 giorni di interregno pieno di terribili ansie; non filtravano notizie di nessun tipo! Poi improvvisamente alle 4 di un pomeriggio e cioè in un'ora morta in cui stavano dormendo pesantemente tutti, marmorizzati alle loro scrivanie, l'altoparlante disse:

« I signori collaboratori sono pregati di scendere in sala mensa ».

C'era un silenzio indimenticabile, rotto solo da qualche sussurro, quando il direttor de' direttori Semenzara entrò col suo seguito di spie, salì sul palchetto delle premiazioni, si schiarì la voce e disse:

« Il nuovo Direttore Totale della nostra società è da domani il Dottor Gran Mascalzon Visconte Ingegnere... e fece una pausa impercettibile... Còbram! ».

Calboni svenne pesantemente sotto un tavolo. Rimasero tutti immobili, pietrificati con gli occhi bianchi. Poi svenne anche Filini. Fantozzi rimaneva in un pallato terrificante: perché il Visconte Còbram era il nome più temuto: era quello della corsa ciclistica!

Era uno che veniva su dalla gavetta. Da giovane era stato un mediocre ciclista dilettante che portava acqua ai migliori. Entrato a 18 anni nei ranghi della società come archivista, si era fatto strada facendo il leccaculo, la spia e l'uomo di fiducia di tutti i suoi immediati superiori, sul conto dei quali nei periodi che era a loro servizio raccoglieva prove di ogni tipo: fotografiche, registrate, testimoniali e con quelle li faceva subito fuori una volta raggiunto lo stesso grado gerarchico. Aveva sopportato umiliazioni di ogni tipo e lo scopo della sua vita era di raggiungere potere solo per usarlo contro chi lo aveva umiliato. « Se ho un difetto » diceva lui commemorandosi « è che sono un po' ingenuo, ma in compenso sono molto buono quello sì... » Tutti sapevano che invece era un serpente astutissimo e perfido come una murena ferita. Aveva, oltre alla carriera, una sola grande passione, il ciclismo che praticava assiduamente, maniacalmente tutte le volte che aveva un'ora libera. I suoi idoli erano i grandi campioni del passato. In ufficio aveva una foto vestito da ciclista con Gino Bartali. Era fermamente convinto che il ciclismo fosse un toccasana per tutti i mali. Contro la vecchiaia, come deterrente contro tutte le malattie, come cura dimagrante, ma che soprattutto conferisse grande lucidità ed efficienza sul lavoro. Era naturalmente circondato da collaboratori « ciclisti » che non praticavano altro sport: non parlava d'altro. « Il tennis » diceva lui con disprezzo « roba da figli di papà, il calcio roba da signorine timide! » Insomma chi non era ciclista era fottuto. « Il giorno che dovesse cambiare qualcosa in questa società di smidollati vi farei vedere io mascalzoni maledetti. » Andava ringhiando da una decina di anni nei corridoi, fissandoli con odio e guardando tutti con quegli occhi gialli e senza pupillla da squalo tigre: « Io cambierò le vostre abitudini del cazzo, da così a così! » e faceva una strana pantomina mettendosi da una posizione seduta comodamente ad una a pecorone in avanti con la faccia quasi sul pavimento. « Voi non avete idea di quello che vi aspetta! » Ma loro purtroppo un'idea ce l'avevano e come! Per questo erano disperati.

Fantozzi fece anche un patetico tentativo personale sperando troppo nei poteri della chiesa. Quella sera entrò dal laido prete vicino a casa sua:

« Se pagassi, mettiamo un milione e trecentomila lire, a rate naturalmente, c'è la possibilità che quella persona che è morta di rosolia torni... ».

« No, caro figliolo » ghignò il laido sacerdote interrompendolo « non ci si oppone alla volontà del Signore. »

Col regno di Còbram cominciò anche per Fantozzi un'era nuova. Si era dovuto aggiornare su tutti i vincitori della Milano San Remo degli ultimi 46 anni. In presenza delle spie di Còbram urlacchiava, lui che quando l'Inter aveva perso in casa con la Juve aveva pianto: « Io il calcio non lo seguo, mi fa schifo, io sono un patito di ciclismo, io sono pazzo per il ciclismo ».

Si erano ovviamente comperati tutti delle biciclette da corsa. Erano andati su da Còbram per farsi consigliare, e perché era l'unica via per arrivare fino al suo trono e soprattutto per fargli sapere che cominciavano col ciclismo anche loro.

Per Fantozzi fu una batosta tremenda. Gli aveva consigliato:

Una Cinelli in titanio, cambio Campagnolo sellino Colnago a lire rateizzate.	890.000
Una maglia bianca, con portaborracce sulla schiena, in seta per opporre meno resistenza all'aria	52.000
Un paio di pantaloncini felpati neri aderenti con protezione scrotale	25.000
Calzini di filo bianchi	1.200
Scarpine con incastro metallico per il pedale	35.000
TOTALE	1.003.200

(Unmilionetremiladuecento lire) che lo avrebbero perseguitato con tremende scadenze almeno per tre anni.

Quindici giorni dopo la sua incoronazione Còbram entrò in sala mensa accolto da un'ovazione: « Viva il nostro direttore ciclista » urlarono come bestie. « Viva il ciclismo mondiale. » « Ciclisti di tutto il mondo unitevi » l'ultima era stata la voce isolata di Calboni.

Il Còbram era molto soddisfatto perché stava verificando il

suo potere. Poi, quando i ruffiani si esaurirono, disse con la sua voce sibilante:

« Una grande notizia per tutti voi » corto applauso terrorizzato « fra 15 giorni esatti ho deciso di mettere in palio la prima coppa Còbram ciclistica sulla distanza di 20 km per i dipendenti della nostra società, siete pregati di intervenire tutti! »

E sottolineò quel « tutti » minacciosamente. Sei impiegati svennero senza un lamento con la faccia sugli spaghetti e lui uscì lasciandoli con le posate alzate in una bambolatura generale. Nessuno riuscì a finire di mangiare: purtroppo capivano che non partecipare alla corsa sarebbe stato un suicidio e che vincere la coppa che portava il suo nome significava farcela e alla grande per sempre.

Cominciarono i penosissimi allenamenti serali. Dopo le noiosissime e quindi massacranti giornate di lavoro i disgraziati invece di avventarsi di fronte ai televisori a colori nelle poltrone di casa, erano costretti a vestirsi da ciclisti nei cessi, scendere vergognosi tra gli schiamazzi dei ragazzotti nel retro del bar Stella dove gli tenevano le bici gratuitamente.

La prima sera erano una quindicina: « In sella » urlò Còbram dalla sua finestra al settimo piano, quando li vide uscire spingendo le biciclette fiammanti.

Fantozzi per impressionarlo prese una corta rincorsa e balzò in sella come aveva visto fare dai ciclisti professionisti dopo un passaggio a livello. Ma si sedette violentemente sul sacchetto delle palle che si era impigliato sul sellino. Fu come se gli fosse passato sopra « l'attrezzatura da piacere » un cingolato dell'esercito russo e gli rimanesse parcheggiato sopra! Gli uscì dalla bocca uno strano gorgoglio, vide una tremenda distesa di pietre fosforescenti e, mentre usciva tutto il quartiere alle finestre ammutolito per quel terrificante incidente, dopo un curioso zig zag si schiantò in un negozio di elettrodomestici.

Salirono allora tutti con grande prudenza e cominciarono la « sgambatura » serale.

Dopo la prima mezz'ora a discreta andatura Filini gli disse: « Ragioniere il diavolo poi non è così brutto come lo si dipinge! ». In effetti credevano molto peggio. Dopo due ore tornarono al bar Stella: avvertirono solo un leggero fastidio nella zona scrotale, ma dopo la doccia fu come se avessero una spada infilata nel culo.

In serata Fantozzi cercò di alzarsi dal televisore per andare a letto. Ma lo dovettero trasportare a braccia la Pina e Mariangela. Aveva le gambe di marmo. Era molto preoccupato e l'indomani fu molto sollevato quando vide entrare Filini in stanza sulle ginocchia aiutandosi con i gomiti.

A mezzogiorno e trenta entrò in sala mensa un branco di mutilati: strisciavano penosamente i piedi per terra, ma dovevano continuare gli allenamenti perché tra 15 giorni c'era la corsa!

Si formarono allora delle alleanze e delle squadre. Filini che si allenava con lui gli disse: « Lei facci la corsa su di me e non deve preoccuparsi ». Ma lui conosceva Filini ed era preoccupatissimo. Calboni aveva fatto un accordo con un taxi e si allenava da solo dietro motore: « Puccetto caro » gli diceva « fai la corsa su di me e vedrai che te la caverai ». Ma lui conosceva Calboni ed era quasi disperato.

Sabato 12 nel cortile, sotto la tettoia dove c'era il deposito della cancelleria e degli stampati, c'era stata la « punzonatura » cioè l'assegnazione dei numeri di corsa in ordine alfabetico. A Fantozzi era toccato il numero 13: lui si era limitato a sorridere. Còbram illustrò il percorso. La partenza e l'arrivo erano di fronte al bar Stella, dove era stata eretta a spese della società una tribunetta in tubolari Innocenti e dove c'era lo striscione del traguardo. I concorrenti dovevano curvare a destra per via Verdi, percorrere tutta via Roma, salire su al Colle del Diavolo, scendere a Lagonero, fare tutto corso Italia con un selciato a pavé, un altro pezzetto di via Verdi e passare sotto le tribune. In tutto erano 5 km e mezzo da fare quattro volte.

Domenica 13 agosto c'erano alle 5 del mattino 38 gradi: era il giorno della corsa! Alle 9 la tribuna era piena. C'era la Silvani con la macchina fotografica, Mariangela, la Pina con la borsa in tela del rifornimento e tutti i familiari delle vittime.

Al posto d'onore si attendeva col suo seguito Còbram che doveva anche fare da starter ufficiale. Alle 9,30 quando arrivarono i concorrenti c'era 42 gradi all'ombra. Aspettarono Còbram fino alle 11,40 sotto un sole di rame. Durante l'attesa si afflosciò sotto il sole con un curioso gorgoglio il geometra Mardini, ma nessuno ebbe la forza di raccoglierlo. Tutti pensarono: povero Mardini, un'insolazione proprio lui che aveva passato un'intera vita all'ombra della famiglia!

A mezzogiorno in punto dopo un minaccioso discorso nel quale fece chiaramente intendere quali sarebbero stati i vantaggi per i piazzati e quali gli svantaggi per chi si ritirava Còbram abbassò la bandierina a scacchi.

La corsa cominciò con una caduta generale: si sentì un agghiacciante rumore di tibie e sordi colpi di nuche sull'asfalto.

Il gruppo ripartì compatto sotto lo sguardo angosciato dei familiari in tribuna e svoltò per via Verdi. Percorsero tutti in gruppo via Roma a buona andatura. All'attaccco del Colle del Diavolo scattò Calboni sulla scia del taxi, che lo aveva aspettato nascosto in un garage, gli resistette alla ruota il ragionier Vannini di 57 anni, che però dopo 18 metri si schiantò pesantemente sull'asfalto folgorato!

Fantozzi ebbe subito una extrasistole e un arresto circolatorio di 4 minuti e cominciò a capire che era subito saltato ogni gioco di squadra, ma che ognuno era ormai solo con le sue difficoltà respiratorie. Aveva il cuore al posto della lingua ma soprattutto una curiosa sensazione alle gambe, non erano più parte del suo corpo ma due blocchi di marmo che non ubbidivano ai suoi comandi. Fantozzi riuscì a raggiungere la vetta del Colle, aveva il viso viola scuro e rantolava leggermente. Si lasciò cadere sulla discesa di Lago Nero. Riprese a respirare.

In una curva lo superò Filini: aveva perso gli occhiali da cieco nella caduta iniziale: sghignazzava. «Filini stia attento senza occhiali» urlò lui preoccupato «segua la linea bianca!» Ma purtroppo c'era una costruzione in legno bordato di bianco e lui la seguì: invece che curvare andò diritto. Lasciò la sua impronta sullo steccato del ristorante «Al Pescatore» e dopo un volo di 15 metri si infilò nelle acque oscure del lago.

Fantozzi aveva perso il controllo della bici, imboccò corso Italia col suo tremendo pavé a 80 l'ora e fu come se lo avessero messo in un frullatore. Le immagini si moltiplicarono e i denti fecero un rumore tale che lui per la vergogna ci infilò la lingua in mezzo temperandola come una matita. Quando dopo un'ora passò sotto la tribuna aveva un distacco notevole da Calboni, che in certi punti si faceva trainare dal taxi, e dai primi. Aveva la faccia viola con delle strane striature giallastre.

«Sbaglia andatura, caro mio» urlacchiò Còbram succhiando rumorosamente una birra gelata «e poi cambi rapporto così fa solo pena.» La Silvani scoppiò a ridere.

«Coraggio Ugo» gli sussurrò la Pina con amore. Era ai piedi della tribuna con Mariangela e sapeva che lóttava per la loro vita.

Durante la seconda salita del Colle del Diavolo le scarpe da ciclista erano diventate due morse di ferro che gli stritolavano lentamente i piedi. Cominciò a sentire le voci, vide la Madonna del Ghisallo sopra un filo della luce e in vetta alla salita una grande aurora boreale. Un tifoso gli sparò a tradimento una secchiata gelata in faccia che lo fece per un attimo tornare in sé e vide Calboni che lo doppiava seduto nel sedile posteriore del taxi. Si buttò giù nel baratro della discesa di Lagonero. Sullo steccato del ristorante «Al Pescatore» vide le impronte del geometra Molli e del rag. Colsi dell'ufficio sinistri accanto a quella di Filini. Questa volta il pavé di corso Italia lo fece tutto urlando anche se c'era gente. Quando passò sotto il traguardo era blu. Era il passaggio del rifornimento. C'era Mariangela che si sporgeva con la borsa di tela con un panino e un po' d'acqua, ma lui sbandò e la mancò clamorosamente. Continuò stoicamente e la Silvani applaudì: «Bravo Fantozzi! Così mantiene la linea!».

Nella terza salita del Colle del Diavolo lui cominciò a perdere sangue dalla bocca poi in discesa perse come i sensi, attraversò il pavé urlando delle bestemmie curiosissime e si presentò sotto le tribune. In quel momento c'era molta animazione: l'altoparlante con lo speaker della corsa che rimbombava, musica, applausi, incitazioni. Ma quando apparve lui in fondo al rettilineo il brusio scemò lentamente, l'altoparlante diminuì il ritmo della radiocronaca fino ad un silenzio totale. Lui avanzava lentamente, era una maschera di sangue, parlava da solo e ogni tanto sghignazzava.

In tribuna erano tutti immobili, muti, si sentiva solo il frullio lento della sua Cinelli nuova. Quando fu sotto la tribuna Còbram si alzò e in quel grande vuoto disse:

«Fantozzi, lei è uno stronzo!».

Lui inchiodò la bicicletta sotto il traguardo scese lentamente lasciandola per terra, salì zoppicando le scalette della tribuna, in un silenzio irreale si presentò di fronte a Còbram e urlò:

«Viva l'Inter e il gioco del calcio che è lo sport più bello del mondo» e gli sputò fra gli occhi.

Prese sua moglie sottobraccio e sua figlia per mano diede un calcio alla bicicletta e vestito da ciclista si diresse verso l'ufficio di collocamento.

XI

Lo sci di fondo

«Ma io non so sciare.»

Protestò lui con il «massacratore naturale».

«L'ho già iscritta a sua insaputa.» Incalzò Filini pimpante da dietro le spesse lenti da cieco.

«Ma io...»

«No, lei non lo sa, ma lo sci alpino ormai non lo pratica quasi più nessuno. Ormai c'è il boom dello sci di fondo che si impara in mezza giornata. Fa benissimo, gli sci si affittano e poi basta una tuta che costa pochissimo.»

E il «massacratore privato», tirato fuori un foglio illustrativo continuò implacabile:

«Senta qui la combinazione della Globo Tour alla quale lei ha voluto...».

«Io?»

Ma la civetta non alzò neppure gli occhi dal programma.

«... partecipare: una settimana bianca a Ortisei: trasferimenti in cuccetta riservata nella notte di venerdì, arrivo in mattinata e sistemazione all'albergo Italia-Sassolungo in comode stanze a due, quattro o sedici letti, pensione completa in albergo, ritorno la notte di domenica e arrivo alla Stazione Centrale lunedì mattina alle sette e trenta e... subito in ufficio» aggiunse rinforcando gli occhiali e staccando gli occhi che teneva incollati sul dépliant sul quale c'era una foto di Ortisei in una magnifica giornata di sole con una ragazza che sciava in costume da bagno.

«Vedrà come tornerà cambiato. Non la riconoscerà nessuno!»

Fantozzi non intuì minimamente l'oscura minaccia che c'era sotto quelle parole e fu subito attanagliato dall'ansia feroce di salire dal Capo del Personale per farsi concedere cinque giorni di ferie. All'uscita delle cinque si scaraventò nel solito stato di semitrance da Gino Sport dove, in sei minuti fu rapinato di:

– sci da fondo Competition	L.	125.000
– tuta blu da fondo	»	56.000
– scarpe in gomma da fondo	»	35.000
– tuta a pelle rossa in seta	»	70.000
– guanti in pelle foderata	»	20.000
– berretto conico in lana finlandese	»	18.000
– calzettoni in lana bianca con i colori della bandiera finlandese	»	12.000
TOTALE	L.	336.000

(Trecentotrentaseimila lire!)

Gino Sport era stato con lui di una rivoltante abilità. Prima gli fece vedere una tuta a pelle di lana da trentamila lire e poi una di seta:

« E poi, ma non gliela consiglio perché costa effettivamente troppo, ci sarebbe questa leggerissima, di seta pura... Tiene caldo più della lana ». E se la passò sul viso sospirando: « Ma come dico, costa un po' troppo ».

E la nascose velocemente nella scatola di cartone sotto il banco.

« Costa settantamila lire. »

« Prendo quella... quella » ansimò Fantozzi con gli occhi bianchi. « Quella di seta. »

Quella in seta naturalmente non teneva più caldo della lana e Gino Sport erano ormai dodici anni che lo prendeva per il culo, ma lui in quei momenti non era in sé!

E così era stato per tutto. Le scarpe, per esempio: c'erano quelle economiche, quelle di medio prezzo ma ottime!

« E poi ci sarebbero queste » disse improvvisamente Gino Sport facendogli intravedere quelle da fondista professionista da quarantacinquemila lire « ma sono molto care e le consiglierei solo a chi volesse praticare lo sci di fondo a livello agonistico. »

« Quelle, quelle » disse lui sommessamente quasi si vergognasse di prendere quelle da campione.

Quando comperava da Gino Sport faceva schifo tanto era indifeso contro quel diabolico cialtrone e sempre c'era una piccola folla di colleghi che quando lui era nella tana del lupo si radunava fuori dalla vetrina a godersi lo spettacolo sghignazzando e dandosi di gomito.

Tornò a casa con gli scatoloni. La Pina capì che era caduto in una trappola mortale.

«Ma scusa, Ugo, come farai a pagare tutti questi soldi?»

Lui come sempre in questi casi diventò una belva.

«Ma cosa mi rompi i coglioni... È mai possibile che io non possa spendere due lire senza sentire le tue lagne! Lavoro come una bestia ed il ringraziamento è che non ho neppure il diritto una volta, dico una volta sola nella vita, di buttar via... sì, lo riconosco, buttar via due lire che subito mi saltate addosso come due jene.»

Mariangela lo guardava come sempre esterrefatta, ma la Pina, che sapeva che era vittima di una tragedia consumistica più grande di lui, andò in silenzio in cucina a finire di preparare la cena.

Alla stazione centrale la sera della partenza il «massacratore» disse al branco delle sue vittime:

«Eccolo il nostro vagone con cuccette riservate. Sento che ci faremo una dormita di quelle!... Ma non vi preoccupate, domattina vi sveglio tutti mezz'ora esatta prima di Ortisei».

Lo guardarono tutti con una certa apprensione perché Filini era un dormitore da competizione. Nello scompartimento con cuccette riservate erano in sei e l'aria diventò subito irrespirabile. Si sentì un odore inequivocabile e cominciarono a guardarsi nella semioscurità con grande sospetto come topi da fogna. Poi Calboni, di cui solo lui sapeva con certezza le oscene abitudini, gli mise contro tutti.

«Puccettone, perché non vai magari alla toilette e la smetti di appestarci tutti con i tuoi venti!»

«Io?» fece lui esterrefatto. «Ma se sei sempre stato tu che ti sei vanta...»

«Senta, ragioniere» lo interruppe Filini «qui non si respira più, quindi abbi la cortesia di andare a scaricare l'aria dei suoi intestini fuori da questo scompartimento.»

Quella che ne seguì fu un'autentica sollevazione contro di lui e lo spinsero fuori in mutande, piedi nudi, maglia e basco in corridoio, mentre sentiva la voce di Calboni che rincarava la dose:

«Ma è proprio un maiale, privo del più comune senso di educazione... Siamo qui in sei che si respira a fatica e quello ci viene ad asfissiare con i suoi gas».

Lui si avventurò lungo il corridoio con le mani che gli tremavano dalla rabbia. Quando rientrò dormivano tutti e Calboni aveva imperversato. Filini che era proprio sotto di lui aveva delle strane méches ai capelli. Salì sulla sua cuccetta mettendo un piede in gola al ragionier Molli. Cercò di addormentarsi, ed entrò il controllore: aprì la porta scorrevole con estrema violenza sparando una manigliata nei denti a Calboni e accese un sole abbagliante.

« Biglietti, signori... »

Lui non si ricordava dove aveva messo il suo. Cominciò la solita ricerca disperata: valigia marrone, valigia grigia, giacca, tutte le tasche. Poi degenerò in: ascella destra, ascella sinistra, cavo inguinale.

« Scusi » tentò con un sorriso dentato « ma non riesco a trovarlo... l'avevo messo... »

« Ma non si preoccupi » lo interruppe il controllore « le faccio un nuovo biglietto, naturalmente da Lecce. »

Era un terrificante accelerato notturno e ci fu un controllo ogni sei minuti. Quarantadue controlli in tutto. Alle tre del mattino un passeggero di prima classe, un alto magistrato che stava facendo un'inchiesta contro il dilagare dell'omosessualità a Faenza, cercò di baciare in bocca il conducente della Vagoni Letto che dormiva. Ne nacque un pandemonio che fece intervenire la Polfer.

Lo fecero scendere a scarpate sui denti a Verona.

« Ecco cosa siete » urlava il magistrato sul marciapiede « siete dei Fariseiii! »

Filini nel dormiveglia capì Ortisei.

« Ci siamo » urlò « tutti giù! »

Fu uno spettacolo terrificante. Buttarono tutte le valigie di sotto e si scaraventarono giù in mutande urtandosi selvaggiamente. Fantozzi si tuffò nudo abbracciato ad una valigia dal finestrino. Videro la scritta: Verona e, sotto gli occhi esterrefatti del capostazione e di un venditore di cuscini, ributtarono tutto dentro e ripresero il treno per miracolo dopo una terrificante corsa di cinquecento metri. Mentre cercavano di uccidere Filini tra due cuscini entrò il controllore per i biglietti. Si ricomposero come belle statuine dai sorrisi agghiaccianti mentre quello li guardava con occhi « pallati ». Cominciò una penosa ricerca dei biglietti: pagarono tutti da Tripoli! Fantozzi pagò da Brindisi altre due volte e dormì in tutto un minuto e quaranta secondi. A Chiusa si cambiava treno e dovettero trasbordare Filini che dormiva come un cinghiale a braccia sul famoso trenino della Val Gardena. Durante l'operazione a Fantozzi cadde il basco e ci trovò nascosto il suo biglietto originale. Gli venne da piangere. Alla stazione di Ortisei per farlo camminare dovettero svegliare Filini a rimbombanti pugni in nuca. Ad attenderli c'era il camioncino Volkswagen dell'albergo Italia-Sassolungo. Si fece avanti un tipo da tedesco con un elmo tedesco, vestito da tedesco che, con un forte accento tedesco, disse:

«Herr Filino, bitte?».

«Eccomi qui. Pronti» disse Filini che fingeva di essere sveglio.

«Prego fiene dietro io» disse il tedesco.

E li fece salire sul pulmino dove c'era la bandiera austriaca. Arrivarono all'albergo Italia-Sassolungo sui cui pennoni c'era la bandiera austriaca.

«Fengono da Italia?» domandò il padrone che aveva un bracciale rosso con la croce uncinata ed era un tipo così leggerissimamente nazista che un ebreo sarebbe svenuto a guardarlo.

«Come dall'Italia?» fece Filini imbarazzato. «Certo, siamo partiti ieri sera. Sapevate, no, del nostro arrivo?»

«Ya, quevsto certo, ma con foi italiani non mai securo niente» disse l'S.S. sprezzante.

«Ma scusi, Filini, ma dove siamo?» osò sommessamente Fantozzi.

«Lei è esattamente dofe folete andare. Non fai spiritoso» lo fulminò quello e poi guardandolo fisso negli occhi gli domandò: «Tu jude, ebreo?».

«No, no, sono ariano. Ariano puro» rispose Fantozzi con una sensazione di freddo alla schiena.

«E adesso scnell, prende sulle spalle fostre faligi che faccio federe camere.»

«Scusi» tentò flebilmente Filini «ma non ci sarebbe qualche... facchino?»

«Qvui in Germania nessuno è facchino. Foi italiani unici facchini che conosce, foi italiani mai folia di lavorare, solo canta, chitarra e mandolino e mancia spaghetti. Su! Non fa comedia e prende tua faligia» e diede due comandi secchi in prussiano a quello dell'elmo.

A Fantozzi che aveva due valigie da seicento chili sulle spalle, indicandogli una porta, il tedesco dell'elmo disse:

«Tu grande culo, tu tocca stanza a tue, tuoi camerati stanza a sedici letti... Dove tiene tuo mandolino?».

Era capitato in stanza con Calboni che entrò, si chiuse la porta alle spalle e fece una scorreggia rimbombante.

« Scusa Puccettone, ma devo essere disturbato d'intestino perché mi escono dei venti fortissimi. »

Entrò Filini: « Ma che odore che c'è qui! ».

« Caro Filini, ma che devo fare? M'hanno messo in stanza qui col ventilatore » disse Calboni rassegnato.

Lui divenne viola. « Guarda Calboni che se non la smetti... »

« Per favore, per favore... » lo interruppe Filini. « Ecco il programma di oggi: tra un'ora esatta andiamo a mettere a punto gli attacchi degli sci col maestro, poi ci portano alla pista di fondo. Quindi preparatevi e non fate aspettare. »

E uscì trafelato. Calboni fece subito un altro scorreggione infernale e con una finta di corpo si infilò in bagno.

« Scusa Puccetto » disse chiudendo la porta a due mandate di chiave « ma il medico mi ha detto che questi venti io non li posso tenere. »

Il maestro di sci che li venne a prendere in albergo disse: « Mio nome ist Hans, scusa se parlo poco fostra lingua ».

Filini cominciò le presentazioni:

« Il geometra Calboni, il ragionier Fantozzi, il geometra Molli... ».

Ma Hans, dimostrando un assoluto disinteresse per i loro nomi, disse:

« Strano che foi puntuali. Tagliani mai puntuali ma sempre tardi. Dice cosa e infece fa altra. Mai dice ferità e canta chitarra e mandolini e mancia spaghetti ».

E rise molto divertito da quella spiritosaggine mostrando un irritante sorriso da tedesco.

Uscirono. Pioveva. Hans era molto soddisfatto.

« Occi niente sciare. Nicht. »

Fantozzi l'avrebbe ammazzato, ma poi chiese gentilmente: « Ma perché, scusi? ».

« Perché neve marcia. »

« Ma non si potrebbe magari cercarne un angolino di buona? »

« Cosa cerca? È tutta poltiglia. Foi italiani sempre domande da stupidino. Foi di nefe non può capire. Foi solo chitarre e mandolino e mancia spaghetti. »

« Senta » disse Fantozzi con le mani tremanti e con l'occhio pallato « la finisca con questa storia degli spaghetti. »

« Perché » fece il tedesco. « Tu non mancia spaghetti? »

«Sì, ma non desidero che lei mi rompa i coglioni quando sono in vacanza. Lei deve solo darmi delle lezioni di sci non di vita.»

«Uhei! Puccettone, ma che ti prende? Sei diventato tutto viola!» fece Calboni facendogli un doloroso ganascino.

Filini lo prese da parte.

«Senta ragioniere, mi faccia la cortesia si calmi! Non capisco proprio la sua maleducazione. Mi scusi! Dobbiamo tenercelo buono perché ci insegni a sciare e lei ci vuole rovinare tutto. Venghi, venghi, andiamo a fare due passi.»

Uscirono a regolare gli sci e quando tornarono in albergo, sulla porta, il tedesco con l'elmo gli disse:

«Ehi taliani, pulisci piede prima che entra».

Cominciarono a strofinare i piedi contro lo zerbino gigante dove c'era scritto: «Willkommen».

«Più forte preco!»

«Va bene così, crucco?» domandò Fantozzi e fece un salto polemico di cinquanta centimetri: dal tetto cadde un cumulo di neve di una tonnellata che li incappucciò! Il giorno dopo lui era disperato perché sperava di inaugurare la sua nuova tenuta da fondo, ma pioveva implacabilmente. Non sapeva che fare solo in camera sua dove c'era un odore apocalittico di fogna saltata. Calboni infatti era chiuso in bagno immerso in vasca e cantava a squarciagola «Dammi la tua mano, zingara». Bussarono alla porta. Era il tedesco dell'elmo.

«Ecco i asciugamani...» Poi sentì Calboni.

«Taliani sempre canta eh!» disse ridendo.

Fantozzi non rispose. Con la bracciata di asciugamani andò verso il bagno.

«Calboni ci sono gli asciugamani.»

«Grazie Puccettino, lasciameli lì fuori.»

«Ma scusa, ne hai per molto? Perché dovrei venire un attimo in bagno.»

«E lasciami almeno il tempo di rinfrescarmi. Vai! Vai nel bagno del corridoio.» E riattaccò odiosamente a gola spiegata «zingara».

Dopo mezz'ora, mentre Calboni cantava «Volare», ribussò:

«Ne hai ancora per molto?».

«Uffa Pucci, come rompi! Aspetta che ti apro.» Uscì dal bagno sconciando tutto il pavimento e si rinfilò in vasca.

«Dammi una passata di sapone sulla schiena, và! Così facciamo prima» e gli porse una spazzola.

Durante l'operazione entrò trafelato Filini:

«Venite giù, ho organizzato un torneo di tresette fantastico». E uscì ansimando.

«Dai! Accelera un po' Pucci, che non mi va di far aspettare!» E fece un osceno scorreggione subacqueo.

«Scusami» disse «se vuoi ti faccio vedere il certificato medico che mi autorizza a non trattenere.»

E uscì dalla vasca cantando «Tu mi fai girar, mi fai girar come fossi una bambola». Quando Fantozzi scese giù passando di fronte al banco il proprietario dell'albergo gli disse:

«Foi tipico italiano, canta sempre. Io sentito tutto fino qui».

E poi aggiunse con tono molto gentile:

«Questa sera può cantare, preco, per noi "di sole mio"?».

«Vedremo» disse lui tremando ed entrò in sala giochi.

Calboni lo accolse con un:

«Sei sempre l'ultimo, eh Puccetto!».

«Guarda Calboni che se non la finisci di...»

«Buono, buono...» fece Filini. E poi da parte, quasi amorevole: «Ma che cosa le succede, ragioniere? Ha sempre voglia di attaccare briga! Ma si goda la vacanza, che diamine! Si rilassi. Venghi, venghi che c'è una partita interessantissima».

Fantozzi si sedette rassegnato alle spalle di Filini perché tanto a tresette non sapeva neppure giocare. Piovve a dirotto per tutta la giornata. Prima di cena si dovette dibattere come un'anguilla perché il proprietario voleva che cantasse «'o sole mio».

«No... Mi creda... Veramente... La prego, mi lasci il braccio per favore... Non so cantare. Non ho mai cantato». E il nazista: «Ma se sentito che canti tutta mattina».

E poi implorante: «Fai a prendere tuo mandolino. Sei centile con noi. Una canzone sola...».

Filini lo chiamò da parte:

«Senta Fantozzi, io non riesco più a capirla. Ma che cosa le costa, scusi. Il tedesco vuole che lei canti? E lei lo faccia felice e vedrà che saremo trattati meglio tutti. Ma che cosa vuole, che in cucina ci sputino nei piatti?».

«Ma che gli canto, scusi?» domandò con un sospiro.

«Ma con tutte le magnifiche canzoni che abbiamo in Italia!» intervenne Calboni. «Canta... che so... "voce 'e notte"... "vurria"... ah no, ecco! Canta "turna a Surriento".»

«Torniamo a Sorrento» applaudì felice il tedesco.

Applaudirono tutti. Lui si schiarì la voce e senza musica attaccò atrocemente «Torna a Surriento». Entrò in quel momento Hans, il maestro di sci, che applaudì oscenamente.

«Fedi che poi racione io? Tu canta sempre con spaghetti e mandolino.»

Entrò Filini trafelato che urlacchiò:

«Sono arrivati gli spaghetti!».

Si avventarono tutti selvaggiamente verso la sala da pranzo, ci si serviva da soli: una rissa! Lui, quando passò mugolando davanti ad Hans con un piatto di spaghetti monumentale, abbassò gli occhi mentre quello gli dava un'umiliante pacca cameratesca sulla spalla. Avrebbe risposto con un calcio nei coglioni, ma si controllò per il bene comune.

Non fece che piovere per altri due giorni. Mercoledì mattina era finalmente una magnifica giornata di sole, ma solo alle dieci riuscirono a svegliare Filini con dei colpi di punta delle racchette da sci sul torace.

Hans li aspettava già pronto nella hall.

«Come fa nostro spaghetto canterino?» gli disse «fisto ch'è fenuto, 'o sole mio?»

All'una arrivarono alla pista di fondo, che era poi un campo di pallone adattato: c'era un anello battuto. Erano tutti vestiti da grandi campioni della specialità, ma con culi cascanti e gomma di scorta Michelin X intorno ai fianchi, anche con gli occhiali da cieco Filini. Hans sulla strada, ai bordi della pista fece vedere innanzi tutto come si attaccavano gli sci. Fantozzi capì subito che la cosa più difficile era dominarli. Gli sci di fondo, in questa delicatissima fase sono due insidiosissime anguille, ma una volta che ti sei legato le anguille ai piedi e ci sei montato sopra bisogna rimanere attentissimi e immobili; erano fermi da sei minuti in una tensione muscolare e nervosa tremenda: marmorizzati come statue ai bordi della strada.

Fantozzi disse: «Bisogna stare molto attent...» e si abbatté sul selciato violentemente.

Aveva perso per un attimo la concentrazione e le «anguille» lo avevano fottuto.

«Stai più attento canterino» disse Hans «così ti fai male. Defite stare mollecciati... mollecciati su gambe come fa io.» E balzellava sugli sci con una sicurezza rivoltante.

«Afanti, profa anche foi adesso.»

Rimasero tutti immobili terrificati. Poi Filini disse:

«Avanti, che fate? Molleggia...!».

E fece solo l'accenno: volò con uno strano gorgoglio su, su con tutti e due gli sci e ricadde pesantemente di nuca sul selciato al centro strada mentre passava una corriera a cento ottanta l'ora. Si rialzò leggerissimamente stordito, si pulì le impronte delle catene sulla tuta nuova: era pallidissimo. «È vero, bisogna stare molto attenti altrimenti si rischia di andare sotto qualche macchina.» Disse con voce da topo.

Si avventurarono sulla pista seguendo Hans sui due binarietti tracciati sulla neve. Avanzarono ondeggiando come equilibristi da circo sul filo, con i culi in continui rapidi spostamenti: o troppo avanti o troppo indietro. Ogni quindici metri ne rovinava disastrosamente uno per terra. Venivano superati da pattuglie di bambini biondi che volavano come gabbiani. Era davvero un curioso spettacolo vedere quel branco di disgraziati vestiti come nazionali finlandesi strisciare su quel campetto di calcio come un gruppo di mutilati. Cominciarono i primi disturbi muscolari da fatica e da mancanza di allenamento. Fantozzi aveva due cani lupo che gli mordevano gli inguini e al posto delle scarpe due morse di ferro. Il sole intanto li aveva costretti a denudarsi. Sudavano come orsi.

«Ed ora in bosco a respirare aria buona» ordinò Hans.

Lo seguirono. Nel bosco c'erano diciotto gradi sotto zero e la differenza fra ombra e sole era di quaranta gradi circa. Gli si congelò il sudore in fronte e si rivestirono: o meglio, cercarono di rivestirsi perché nell'operazione si schiantarono quasi tutti sulla neve gelata. Fantozzi che a causa di Calboni erano quattro giorni che non riusciva ad avvicinarsi al bagno fu colto improvvisamente da dolori da partoriente ma riuscì a controllare la situazione. Nel bosco cominciò la discesa: micidiale trappola che Fantozzi non aveva previsto.

«Avanti!» lo invitò Hans «canterino piega cinocchia. Avanti!» Lui esitava.

«Come tutti taliani tu non hai fegato. Unico fegato che conosci è fegato a feneziana.»

Lui strinse i denti, piegò le ginocchia e si avventurò pregando. Vide con orrore che gli sci si aprivano lentamente mentre acquistava velocità. Poi per non essere squartato si lasciò andare. Fece una sforbiciata miserabile e si andò a piantare con una facciata rimbombante nella neve ai piedi del maestro.

«Tu buono solo cantare e litigare, ma poi fedi stupitino cosa fai?»

Ogni volta che cadevano era una tragedia, tra le risate argentine dei bambini biondi celebravano una sorda lotta silenziosa contro le racchette e le anguille maledette che durava dai due ai sei minuti finché arrivava caritatevole la bacchetta di Hans.

«Tiro su io. Tiro su io tuo culo pieno di spaghetti.»

Fantozzi gli avrebbe piantata volentieri la punta della bacchetta in mezzo agli occhi. Dopo le due andarono distrutti a bere uno skiwasser al bar dell'Hotel Plöner. Fantozzi, che aveva già dei mostruosi latrati viscerali, accostò alle labbra la pozione gelata: gli fece subito un effetto micidiale! La sua pressione ventrale salì a sette atmosfere!

«Scusi, dov'è la toilette?» domandò concitatamente al barman mentre stava quasi esplodendo: aveva perlinatura gelata in fronte, mani due coni di ghiaccio, salivazione in aumento. Entrò ansimando in un cessetto a trenta gradi sotto zero!

«Ce l'ho fatta!» pensò.

Stava per rilassarsi, ma aveva sottovalutato un insidiosissimo nemico: la tuta a pelle. Cercò disperatamente, in preda al panico, di trafficare con chiusure lampo chilometriche e di cercare un varco. Poi ebbe un arresto cardiaco, gli venne da vomitare, gli si impigliò la chiusura lampo nei peli, intuì che si sarebbe sicuramente cagato addosso e cominciò a strapparsi la tuta a morsi e con le unghie, finché fu completamente nudo. In quella tragica giornata fu sempre così: un dramma ogni volta che doveva andare solo a fare pipì: nudo a trenta gradi sotto zero. In serata in albergo erano massacrati: naso bruciato dal sole, mani due stigmate per l'uso osceno delle bacchette, gli inguini divorati da due cani lupo, una sbarra rovente nel culo, un fabbro austriaco che dava martellate sotto le piante dei piedi. Tutti avevano alcune linee di febbre da fatica. Calboni simulò una bella bronchite che lo esentò fino alla fine della settimana bianca da quel calvario. Fantozzi invece soffrì fino alla fine. Soffrì gli sfottò del maestro di sci e le piaghe alle mani, i venti di Calboni, il fabbro austriaco e i «cani lupo» agli inguini.

«In compenso tornerò in ufficio abbronzato.» Si consolava segretamente.

Finalmente domenica notte la terribile odissea bianca finì. Calboni approfittò del viaggio di ritorno per ossigenare i capelli a tutti col suo disturbo. In una sola notte persero completamente tutta l'abbronzatura: bianchi come cadaveri, ma distrutti. E appena arrivati, subito in ufficio!

In mattinata verso le dieci mentre si trascinava penosamente in corridoio, incontrò la Silvani. «La impressionerò con la mia faccia da maestro di sci» sperò ardentemente.

Lei lo guardò come si guarda un estraneo.

«Fantozzi è lei? Non l'avevo riconosciuto. Ma che ha fatto con quella faccia è stato malato?»

Lui capì che la profezia di Filini si era avverata: al suo ritorno non lo riconosceva più nessuno!

XII

Italia! Italia!

« Ma che cosa vuole che me ne importi a me di quello che farà l'Italia con l'Inghilterra? Non sono mica uno di quei patiti del calcio che antepongono tutto alla passione sportiva sa? »

Stava dicendo tutto questo con molta convinzione alla Silvani che lo ascoltava molto distratta, anzi come sempre non lo ascoltava minimamente, ma continuava a guardarsi il sopracciglio sinistro in uno specchietto.

« Mi ascolta signorina? » si insospettì lui.

« Ma sì, la ascolto... cos'è che diceva? »

« Dicevo » riprese lui pazientemente « che non capisco proprio i miei colleghi. Ma è mai possibile che da due settimane non si debba parlare d'altro che di questa partita? E che si debbano spendere la bellezza di diecimila lire per andare a vedere ventidue imbecilli che tirano calci a un pallone? E poi cosa cambierebbe nella mia vita se l'Italia battesse, mettiamo il caso, l'Inghilterra? »

E nel finale gli si affievolì la voce.

« Beh! Io me ne vado » rispose la Silvani a conferma dei suoi timori che non aveva ascoltato una parola, e si diresse verso la macchina. Erano al grande parcheggio ed era l'uscita della sera.

Lui la rincorse:

« Signorina... signorina... scusi, ci verrebbe comunque a vedere la partita domenica pomeriggio? Se lei viene posso procurarmi dei biglietti omaggio! ».

Non era vero, se lei avesse detto di sì i biglietti li avrebbe comperati al bar Stella: li aveva già fatti mettere da parte con quella speranza.

« Potrei anche venire » disse lei salendo in macchina « anche perché il calcio non mi interessa minimamente, anzi è la cosa che odio di più al mondo. »

Lui rimase colpito da quella strana logica.

«Ma allora viene o no?» domandò ansioso.

«Vedremo» disse lei «vedremo, chi vivrà vedrà, lei intanto si facci dare i biglietti omaggio.» E partì facendo stridere le gomme.

«Grazie... grazie» salutava sorridendo felice.

Si avventò al bar Stella come un samurai.

«Franco» urlacchiò al proprietario. «Mi dii i due biglietti che le avevo detto di mettermi da parte!»

«Quali biglietti?» domandò Franco con tono odiosamente insopportabile. «Ho visto che non me li chiedeva più e li ho dati via, oggi è già venerdì, non voleva mica che mi rimanessero sulla schiena?»

Lui uscì dal bar disperato senza salutare. Doveva procurarsi ad ogni costo quei dannati biglietti.

L'indomani mattina, sabato, alle otto si recò allo stadio. I botteghini aprivano alle dieci e c'era già una coda terrificante. In verità era una coda all'italiana e cioè una rissa. Si mise «in rissa». Naturalmente la sera prima aveva mentito spudoratamente: lui era il più fanatico e maniacale appassionato di calcio di tutti i tempi! Sapeva a memoria formazioni della Juve del quinquennio '30-'35, marcatori di tutti i tempi, record di presenze in nazionale, non aveva mai perso una telecronaca registrata di una partita di serie B sul secondo ed era capace di ammazzare con 44 colpi di roncola chi gli potesse rivelare un risultato di una telecronaca differita. Dei quotidiani in cesso leggeva solo la pagina sportiva: insomma un autentico e pericoloso monomaniaco.

Alle dieci esatte aprirono i botteghini e la «rissa» degenerò in uno scontro violentissimo: bestemmie, spinte, gomitate sui denti e poi finalmente sputi, coltellate e calci alle palle con rincorse fino a dodici metri. Alle dieci e dieci i biglietti erano esauriti e chiusero i botteghini, ma la battaglia continuò violentissima fino a mezzogiorno. Lui era nell'occhio del ciclone. Era rimasto in mutande e stava facendo una tremenda presa di collo a un bancario del Credito Italiano: cercava anche di staccargli un'orecchia e di sputargli in faccia. Alle 12,30 il campo di battaglia fu circondato da atroci bagarini napoletani che attirarono quel gruppo di disgraziati in un'imboscata. Sventolarono dei biglietti e scapparono verso la città vecchia. Cominciò un nuovo tipo di guerriglia urbana al quale non era assolutamente allenato.

«Tenete i soldi in bocca!» urlavano i bagarini con dei megafoni.

«Quanto?» rispondevano i «disgraziati» che non li vedevano.

«Quarantamila a biglietto!»

Fantozzi si mise tra i denti un sanguinoso biglietto da centomila nuovo.

«Eccomi, sono qui, voglio due biglietti, ho i soldi in bocca!...»

Era vicino ad un palo della luce che improvvisamente si animò e gli sfilò con estrema destrezza il biglietto di bocca: era un bagarino napoletano in un sagace abilissimo travestimento!

«Aspettate ora vi porto il resto» disse il palo della luce.

«I biglietti... mi dii i biglietti!»

Glieli strappò dopo una breve ma violentissima colluttazione.

«Mi dii ventimila di resto per favore... il mio resto... le mie ventimila lire!...»

«Aspettate che ora vi porto il resto» erano voci di bagarini camuffati da tutto: tombini, motorette, ringhiere in ferro.

«Aspettate... aspettate» sentiva e poi tutto fu coperto e mescolato ad oscene risate. Lui aspettò fiducioso per un'oretta poi cominciò ad insospettirsi perché da dietro delle finestre chiuse ogni tanto sentiva dei gorgoglii in napoletano e qualche oscena risatina di scherno nella stessa lingua. Aveva voglia di piangere e si recò allora dai carabinieri per sporgere regolare denuncia.

«Senta» disse con tono deciso a un brigadiere di servizio «mi hanno truffato di ventimila lire! Sono dei bagarini napoletani... sa... i soliti mascalzoni!...» Trillò il telefono.

«Scusate un attimo» disse il brigadiere napoletano. «Pronto? Dove è successo? Ma come è possibile... sequestrate 18 persone?!! Va be', mi dispiace.» E riattaccò.

«Desiderate?» domandò cortesemente a Fantozzi ma fu interrotto da un'altra telefonata.

«Pronto! Sì?... Come? Distrutta completamente una scuola da un assalto di terroristi tredicenni? ...va bene, forse mandiamo una Gazzella ...dico forse perché siamo senza mezzi ...sono tutti impegnati in azioni antiguerriglia urbana ...va bene?»

«Ditemi, signore» si rivolse nuovamente a Fantozzi.

«Ecco» ricominciò lui «lei sa quanto siano ladri e farabutti i napoletani... ora io voglio sporgere regolare denuncia contro chi mi ha truffato ben ventimila lire!»

Arrivavano altre telefonate che annunciavano che avevano

violentato il Presidente del Consiglio e messo una bomba nel palco del Governo a Montecitorio.

«Dunque lei vuole sporgere denunzia per truffa? Voi volete?...»

«Sì, per una truffa di ventimila lire!...»

«Ditemi il nome del truffatore.»

«No, il nome non lo posso dire perché non lo conosco.»

«Che faccia aveva questo tipo?»

«Era camuffato da palo della luce...»

Continuavano ad entrare carabinieri feriti nella guerriglia urbana che impazzava per le strade da una settimana. Fantozzi non ebbe il coraggio di finire la sua denuncia.

«Era un palo della luce... cioè sembrava un palo della luce, ma era un truffatore napoleta... beh, grazie molte e arrivederla!»

Domenica pomeriggio quando la andò a prendere sotto casa, la Silvani gli domandò:

«Ha trovato i biglietti omaggio?»

«Certo» rispose lui «eccoli!» E si batté il petto all'altezza dei biglietti.

«Me li facci vedere» trillò la Silvani.

Lui andò subito nel pallone più completo perché non voleva che lei vedesse che non erano biglietti omaggio, ma c'era su scritto il prezzo: L. 10.000.

«Aspetti un attimo» cominciò a ingarbugliarsi in maniera miserabile.

«Cosa debbo aspettare?» incalzò lei come un trapano distratto.

«Aspetti che ora forse... ecco non mi entra la mano nella tasca!»

Ma lei non mollò la presa: «Guardi Fantozzi che se per caso mi ha fatto la cialtronata dei biglietti, facendomi fregare una domenica di sole io... io...».

«Aspetti, mi dii tempo la prego... un attimo, solo un attimo» implorava lui braccato dai soliti tragici sintomi: mani due spugne, salivazione azzerata, «perlinatura» gelata in fronte, manie di persecuzione, miraggi.

«Eccoli» disse ormai in angolo, tirò fuori i due biglietti dei bagarini napoletani coprendo maldestramente le cifre con il pollice.

«Va bene, va bene» disse lei «andiamo ora!»

«Ha visto che avevo trovato i biglietti omaggio?»

«Chi glieli ha dati?»

«Conosco gente molto in alto!»

Entrarono allo stadio. I bagarini napoletani gli avevano rifilato dei posti mostruosi: lui era dietro l'unica colonna dello stadio.

Proprio al calcio d'inizio la Silvani trillò:

«Fantozzi ora ci faremo quattro risate alle spalle di questi ventidue imbecilli che corrono dietro a un pallone... perché a me del calcio non me ne frega niente!».

«Anch'io sono venuto a farmi quattro risate, perché di questo stupido gioco anche a me non me ne fre...»

Non finì la frase perché Causio aveva fatto un numero d'eccezione e la frase gli si modificò in gola in un disperato:

«Forza Francoooo!».

La Silvani lo guardò con sospetto.

«Chi è questo Franco?»

Lui ripiombò nella sintomatologia da balordone: salivazione patinata, mani spugnate, ma si salvò per miracolo:

«È un mio lontano... parente malato che ha bisogno di conforto...».

Lei lo guardò un po' incredula.

Calcio di punizione in favore dell'Italia: batte Antognoni: «reteeeeeeeeee!!!!» urlò lui cianotico e cominciò ad abbracciare un suo vicino di sinistra.

«Ma che succede Fantozzi?» domandò lei ormai sospettosissima.

«Niente, niente ho abbracciato questo mio vecchio compagno di scuola che non vedevo da trent'anni e che solo ora ho riconosciuto.»

«Meno male, temevo proprio che fosse uno di questi stupidi tifosi che ci sono qui in giro!»

«Io? Ma che dice signorina, non mi permetterei mai!»

La Silvani cominciò allora a ridere divertita «per quello stupido spettacolo!».

«Rida anche lei Fantozzi, rida... che buffi che sono questi ventidue stronzi, vero?»

«Sì, è proprio vero signorina, sono proprio ridicoli...»

«Dica stronzi, la prego...»

«Si è vero, sono proprio degli st...» proprio in quel momento con un tuffo sensazionale Bettega segnò un secondo memorabile goal alla squadra inglese.

«Reteeeeeeeeee!!!!!!» urlò Fantozzi balzando su come un

missile a Cape Kennedy.

« Sta scherzando naturalmente, vero Fantozzi? » la Silvani lo scuoteva per un braccio.

« Chi sta scherzando? »

« Lei naturalmente... dica stronzi. »

Allora perse la testa: « Stronza sarai tu... capra maledetta... Io stavo scherzando prima quando dicevo che ero venuto qui per farmi due risate... ma io non sono venuto qui per farmi due risate, io vivo per la nostra gloriosa squadra di calcio, io vivo per la nazionale, io sono pazzo della nazionale, sono innamorato di Causio, capito vecchia troia... » e dicendo questo le sputò in faccia e si buttò in mezzo alla calca delle bandiere azzurre.

Verso le undici di sera la Pina cominciò le ricerche nei pronto soccorso degli ospedali e all'Obitorio, poi telefonò ai Carabinieri: ma era scomparso, volatilizzato.

Lui invece stava ballando un saltarello abruzzese con un gruppo di disperati: erano quasi tutti in mutande, fiaschi di vino e bandiere tricolori: stavano tuffandosi nelle fontane perché quella era la loro unica grande vittoria dopo tutte le sconfitte di quella porca vita.

XIII

Natale a Copenaghen

«Ma cosa vuole che me ne freghi a me della pornografia, quella è roba da maniaci, da complessati, da psicopatici impotenti, da gente sessualmente infeli...»

«Vabbé, vabbé, d'accordo» lo interruppe Filini «non si scaldi ragioniere, è diventato tutto rosso e ha la vena della fronte ingrossata, guardi, che si può andare a Copenaghen per mille altri motivi. Senta qua, senta qua» e prese a leggere il solito micidiale programma.

«Natale nella meravigliosa Cobnau.»

«Come ha detto?»

«Si dice così in danese: Cob-nau la splendida capitale nordica del favoloso Andersen. Partenza il 23 dicembre con volo charter alle 20 da Roma-Ciampino o alle 21,30 da Milano-Linate. L'areomobile, noleggiato dalla Interviaggi di Bologna è un magnifico trimotore Caproni A1915.»

«A1915? Che cos'è l'anno di co...?»

«Ma cosa vuole che sappia io di aerei ragioniere. Sarà il tipo di aereo. L'arrivo, salvo imprevisti...»

«Come salvo imprevisti?»

«Sì, saranno eventuali ritardi causa traffico, questa è una Compagnia seria, sa! Allora dicevo, l'arrivo è previsto all'Aeroporto internazionale di Cobnau dalle 23 alle 3 del mattino. Trasferimento in taxi all'albergo Royal in camere singole o a due o a tre letti. Il 24, vigilia di Natale, gita facoltativa in pullman al Castello di Amleto a Helsingor, e al villaggio di pescatori di Gilleleje. Ritorno in albergo e cena al ristorante Pavillon noto per le sue seicento qualità di sandwich, 25 giorno di Natale a disposizione, 26 giorno di S. Stefano visita della città: piazza del Municipio, la famosa Sirenetta e trasferimento all'aeroporto con partenza per l'Italia alle 15,45.»

«Arrivo previsto?» domandò Fantozzi.

«Non fanno previsioni» rispose Filini «ma che gliene frega di sapere quando si arriva, scusi.»

«No... vede io vorrei sapere solo se prevedono di arrivare.»

«Ma com'è pignolo lei alle volte! Prezzo tutto compreso, dico tutto, viaggio in aereo, trasferimento, albergo, vitto e alloggio, lire...» fece una pausa piena di suspence. «Dica... lire? Dica, dica.»

«Non saprei» disse Fantozzi.

«670.000 lire» disse Filini trionfante. «Trattenibili sullo stipendio vadi, vadi, di corsa al personale a farsi autorizzare la trattenuta.» Come sempre, sentì una sensazione di caldo allo stomaco, gli si annebbiò leggermente la vista e si sentì trasportato da una forza misteriosa verso l'ufficio personale.

Cinque giorni dopo era seduto in aereo: quarta fila conquistata dopo un brevissimo, ma violentissimo assalto di lotta greco-romana. Si era diligentemente allacciato la cintura: prima per tragico errore solo quella dei pantaloni. Poi su consiglio dell'esperto Filini quella di sicurezza. L'aveva stretta a morte e rantolava impercettibilmente: colore del viso blu notte.

Durante il rollaggio per riscaldare i motori l'aeromobile perse un'elica e il comandante Tombale e il suo equipaggio dovettero interrompere il rituale annuncio per radio di benvenuto a bordo per scendere da una scaletta segreta con cacciaviti, un nastro di fil di ferro e un martello a riattivare l'elica.

Da bordo sentivano delle martellate terrificanti e delle bestemmie da competizione. Tombale, risalì dopo una mezz'oretta. Fantozzi sentì che diceva al funzionario dell'Interviaggi:

«Speriamo che tenga, comunque dica alla compagnia che io non mi assumo nessuna responsabilità!».

Rientrò in cabina e cominciò: «Signore e Signori buongiorno, è il comandante Tombale che vi parla e vi porge il benvenuto a bordo del Caproni A1915...».

Si sentì un curioso gracidio poi più nulla. Si aprì la porticina che immetteva nella cabina piloti, era il comandante in persona: tuta da pilota, collo di pelo e mefisto in cuoio e occhiali, sciarpone di lana, avrà avuto al massimo 81 anni.

Si schiarì la voce, fece megafono con le mani davanti alla bocca e continuò: «...in volo dicevo da Roma a Copenaghen via Milano dove spero di arrivare», e si toccò nettamente le palle infilandosi una mano in tasca «quando potremo, tenetevi bene saldi con le mani puntate sugli schienali di fronte e... pregate!».

Scomparve, rientrò e domandò: « A proposito, c'è qualcuno che se ne intende di motori di aerei a pistoni... ». Aspettò un attimo poi fece un gesto sconsolato come a dire « Me lo immaginavo! » e rientrò in cabina.

Fece un decollo strano, mise al massimo i motori e partì: si mangiò tutta la pista senza alzarsi di un millimetro, rimise i motori al minimo e disse: « A monte, me ne rischio un altro! ». Ripartì in senso contrario: niente! Riapparve sulla porta e disse: « Proviamo a sistemarci in un altro modo: quel signore un po' grasso, scusi sa, qui davanti seduto per terra, tutta la fila vicino ai finestrini di sinistra si sposti al centro perché da questa parte ho l'elica che non mi dà molto affidamento. Fumate pure che tanto se deve succedere succede » e si ritoccò nettissimo sotto la tuta. « Vi consiglio di tenere gli occhi chiusi e lo ripeto pregate! » Rientrò. Ripartì coi motori al massimo.

A bordo stavano tutti con gli occhi chiusi abbracciati alle poltrone. Pregavano disordinatamente.

Tombale si mangiò tutta la pista in cemento, un pezzo di terra battuta, una piccola palude, un campo di grano, due chilometri della statale per Rieti e sfiorando un casolare prese lentamente quota tra gli applausi.

Attaccarono subito « Quel mazzolin di fiori che vien dalla montagna ». Balzò in piedi il geom. Disperati e propose una variazione: « Voi in coro cantate "Quel mazzolin di fiori" e io faccio bum! e poi un salto! E voi continuate "Che vien dalla montagna..." e io faccio bum!! e faccio un altro salto e così via, chiaro??!! ».

La proposta fu accolta da clamori entusiastici e attaccarono: « Quel mazzolin di fiori » fece un coro generale e gioioso.

« Bum! » fece Disperati facendo un salto di 50 cm.

« Che vien dalla montagna » ancora il coro.

« Bum!! » fece Disperati e fece un salto di 57 cm.

Coro: « Bada bene che non si bagna ».

Disperati: « Bum!! » e salto.

Coro: « Che lo voglio regalar ».

Disperati: « Bum!! » e altro salto.

Coro: « Regalar... ».

Disperati: « Bum!! » salto più alto.

Coro: « Regalar... ».

Disperati: « Bum!!! » salto di 82 cm.

Coro: « Regalar... ».

Disperati: « Bum!! » salto: squarciò il pavimento e con un urlo orrendo scomparve!

Tranquillizzarono la moglie dicendole che in fondo erano forse sopra Firenze e che certamente data la buona indole dei toscani se la sarebbe cavata.

Venne fuori Tombale: vietò i canti di ogni tipo e aiutato dal secondo pilota mise dei fogli di carta di giornale sul buco perché entrava uno spiffero insopportabile. Sopra Milano si sentì in cabina piloti il rumore di una colluttazione terrificante e l'aereo cominciò a inclinarsi ora a destra ora a sinistra paurosamente e poi si rimise in linea di volo.

Comparve il rappresentante della Interviaggi: era una maschera di sangue e aveva la giacca senza una manica e col bavero penzolante:

« Ho avuto » esordì « una piccola discussione col comandante Tombale che non vuole scendere a Linate a raccogliere i 600 passeggeri che aspettano da questa mattina. Io penso che democraticamente sia più giusto che siate voi a decidere. Quindi voteremo per alzata di mano. Allora quelli che vogliono scendere alzino il braccio: via! ». Cominciò a contare: uno, due, tre, quattro... si interruppe. « Lei signore ha il braccio alzato o no? » e si spostò in avanti per vedere meglio, mise il piede sul giornale e scomparve in silenzio nel buco di Disperati.

Andarono direttamente a Copenaghen. Sopra Copenaghen si aprì la porta e comparve il comandante Tombale e il suo secondo pilota. Tombale si schiarì la voce con un colpo di tosse:

« Scusatemi ma l'interfonico di bordo non funziona. Dunque tra pochi minuti atterreremo... forse all'aeroporto intercontinentale di Copenaghen. Il comandante Tombale e il suo equipaggio » e indicò il secondo « vi ringraziano e sperano di avervi ancora a bordo di quest'aereo! Allacciatevi le cinture di sicurezza e mettete il passaporto tra i denti per evitare il solito casino in un'eventuale identificazione delle salme » e si inchinarono a ringraziare fra applausi clamorosi e urla di bene, bravo...

Tombale e il secondo si inchinavano e rientravano in cabina. Ricomparivano ad ogni applauso. Ebbero 12 chiamate. Alla tredicesima Tombale venne un po' troppo in avanti e mise un piede su un giornale, fece appena in tempo ad aggrapparsi al secondo pilota e con un urlo lacerante scomparvero insieme nel buco Disperati.

Ci fu un silenzio orrendo. Si guardarono tutti, poi Filini disse:

« Non perdiamo la calma, via, via, non è successo nulla.

Ragionier Fantozzi vadi a vedere chi sta pilotando l'aereo».
«Io?» fece Fantozzi pallidissimo.
«Vadi, vadi e stia attento a quei giornali lì per terra.»
Lui avanzò lentamente, scavalcò con grande prudenza tutti i giornali e le riviste che incontrava, fece un passo molto lungo per scavalcare il giornale di Disperati e fece timidamente capolino in cabina di pilotaggio. Fuori intanto stavano tutti pregando.
Filini domandò: «Ragioniere, allora?».
Ricomparve Fantozzi: stava vomitando, disse solo: «Non vorrei che qualcuno si allarmasse, ma ho la netta sensazione che non ci sia nessuno».
«Come nessuno?» disse Filini «non dica sciocchezze. Mi facci vedere!» scomparvero nella cabina. Quando uscirono Filini perdeva saliva dagli angoli delle labbra, disse: «Non perdiamo la calma, c'è qualcuno tra di loro che ha qualche rudimento di volo?». Silenzio. «Benissimo chiamiamo la torre di controllo di Cobnau, ci daranno istruzioni. Voi intanto attaccate un bel coro di montagna... senza variazioni» aggiunse prudentemente.
Attaccarono la «Montanara», ma stonavano tutti. Filini e Fantozzi, intanto, in cabina, cercarono di capire qual era la radio. «Vediamo un po'» Filini guardava coi vetri da civetta le almeno 78 manopole del cruscotto «ragioniere prova a toccare questa.»
«Ma perché proprio io? Prova lei!»
«Ma non mi facci di queste ripicche, avanti prova.»
Fantozzi era seduto al posto del primo pilota, stava per toccare l'idrante antincendio quando si sentì una voce autorevole e veneranda all'interfonico di bordo: «Alt! Stia fermo! Signore e signori, vi consiglio di mantenere la calma, sono l'aeromobile Caproni A1915 della prima guerra mondiale» era la voce del vecchio aereo «ho quindi una tale esperienza in fatto di atterraggi, decolli, emergenze, che me la caverò anche questa volta benissimo da solo. Vi ringrazio per la fiducia, ma spero vivamente che la prossima volta vogliate effettuare una scelta più oculata. A tutti in ogni caso Buon Natale».
Il vecchio Caproni A1915 fece un atterraggio magistrale. Si precipitarono tutti in cabina ad abbracciare Fantozzi mentre i motori si spegnevano da soli. Fantozzi fu estratto dal posto di guida e portato in trionfo nel corridoio tra gli applausi.
Si aprì la porta di coda: «Signori, Cobnau ci attende» dis-

se Filini. Uscì e scomparve sfracellandosi sul cemento della pista. « Ecco » disse il vecchio aereo « dovete scusarmi ma la scaletta automatica io non l'ho mai avuta! »

Si calarono con estrema prudenza a uno a uno, fecero scendere i bagagli, se li caricarono sulle spalle e lentamente si avvicinarono in lunga fila verso l'aerostazione.

Quando erano a 30 metri di distanza si sentì una voce commossa: « Addio amici, siate felici ». Era il vecchio Caproni che detto questo si sfasciò completamente.

« Andiamo, andiamo, non facciamoci prendere dai sentimentalismi » disse Filini e guidò il gruppo verso la scritta luminosa « Copenaghen International Airport » sulla pista buia. Erano le 3,26 del mattino.

Il danese era una lingua ostile e cattiva, non ne uscivano vivi. La prima lotta terrificante fu all'ufficio immigrazione, Filini parlava per tutti in una lingua immaginaria: un misto osceno di francese, spagnolo e inglese italianizzato: « Sem pour un gir della cit nus volem passer il Natal acchì ».

I funzionari dell'ufficio immigrazione danese lo guardavano esterrefatti. Lui sudava come una bestia. Gli si erano appannati gli occhiali, ogni tanto si voltava verso il gruppo accampato per terra con le valigie: « Ora ce la facciamo, non perdiamo la calma, ci stiamo lentamente avvicinando ad un civile dialogo ». « Capit? » domandava al funzionario « nu volem selman visité Copnau, chiar no? »

Quelli invece erano molto, molto imbarazzati, non riuscivano a capire le intenzioni di quel branco disperato:

« How long will you stay in Danemark? » domandavano gentilmente in inglese.

« Okey, d'accordo » rispondeva Filini sorridendo e grondando gocce di sudore sul banco. Filini rischiò anche l'arresto un paio di volte per oltraggio alle istituzioni. Furono salvati da un gelataio veneto che faceva il pendolare d'estate a Copenaghen e veniva a trovare la fidanzata danese per Natale.

A quell'ora della notte l'aeroporto internazionale di Copenaghen aveva un aspetto strano: non solo non c'era traccia del promesso accompagnatore danese della Interviaggi, ma era come se fossero arrivati nel deserto di Gobi in Mongolia durante una pestilenza.

All'uscita dall'aerostazione li tradì la temperatura un po' bassina della città: 65 gradi sottozero! Rimasero di colpo bloccati, surgelati come prodotti Findus. Tutti immobili nelle posizioni più strane: chi chinato nell'allacciarsi una scarpa, chi sorridente mentre indicava un punto lontano nell'orizzonte gelato.

Dopo 19 minuti Filini riuscì a sbloccare le mascelle e un arto: «Bisogna riconoscere che ha rinfrescato un po'!» disse e diede un colpetto al braccio del geom. Franchi che era immobile e sorridente, ma il braccio si staccò e gli rimase in mano. Franchi non rispose. Dopo un leggerissimo imbarazzo Filini urlacchiò: «Allegria... allegria...». «Non è successo nulla, vita, vita!» Nascosero astutamente Franchi in un refrigeratore di bibite che era lì a portata di mano e lo salutarono militarmente. Il disgraziato fu venduto poi a trance il giorno dopo, all'insaputa della famiglia come merluzzo da un astuto emigrato napoletano!

Si ripresero lentamente tutti e si avviarono a piedi in lunga fila verso il centro di Copenaghen. Fantozzi, si trascinava lentamente con la sua oscena valigia di 18 kg, quando fu affiancato dalla Silvani che trascinava un valigione inquietante. «Non mi dà una mano Fantozzi?» «Me la dii» fece lui subito «gliela porto io... la porto io».

Era un mostro di 85 chili!

Appena lei gliela mollò completamente lui si inclinò di 45 gradi e capì subito di che razza di inferno in piombo massiccio si trattava.

«Le pesa?» trillò la Silvani.

«No assolutamente, signorina.» Vibrava tutto, ansimava, poi gli venne un curioso effetto di sdoppiamento della vista e un fischio in gola. Il sangue non circolava più nella mano: era tutto raggrumato nelle dita che erano rosse, bluastre e bianche e la mano ormai un artiglietto anchilosato da topo svizzero.

«Ce la fa?» trillò la Silvani, saltellando leggera al suo fianco.

«Sì!» ringhiò lui a stento. Zigzagava come un marinaio danese all'uscita di una birreria di Casablanca. Avanzava a strappi violenti, poi si bloccava di colpo, rimaneva in una posizione di stallo totale, bestemmiava, mormorando mozziconi di frasi oscene, ripartiva di slancio, quasi cadendo in avanti. Poi improvvisa la tragedia: si trovò di fronte a una scala di 40 gradini, 40 ripugnanti, indescrivibili, terrificanti gradini. Col mostro di piombo gli fu subito chiaro che non ce l'avrebbe fatta mai!

Si fermò un attimo a pregare: gli veniva da vomitare, aveva tutta la parte destra del corpo anestetizzata. Poi chiuse gli occhi e con un urlo orrendo da samurai impazzito si buttò alla morte. Fece miracolosamente tutta la rampa in salita e arrivato in cima vide il baratro sotto di lui: c'erano altri 40 gradini che davano sulla stazione dei pullman! Capì che era la fine e si lasciò cadere dietro il mostro di piombo. Cominciò uno strano galoppio valanghesco verso il fondo della voragine urlando disperatamente aiuto con tutto il fiato che gli restava.

A mezzo percorso centrò in piena fronte Filini che cercava di arginarlo con una spigolata silenziosa ma micidiale: il disgraziato si abbatté di schianto come un coniglio selvatico, senza un lamento. Lui rotolò come un polpo ripugnante ai piedi della Silvani. «Bravo Fantozzi ha una bella forza sa!»

Per un attimo da terra sentì improvviso l'impulso di abbattere a ginocchiate sui denti quell'orrenda capra, ma disse: «Si figuri! dovere, signorina» e vomitò impercettibilmente sull'asfalto.

L'Interviaggi si era accuratamente premurata di non lasciare più tracce: era solo un ricordo lontano della partenza: funzionari sorridenti e premurosi all'atto del pagamento delle quote.

Le condizioni di pagamento poi erano state terrificanti. Bisognava pagare tutto subito. Se per alcuni contrattempi, come morte violenta di due parenti di 1° grado o grave trauma fisico, come perdita di entrambe le braccia, un iscritto cercava di sottrarsi al trappolone e annullava la prenotazione con almeno due anni di anticipo perdeva soltanto il 50% della somma. Sei mesi prima solo l'80% e il 100% in tutti gli altri casi. Cioè sempre!

Lì al parcheggio, c'erano quattro pullman numerati con gli autisti addormentati in maniera clamorosa, russavano come tapiri colombiani, sudavano e urlacchiavano in preda a incubi orrendi. Filini rinvenne dopo sei minuti. Aiutò Fantozzi a caricare sul numero 1 il mostro piombato e cominciarono a tentare di svegliarne delicatamente qualcuno. Poi passarono alle maniere forti: urla nelle orecchie, pugni e scarpate sui denti, valigiate con rincorsa in nuca, ricatti. Si svegliò l'autista del n. 3 e dettò le sue condizioni: per partire voleva una colazione danese: cioè uova e prosciutto, caffè lungo, crostini, salsicce alla griglia, una fetta di ananas, un bicchiere di latte omogeneizzato, e una spremuta di frutta. Un manipolo dei disgraziati subì il capriccione e si buttò disperatamente alla caccia del fabbisogno nella città deserta. In testa c'era Filini il poliglotta. Adocchiarono l'astanteria di un ospedale con servizio di pronto soccorso, scambiandola per una latteria: entrarono in gruppo.

Attaccò subito Filini: «Sem un grup de italien, noialtr avem besogn de quatr ov, prosciut, lat, sughér». Lampeggiò un'occhiata veloce tra gli infermieri e il medico di guardia: Filini fu subito caricato su una barella, denudato e dopo un'iniezione calmante spedito a gran velocità verso la sala operatoria dove quattro feroci chirurghi aspettavano frementi e pronti a tutto.

« Aiut! » urlava la povera bestia « Aiut son san, c'è un error... son normal!!!! Telefonat per favor a Interviaggi!!! »

L'intervento durò 4 ore. Quando Filini uscì sghignazzava. Sputò in faccia al chirurgo principale: in un sacchetto di plastica, con cubetti di ghiaccio, gli avevano restituito tutto quello che gli avevano tolto per errore. Sulla porta il chirurgo fondamentale gli restituì anche un pezzo di milza: « I'm sorry, terribly sorry » disse inchinandosi. Filini questa volta rispose in perfetto inglese: « Ma va a dar via i ciap! »

Erano ormai quasi le 8 del mattino e la città si stava svegliando. Anche gli autisti dei pullman stavano lentamente risalendo a livelli di coscienza.

Nei sedili di fondo di uno dei pullman si svegliò di colpo con un urlo lacerante e in un bagno di sudore anche il rappresentante danese dell'Interviaggi: era un orrendo ossigenato di 46 anni con le mani gelate e sudatissime. Parlava un italiano rudimentale e Fantozzi che gli era vicino sentì che aveva purtroppo un alito tipo fogna di Calcutta. Esordì con un simpatico « Ma dove cavolo vi siete cacciati? »

« Ma dove cavolo si è cacciato lei? » sbottò Filini incazzato come una jena. « Questa organizzazione fa veramente schifo!!! »

« Mi dispiace » disse l'ossigenato « amici italiani, ma qui tutto sempre marcia giusto perché qui siamo in Danimarca, un paese molto civile, non ti dimenticare che non siamo in Italia! »

« Ma guardi » sbottò Fantozzi con un leggero pallato oculare « che l'Italia lei non se la ricorda più, non è mica quella di una volta ormai, è un paese europeo e sotto certi aspetti forse più civile della... » Non finì la frase perché fu interrotto dallo scoppio di una rissa violentissima al pullman n. 1. I pullman per motivi misteriosi, dato che erano tutti italiani, erano divisi per lingua: l'1 con interprete in italiano, il 2 in francese, il 3 in inglese. Del 4 non si capiva bene il cartello.

Una settantina di iscritti si stava massacrando con una violenza inaudita per salire sul pullman italiano. Era uno spettacolo indescrivibile, testate sul ventre, ginocchiate sui denti a chi cercava di rialzarsi, molti morsi alle nuche, ma soprattutto sputi in faccia accompagnati da insulti violentissimi e molto elaborati. L'ossigenato guardò Fantozzi con disprezzo. « Vedo, vedo che è paese molto civile. » Fantozzi abbassò gli occhi, tremava leggermente e quello gli fece con la mano a sudore gelato un atroce ganascino.

Poi assegnò i posti. Calboni e la Silvani salirono sull'italiano, Filini per miracolo sull'inglese. Dal finestrino urlò a Fantozzi: «Ragioniere salghi qui... le traduco tutto io!».

Ma Fantozzi preferì rischiarsi il pullman misterioso con un gruppo di rassegnati: era un pullman turco!

Li portarono subito e distrutti com'erano a Helsingor il castello di Amleto, al villaggio di pescatori di Gilleleje, la piazza del Municipio di Copenaghen e a visitare la Sirenetta: in tutto 182 km in 46 minuti! Senza il tempo neppure di pisciare e Fantozzi con l'interprete turco! Non lo osò rivelare, mai a nessuno, ma gli era sembrato di capire che la Sirenetta fosse una cugina di Amleto e la statua di Andersen la regina Geltrude.

Alle due di quel pomeriggio – e cioè al tramonto, perché tale è la lunghezza delle giornate nei paesi nordici d'inverno – li scaricarono al ristorante Pavillon, sulle rive di un lago ghiacciato, quello famoso per le sue 1500 varietà di sandwich... Era un buffet in piedi, e anche in quest'occasione la civiltà italiana venne fuori subito.

Fantozzi, che era vicino all'ossigenato, si beccò una gomitata in bocca mentre tentava di raggiungere almeno la terza fila. Dopo 26 minuti esatti riuscì ad arrivare in prima fila, afferrò miracolosamente quasi al volo un panino a caso e fu risucchiato in quarta. Gli era toccato il famigerato panino al cetriolone danese! Quando il cetriolone gli scese in gola ebbe la sensazione di un pericolo mortale e capì subito, ma purtroppo gli era ormai slittato fino allo stomaco, che per digerirlo ci avrebbe messo almeno 15 giorni buoni.

Il pomeriggio – cioè quella atroce notte polare – era a disposizione e Fantozzi e il suo cetriolo si unirono ad un gruppetto capeggiato dal «massacratore».

«Venghi» gli disse a bassa voce Filini, con tono da cospiratore «andiamo a vedere gli spettacolini un po' spinti!»

«Ma cosa vuole che mi interessi, quella roba lì» ribadì flebilmente Fantozzi e si lasciò portare via.

Furono catturati dal solito autista mascalzone il cui occhio clinico aveva subito individuato un manipolo di vittime.

La prima tappa fu un «sex life show» cioè un posto dove si assisteva ad atti sessuali dal vivo. Era una topaia orrenda con un odore di cavolo bollito terrificante.

Quattro poltroncine attorno ad una specie di palcoscenico, buio completo. I disgraziati scivolarono dentro come guastatori, spintonati dal tassista che ammiccava oscenamente ai gestori napoletani del locale.

Presero posto in prima fila. Nella stanzetta accanto sentirono degli urlacci in napoletano verace. Stavano svegliando a bastonate gli interpreti del «sex life show». Si alzarono leggermente le luci. Loro erano imbarazzati e non osavano guardarsi. Erano in cinque: Molli, Colsi, Filini, Fantozzi e il suo cetriolo maledetto.

Due ombre strisciarono silenziosamente nella penombra del palcoscenico: erano un ragazzotto sardo col culo pelosissimo ed una ripugnante culona danese di 42 anni che puzzava come una jena. Cominciò una indescrivibile farsa perché i due mascalzoni fingevano vergognosamente. Dopo sei minuti i due uscirono.

Fantozzi soffiò all'orecchio di Filini: « Queste cose, oltre a essere poco erotizzanti, mi fanno quasi ridere, vero? ».

« Perfettamente d'accordo, » rispose Filini quando strisciò sul palcoscenico una ragazza negra che cominciò a masturbarsi con un vibratore, contorcendosi e mugolando.

Sulle prime il gruppetto tentò di reagire con strane risatine. Ma più la ragazza si dimenava, più le risatine si affievolivano. Poi scese sul manipolo un silenzio agghiacciante. A Fantozzi balzò il cetriolo in gola. Erano tutti e cinque in un pallato totale. Ansimavano leggerissimamente. Si riaccesero le luci: Colsi purtroppo era in preda ad un raptus mostruoso: mugolava, straparlava, si leccava le braccia e voleva masturbarsi di fronte ai gestori del locale. Fu schiodato con due secchiate di acqua a temperatura ambiente: 15 gradi sotto zero!

Il tassista con una luce laida negli occhi propose: « Lesbian Love? » E Filini ansimando leggermente tradusse: « Dalle lesbiche, ora ci porta dalle lesbiche!!! ».

Erano ormai tutti e cinque in uno stato di eccitazione miserabile e si sarebbero fatti portare dovunque.

Il tassista li portò a casa sua. Svegliò a scarpate due zie di circa 65 anni e urlacchiò in danese: « Presto denudatevi e cominciate a baciarvi ci sono gli stronzi! ». Dopo un minuto e per l'odore della stanza e per lo spettacolo indescrivibile Molli vomitò in nuca a Colsi che era seduto vicino al letto delle vecchie, Fantozzi ebbe un atroce rigurgito di cetriolo e scapparono tutti inorriditi dalla finestra.

Il tassista implacabile li raggiunse e li portò al famoso « Porno shop » di Copenaghen: il più grande emporio di sesso del mondo. Passarono sei ore in mezzo a branchi di turisti giapponesi, ansimando, mugolando e cercando di sfogliare riviste pornografiche tutte ferocemente imprigionate dal cellophane.

Fantozzi fu sorpreso da un sorvegliante mentre aveva ingaggiato una lotta mortale con il foglio di cellophane più resistente del mondo: si distendeva come una molla anche di un metro, ma non mollava; lui in preda ad una eccitazione ripugnante ripartiva di slancio, deglutiva, tremava, urlacchiava mozziconi di frasi, emetteva fonemi, cercava di morderlo. Incontrò lo sguardo dell'addetto al settore, fece un sorriso dentato e domandò « Quant cost please? ».

« Se ne prendete 10 sono 20 mila lire! » rispose quello in caprese.

Lui passò, col suo tragico cetriolo in gola tutta la settimana di Natale e Capodanno a girare la città sfogliando riviste pornografiche, comprando pillole erotizzanti, fruste, cazzi finti, mutande traforate, preservativi colorati flagellati e anche una sella che la Pina non avrebbe forse mai voluto in casa.

Il 2 gennaio l'ossigenato dell'Interviaggi li caricò a scudisciate su un treno che andava verso il sud, era pieno di lavoratori turchi che emanavano un aspro odore di cane marcio. Passarono una notte indimenticabile.

Il mattino dopo alla dogana di Ponte Chiasso gli svizzeri aprirono la valigia di Colsi di fronte a tutti i colleghi: c'erano almeno 40 kg di materiale pornografico! Gliela fecero penosamente richiudere senza obiettare, ma per Colsi fu un'umiliazione orrenda.

Fantozzi uscì in corridoio con la Silvani e attaccò: « Io proprio non riesco a capire questa mania del sesso signorina, io certe manifestazioni le trovo decisamente imbarazzan... ». Non finì la frase perché il doganiere svizzero gli indicò freddamente di aprire la sua valigia. Lui impallidì e ebbe un violentissimo rigurgito di cetriolo. Fu costretto ad aprirla di fronte alla Silvani: aveva una trentina di cazzi finti! Lei lo guardò con un disprezzo inenarrabile. « Fantozzi? » disse.

« Sì? » fece lui con una vocetta da suora infermiera.

« Lei è proprio uno stronzo! » e si allontanò saltellante lungo il corridoio.

Il doganiere capì il suo dramma e gli diede simpaticamente una forte pacca consolatoria sulla schiena facendogli sputare il cetriolo ancora intero in faccia al geom. Colsi.

Quando rientrò a casa sua riabbracciò sua moglie: era felice di essere di nuovo al sicuro.

« Che c'è da mangiare? » domandò sfregandosi le mani avidamente e con un litro di saliva in bocca.

« Amore » disse la Pina « visto che vieni dalla Danimarca ti ho fatto una bella sorpresa: il cetriolo danese! »

Lui indietreggiò e cercò di buttarsi dalla finestra, ma come sempre purtroppo gli mancò il coraggio.

XIV

Una fortunata vincita al Totocalcio

Una caratteristica di Fantozzi era di essere ormai rassegnato ad accettare quel poco di felicità che la vita gli avrebbe offerto. Non credeva che la cosa potesse migliorare anche perché sapeva perfettamente che non avrebbe fatto mai nulla per deviare il corso del suo destino: la fortuna, nel suo lungo viaggio verso la morte, lui non l'avrebbe mai incontrata, di questo era certo, anzi era l'unica cosa certa del suo futuro, l'unica cosa nella quale aveva fede.

E quasi a verificare questa sua realtà, da sempre, ogni settimana faceva giocare dal suo collega di stanza Filini, grande esperto di calcio, una schedina di totocalcio, sempre la stessa: da dodici anni, qualunque fossero le squadre impegnate.

«Ha visto?» diceva puntualmente ogni lunedì mattina a Filini «anche questa volta niente!!!» e c'era una certa soddisfazione nel tono della sua voce perché la conferma di quella sua mancanza di fortuna era l'alibi al suo fallimento e alla sua disperazione.

Dunque, se così si può dire, lui non voleva vincere ma, egualmente, il suo sport preferito era quello di passare interi pomeriggi a immaginare e a raccontare fin nei minimi particolari quello che avrebbe fatto in caso di vittoria.

«Sa che cosa farei se dovesse uscire questa schedina!»

«No, me lo dica.» Faceva pazientemente Filini ogni volta e perché sapeva il copione a memoria e perché anche il fingere di non saperlo faceva parte del copione.

«Dunque» attaccava lui trionfalmente «come prima cosa andrei sopra dal dott. Colombani.» Filini si metteva intanto in posizione d'ascolto: mento solidamente puntellato sulle palme delle mani, gomiti sul tavolo e... prendeva sonno impercettibilmente... «andrei su al settimo piano, passerei davanti alla signorina Valente che mi domanderebbe: "che desidera scusi? ...guardi che il dott. Colombani è occupato!" e io allora prontissimo: "me ne strabatto i coglioni del dott. Colombani e dei suoi impegni del cazzo!" ed entrerei spalancando la porta con un calcio, andrei dritto verso di lui... gli rutterei in faccia con tale violenza da scompigliargli quei quattro capelli che gli restano, gli sparerei una cannonata col pugno destro sui denti» e mentre raccontava faceva il gesto del cazzotto mettendoci dentro tutta la sua rabbia da schiavo «facendolo rotolare per terra e mentre lui è a pavimento, gli piscerei nel calamaio di Gucci, gli cagherei sulla moquette al centro della stanza e uscendo gli direi: "ciao merdaccia! Va a dar via il culo!". Uscirei dal palazzo, andrei al bar Stella: "champagne per tutti!" urlacchierei "venghi... sì, anche lei signore venghi, si beve a mie spese!" raccoglierei gente di passaggio, sconosciuti "ancora da bere... altre dieci bottiglie per favore!" poi ubriaco entrerei da Gino Sport a comperare quel paio di scarponi da sci della Nordica che mi sono rimasti qui sul gozzo e poi entrerei da Morizzi a comperare quelle due penne d'oro Cross di cui vado pazzo e poi...»

Filini si svegliava e lo guardava preoccupato perché lui a questo punto del racconto girava per la stanza con un «pallato» da pazzo, mimava ogni possibile azione che «avrebbe potuto fare» in caso di vittoria, ansimava, pregava, rantolava, cambiava colore: rosa, rosso, rosso sangue di drago, azzurro, blu, blu notte.

Sul blu notte Filini si alzava e docilmente quasi fosse un bambino, lo prendeva per un braccio e lo riportava al suo tavolo da lavoro.

«Su andiamo... Stia buono... Calmo... Calmo, calmo...»

Qualche piccolo schiaffetto e poi, lentamente, il fondo dell'occhio riprendeva ad animarsi e lui a respirare normalmente:

«Che ore sono? Chi sono? Dove sono? Perché sono?... Ah, Filini è lei, che cosa mi è successo?...»

«Niente, niente... stia calmo, ora e cerchi solo di non pensarci più!»

Questa scena si ripeteva senza la minima variazione varie volte nel corso della settimana e da dodici anni. Fantozzi stava finendo di raccontare a Filini per la milionesima volta «tutto quello che avrebbe fatto» se fosse uscita la famosa schedina.

«...gli scarponi della Nordica... e poi da Morizzi a comperare... quelle due penne d'oro...»

Ora era nella fase finale: cioè stava ritornando in sé.

«Chi sono?... Dove sono?... Perché sono?... Che è successo?»

«Calmo, calmo, stia calmo...» Filini come sempre gli stava accarezzando la nuca: «Respiri profondamente... ecco, così da bravo... vede? Non è successo nulla».

Erano le sei e un quarto di un venerdì sera: suonò la campana e si scaraventarono senza salutarsi verso le macchine e la libertà provvisoria del fine-settimana.

La domenica sera era in autostrada con sua moglie e la sua utilitaria. Stava tornando dalla solita terrificante gita ai laghi. C'era una coda di quasi 180 km. Si fermò allora a un grill Pavesi.

«Vieni» disse alla Pina «fermiamoci a bere qualcosa, così facciamo smaltire questo po' di traffico che c'è oggi.»

Mentre stava pagando le due aranciate che aveva ordinato guardò in alto dietro le spalle della cassiera e vide la schedina vincente di quella settimana. Ma lo fece distrattamente per i primi sei risultati. Poi rilesse più attentamente a fior di labbra: «1 ... 2 ... X ... X ... 1 ... 1 ...» qui cominciò a respirare a fatica. Ricominciò da capo: «1 ... 2 ... X ... X ... 1 ... 1 ... 2, 1, 1 ... X ... 1 ... 1 ...» qui fece una pausa terrificante perché gli si stava annebbiando la vista: era quasi la sua schedina! Non osava guardare il risultato finale: socchiuse lentamente gli occhi «2!!!» svenne in avanti perché era proprio uscita la schedina che giocava in società con Filini da dodici anni!

Era arrivato alla fine del casello quando alla fine delle notizie sportive la redazione di Milano aveva letto: «Il montepremi di totocalcio di questa settimana è di lire 301.700 mi...» non sentì la fine di quella cifra perché svenne una seconda volta al volante facendo un testa coda di quasi sei minuti di fronte agli occhi sbarrati di una pattuglia della stradale.

Quella notte non riuscì a dormire: provò a chiamare varie volte Filini ma inutilmente. Sapeva che lui come sempre sarebbe tornato in città solo il lunedì mattina, ma era agitatissimo e doveva fare qualcosa.

L'indomani mattina andò al lavoro alle sei e mezzo, aveva una maglietta da università americana, pantaloni corti, sandali. Aspettò Colombani nella sua stanza al varco fino alle 8,30 e quando quello entrò lo sottopose a tutto il «trattamento vittoria», lo lasciò marmorizzato e scese al bar Stella. Arrivò Filini. Lui era già completamente ubriaco:

«Venghi Filini... venghi che oggi è un grande giorno...»,

Filini brindò con un gruppo di sconosciuti che cantavano « Volga, Volga » e poi gli disse:

« Ah, prima che me ne dimentichi, volevo dirle che la schedina questa settimana non l'ho giocata » fece una pausa « voglio darle una mano a guarire! ».

Fantozzi rise sgangheratamente: « Che burlone! » e accennò un passo di samba, poi lentamente capì che Filini non scherzava... nel bar si fece un silenzio orrendo. « Mi dia la nostra schedina Filini » fece con un filo di voce: tremava tutto.

« Quale schedina?... Le ho appena detto che non... »

Non finì la frase e incominciò a indietreggiare spaventato verso la porta. Fantozzi afferrò una bottiglia di champagne, la ruppe sul banco, fece un passo verso di lui, guardò il settimo piano della Megaditta e capì che Colombani stava organizzando la più paurosa caccia all'uomo degli ultimi centovent'anni. Gettò la bottiglia per terra e sghignazzando cominciò a scappare verso le colline senza neppure pagare il conto al bar.

XV

La via del mare

«Domattina usciamo all'alba e li fottiamo tutti!» disse alla Pina con gli occhi lampeggianti un'astuzia da lupo spietato.

Era sabato sera e la moglie lo guardò con la solita ansia affettuosa.

Uscirono alle sei e mezza del mattino, saltellando di colonna in colonna, come ladri; simulavano una grande indifferenza, fischiettavano: «Si va a fare due passi!», urlacchiavano verso le finestre, poi con un balzo da pantera, ad un segnale convenuto, buttò la Pina nella Bianchina che nella notte avevano attrezzato con uno spaventevole canotto sul tetto per la puntata al mare.

Sghignazzava, innestò la chiave e mise in moto. La via, per il quartiere e poi la città intera fu tutto un urlo di motori: uscivano tutti contemporaneamente a centinaia come topi dalle fogne, dai parcheggi sotterranei, da box mascherati astutamente da negozi e fu subito la solita terrificante onda di piena.

Lui si buttò subito in quella oscena gimkana per conquistare le prime posizioni della corsa al mare. Era nel gruppo di testa: «C'è traffico, ma... scorre!». Disse alla moglie con un sorriso surgelato.

Al primo incrocio si bloccò miseramente tutto. Come sempre nessuno rispettava più i semafori e fu subito la temutissima «croce uncinata»: tutti fermi immobili a trecento metri da casa!

Cominciò l'inferno. Il sole era una palla di rame, i motori rombavano nelle lamiere roventi e dalla «croce uncinata» si levava un ululato orrendo di clacson e bestemmie da competizione. Già alle nove, dal centro della «croce», cominciarono ad arrivare penosissimi lamenti: «Aiuto!!!!!... liberateci!».

Dai finestrini abbassati i «crocefissi» si guardavano con un odio terrificante. Al posto degli occhi delle girandole luminose. I più disperati uscivano armati di cacciaviti e ingaggiavano dei ferocissimi duelli all'arma bianca: miti bancari, sportellanti di agenzie periferiche, si sparavano dei terrificanti pugni con rincorsa sui denti che rimbombavano come cannonate in mezzo al cemento armato infuocato.

« È un piccolissimo ingorgo, ma si sblocca! » disse Fantozzi alla moglie, la Pina fece di sì col capo, ma cominciò a piangere silenziosamente.

Erano imprigionati nei piccoli forni per ceramiche, occhi frullanti, labbra tremanti: coi motori imballati al massimo, ognuno voleva fregare il « nemico ».

Fantozzi aveva ingaggiato con un geometra, che conosceva da molti anni e che in altre occasioni salutava affettuosamente, una lotta senza quartiere: non si guardavano negli occhi, ma millimetro per millimetro con i musi delle utilitarie si facevano delle sgarberie terrificanti, accumulando un odio mortale. Le due mogli seguivano il duello ad occhi sbarrati.

Fantozzi cambiò improvvisamente tattica per disorientare l'avversario: frenò di colpo, ma fu tamponato fragorosamente da un altro « guerriero ». Aprì con violenza la portiera per scendere ad ammazzarlo, ma rigò la fiancata nuova di un « soldato » alla sua sinistra che a sua volta uscì urlando e facendo con la sua portiera una tacca paurosa su un'altra macchina: fu tutto uno sbattere di porte e di urli. Si prendevano a calci nelle tibie dopo brevi rincorse, si sputavano imbelviti fra gli occhi.

Il sole, era uno scudo di rame implacabile. Dalle finestre delle case, quelli che erano rimasti bloccati dall'« onda di piena », cominciarono a tirare roba sulla rissa: frutta avariata, secchiate d'acqua, mobili e vecchie collezioni rilegate dell'« Illustrazione Italiana ».

Fantozzi fu beccato in nuca da un grosso prontuario della scienza e della tecnica dei fratelli Fabbri editori da 56 chilogrammi: andò giù sull'asfalto senza un lamento. Il mite geometra ne approfittò per vibrargli una tremenda coltellata sul canotto che aveva sul tetto.

La Pina lo tirò su: gli usciva un filo di sangue dalla bocca, erano ormai cinque ore che erano « nella croce » e da quell'ammasso di lamiere si levavano solo lamenti e pianti di bambini disperati.

« I guerriglieri della via del Mare » cominciarono ad abbandonare le macchine per ritornare verso le case.

« Vieni Ugo » disse la Pina dolcemente « torniamo, ormai la guerra è finita. »

Lo sfilò da sotto le ruote di una 132 Fiat che il proprietario non voleva spostare per non perdere un leggero vantaggio su un rivale.

Capì che anche quella domenica era andata e cominciò a tremare penosamente dalla rabbia, poi visto il suo canotto squarciato perse la testa e partì ululando verso il mucchio: «Maledetti fottuti, ce l'avete tutti con me, ma che cosa v'ho fatto io, ditemelo che cosa v'ho fatto?!...».

Era arrivato vicino ad una bella macchina bianca e gli sparò un calcio tremendo sulla portiera.

«Tié, merdone malede...» non finì la frase e divenne bianco come un lenzuolo perché al volante c'era il Conte Bàlabam, il suo più feroce Direttore Centrale che lo guardava con occhi da puma e che aveva diritto di vita e di morte su tutti gli impiegati.

Scappò nella speranza di non essere riconosciuto. Si chiusero in casa e lui aprì subito la televisione; quando si rese conto che per una agitazione sindacale su tutte e due le reti trasmettevano lo stesso documentario sulle abitudini delle otarie marine cominciò a urlare.

Allora da tutte le case intorno si levarono urli e in breve tempo fu tutto un coro di singhiozzi disperati: era ormai domenica sera e l'indomani cominciava implacabile un'altra settimana terrificante.

Erano due anni che non riuscivano più ad avvicinarsi all'odore del mare.

XVI

Da casello a casello

« Da casello a casello con la mia ci metto abitualmente 4 ore esatte » disse l'odioso Calboni.

Fantozzi lasciò passare quasi un minuto intero di silenzio:

« Se è per quello anch'io » disse « lo faccio tutte le settimane, e ci metto quattro ore » fece una pausa di sfida e guardandolo fisso negli occhi aggiunse:

« E alle volte tre ore e tre quarti! ».

« Tre ore e tre quarti per andare dove? »

Era la voce gutturale del Visconte Generale Càlamon che entrava proprio in quel momento.

« Chi? » fece Fantozzi.

« L'ha detto lui » fece subito Calboni indicandolo con tutte e due le braccia.

« Chi è che ha parlato? » domandò Fantozzi con lo sguardo vetrizzato.

« Fantini che fa? Sfotte? »

Era nuovamente la voce minacciosa del Visconte Càlamon.

« Lei è l'uomo della provvidenza caro Fantoni perché la nostra società sta cercando in queste ore disperate un uomo fidato, ma soprattutto veloce, anzi velocissimo che con la sua auto sia pronto a partire subito. Venghi nel mio ufficio che ne parliamo. »

Nell'ufficio del Visconte Generale c'erano in trepida attesa quasi tutti i dirigenti della società.

« Signori non disperate » disse il Càlamon, entrando « ho trovato il salvatore di noi tutti. »

E fece un gesto da presentatore televisivo facendo entrare Fantozzi che fu accolto da un lungo applauso e qualcuno tentò anche di baciargli la mano, ma lui si schermì confuso.

« Fantocci » continuò il Càlamon quando si fece silenzio « il nostro futuro, il suo futuro, il futuro dei suoi colleghi è nelle sue mani. »

Fantozzi si guardò intorno con la salivazione azzerata.

«Il momento è grave, ma un uomo straordinario ci trarrà da questa tragica impasse. In breve: la nostra società ha ricevuto una promessa di finanziamento dal bizzoso avvocato Carboni, uomo ricchissimo avendo preso tutte le tangenti e le bustarelle degli scandali della nostra società degli ultimi dodici anni. Come ben sapete la nostra società ha un passivo orrendo dovuto all'implacabile attività dell'ufficio furti che io mi degno di comandare» ci fu un piccolo applauso che il Visconte fece subito tacere con un gesto di grande modestia. «L'avvocato Carboni l'altra sera prima di partire per Milano ci ha promesso un salutare finanziamento americano, in un momento di abbandono perché io l'avevo fatto circondare da quattro massaggiatori ''particolari'' essendomi note le sue tendenze omosessuali. Ovviamente l'ho fatto fotografare dal nostro ufficio ricatti e l'avvocato visto l'abbondante materiale è stato costretto a promettere il finanziamento. Ora però la situazione si è complicata perché l'avvocato è partito per Milano, ma nessuno si è fatto parte diligente di mandare su ai suoi avversari politici la documentazione della sua serata coi massaggiatori.

«Mancano sei ore al *furto* generale che il mio ufficio ha messo a punto con sagace pazienza negli ultimi quattro anni, ma se prima non riusciremo a ricattare il Carboni sarà la fine per tutti noi e la nostra società. È ormai venerdì pomeriggio.

«Siamo minacciati da un tremendo contrattempo: gli aeroporti di Milano sono bloccati da un nebbione mostruoso, ma...» e fece una lunga pausa nella quale guardò Fantozzi con affetto... «abbiamo chi in tre ore e tre quarti sarà al casello di Milano!»

Si buttarono tutti quasi piangendo ad abbracciarlo con lui che cercava di dire:

«Non vorrei avere esagerato... forse credo di aver...» ma non riusciva a finire le frasi perché lo baciavano sulle gote e le palme delle mani e l'ingegner Fonelli, che era un noto finocchione, lo baciava sulla bocca. Intanto il Visconte gli dava le ultime istruzioni.

«Al casello di Milano troverà un ricattatore comune al quale dovrà consegnare questo plico di foto mettendo in rilievo quelle nelle quali l'avvocato Carboni viene sodomizzato con un calcolatore tascabile. Venga caro amico, tenga tutto» e gli affidò il pacco «ed ora al suo potente bisiluro.»

«Che macchina ha?» domandò ad un tratto insospettito

«un bisiluro a cherosene o una Maserati 13.600 a iniezione con due compressori?»

«Io credo veramente che sia sorto un peno...» Cercava di dire lui.

«Ho capito» soggiunse con un'occhiata furba il Visconte «non vuole rivelarci il suo segreto.»

«La mia macchina è questa» disse Fantozzi fermando il gruppo vicino alla sua Bianchina.

«Una Bianchina?» domandò minaccioso il Visconte, poi rise:

«Scommetto che è truccata, è una Ferrari T4 truccata da utilitaria!».

Lo fecero salire al volante con guanti da corridore, scarpine da Gran Premio, cascone gigantesco asfissiante alla Fittipaldi. La celata si appannò subito. Respirava a fatica. In una specie di nebbia riconobbe anche sua moglie che era stata convocata per assistere alla partenza. La Pina gli si avvicinò e gli disse trepidante:

«Mi raccomando vai adagio!».

Lui guardò il Visconte come a dirgli:

«Non dia peso a quello che dice questa sciagurata».

Il capo dell'ufficio Partenze aveva in mano una grande bandiera a scacchi, la fece volteggiare davanti al casco ma lui era tutto annebbiato e rimase immobile e il Visconte:

«Ma che fa non parte?» e gli diede un pugno rimbombante nel casco.

Lui partì a tavoletta, così rintronato per la botta, che non curvò in via Verdi, ma venti metri prima, infilandosi al bar Stella fino al banco facendo tre milioni di danni. In un silenzio agghiacciante fece marcia indietro, si alzò la celata e disse al padrone del bar esterrefatto: «Mettete tutto sul mio conto».

Salutò alla Niky Lauda tutti i colleghi impietriti in una tribunetta non numerata e scomparve a 40 all'ora verso Piazza Roma. Era disperato!

Aveva infilato nella cintura dei pantaloni il pacco delle foto dell'avvocato Carboni coi massaggiatori e nelle orecchie la terribile minaccia che gli aveva urlato il Visconte Generale: «e si ricordi Fantozzi, che se lei ci ha ingannato saranno guai serissimi per lei e la sua famiglia».

Arrivò al casello. Erano le sei e quaranta di venerdì sera.

C'era una fila di sedici chilometri! Si mangiò tre ore esatte per avvicinarsi al casellante, gli rimanevano 45 minuti per fare 530 chilometri! Fece il conto che doveva marciare con la Bianchina a una media di circa 700 chilometri all'ora. Afferrò con rabbia il biglietto e partì a tavoletta. Trovò un'autostrada da grandi occasioni: cioè da battaglia. Si erano buttati dentro col pretesto del week-end, ma in realtà per massacrarsi, le pattuglie dell'« autostrada della morte » un gruppo eversivo di bancari di Bologna che passava il fine settimana sulle autostrade italiane cercando di depistare i nemici, i « guastatori di utilitarie » impiegati della Finmeccanica che praticavano una specie di arrembaggio al cacciavite e si segnavano gli avversari fatti fuori con una decalcomania sulla fiancata. E infine i terribili « squali neri » di Milano, assicuratori del gruppo INA specializzati nel superare a tradimento nella corsia di parcheggio.

Era un inferno orrendo di clacson, bestemmie da competizione, tamponamenti a catena, sputi, insulti e martellate nei vetri. Fantozzi fu preso in mezzo a una pattuglia di 850 Fiat degli squali neri e con l'onda di piena costretto a uscire a Settebagni.

Come sempre al casello non trovò il biglietto di uscita che aveva messo nel parasole della macchina e cominciò una ricerca affannosa finché fu costretto a denudarsi sotto gli occhi esterrefatti di un pullman di suore del Rosario.

Nell'operazione gli caddero anche le foto dell'avvocato e le religiose lo guardarono nauseate.

Il casellante implacabile gli fece pagare tutta la rete delle autostrade italiane, le più care della terra. Tirò fuori un biglietto da 50.000, dietro intanto facevano l'inferno per il fermo e mentre lui aspettava il resto l'onda di piena lo travolse. Rientrò in autostrada con rabbia, riprese il biglietto e lo rimise nel parasole dove scoprì l'altro e gli venne da vomitare.

Ripartì a tavoletta.

Si infilò per errore a 120 nella stretta rampa di uscita di Fabro ed entrò in paese facendo un testa coda di quasi sette minuti con la gente che scappava nelle case terrorizzata: era l'ora del passeggio e quando si fermò fu quasi linciato. Rientrò nuovamente in autostrada che era già notte. Era disperato. Respirava a fatica per il casco da corsa.

Era in macchina da 15 ore e aveva già fatto 22 chilometri!

Decise di fare una sosta ad un autogrill perché stava svenendo: da 18 ore non si avvicinava ad un bagno. Parcheggiò la macchina e subito un ladro di auto abusivo gli disse:

« Lasci pure le chiavi dentro dottore, che gliela guardo io ».

Aveva in cintura un grosso anello con molti grimaldelli,

mascherina nera, guanti neri e scarpe nere di gomma.

Lui non si fidò e staccò prudentemente le chiavi dal cruscotto e puntò diritto verso un grande ingresso con la scritta Tourist Market. Con lui arrivarono anche 12 pullman con 680 Enalisti di Bagnocore sul Serchio. Per raggiungere i cessi dovettero passare attraverso la «tonnara»: un labirinto mostruoso tra due pareti di prosciutti di plastica, fiaschi di vino adulterato, olio di topo, carni surgelate alla stricnina, dolci fatti con i coloranti più vari e giocattoli di plastica, soprammobili di plastica e tacchini di plastica.

Lui rimase subito ipnotizzato da tutto quel ben di Dio: si avventò su un carrello e con un gruppo di sciagurati cominciò a «comperare» come un forsennato in uno stato di semi-trance. Lo risvegliò la voce della cassiera alla fine del labirinto e solo allora si accorse di aver sentito un incontrollabile bisogno di:

1 lampada di plastica riproducente la Torre di Pisa	L.	16.000
1 bussola temperamatite	»	8.500
1 chitarra di plastica piena di baci Perugina	»	12.500
1 bottiglia di Rosso Antico con cappello di paglia in regalo	»	4.500
1 tipico dolce sardo di paraffina	»	3.200
1 tavolo da soggiorno svedese di 3 m di diametro	»	29.999
per un totale di	L.	74.699

che dovette pagare sull'unghia per poter raggiungere la scritta Toilette. Perché ormai aveva una tale pressione viscerale che già intravedeva la Madonna di Fatima che gli sorrideva dietro a delle bottiglie di Verdicchio.

Si infilò nei cessi: c'era un branco di disgraziati che si lamentava in preda a dolori tipo parto perché tutti gli impiegati dell'auto grill erano barricati dentro da due ore in «sala di lettura». Gli esplose al fianco uno degli «squali neri» del gruppo INA e questo episodio provocò un crollo di morale di tutti e si lasciarono andare. Fantozzi si orinò addosso quasi 15 litri roventi con una faccia rassegnata.

Si lavò le mani cercando un alibi alla sua presenza in quel posto e poi schiacciò il pulsante e mise le mani sotto uno di quei maledetti asciugatori ad aria. Gli ci vollero solo in quell'operazione 76 minuti esatti. Uscì con le mani ancora umide.

Sbagliò uscita e si infilò nuovamente nell'atroce labirinto.

Comperò come in un incubo una scacchiera di dama con delle salse al posto delle pedine e un servizio di bicchieri con tutti gli stemmi delle città italiane.

Sbucò nella corsia opposta, ma non ebbe il coraggio di riaffrontare il labirinto e rischiò un terrificante attraversamento dell'autostrada con il paccone sotto le ascelle.

Si era addensata sul cavalcavia una gran folla per assistere allo spettacolo.

In prima corsia fu sfiorato da un carro armato che gli portò via il pacco dei bicchieri. Poi capì le intenzioni di una « 850 » Fiat con compressore di un geometra della « pattuglia della morte ». Lui saltò a pesce oltre il guard rail e oltre la siepe e corse verso i cessi con la « 850 » che lo puntava diritto per farlo fuori.

Lo inseguì fino giù per le scale vicino ad un altro gruppo in attesa dei « lettori ». La comparsa del rombante mostro d'acciaio provocò un'esplosione generale dei disgraziati che annientò praticamente il killer. Quando lui uscì era già l'alba.

Balzò al volante negando la mancia al ladro professionista che lo maledisse e partì a tavoletta.

Era quasi in riserva. Si fermò, dopo aver prudentemente guardato se c'era un altro Tourist Market, ad un self service scese velocemente, svitò il tappo della benzina, staccò la pompa e la infilò nel buco e mise un biglietto da 5.000 nella fessura. Capì l'errore, rimise la pompa al suo posto, schiacciò la tastiera dei soldi, premette il pulsante e scomparvero le 5.000 per sempre.

Non tentò neppure una reazione. Staccò la pompa la infilò nel buco, mise altre 5.000 lire in un'altra colonnina, schiacciò la tastiera, premette il pulsante e fece 5.000 di super ad un mascalzone con una « 128 » che andò via sgommando.

Ripartì con le lacrime agli occhi, era in una riserva totale. Si fermò dopo due chilometri, lasciò la Bianchina al suo destino, tentò l'autostop. Fece un segno cortese ad una Lancia Beta che cercò di buttarlo sotto. Si salvò a stento tuffandosi con un mirabile colpo di reni alla Cagnotto in un fosso. Poi si nascose astutamente dietro una siepe anabbagliante. E quando si fermò un « guastatore di utilitarie » per un bisogno fisiologico, volò sul sedile posteriore.

Partecipò fino alla domenica notte ad una delle più feroci battaglie autostradali degli ultimi 120 anni.

Buttarono fuori strada 2 « squali neri », riuscirono a rigare la fiancata a una « 128 » nuova e alla fine furono buttati fuori pista da uno della «pattuglia della morte». Lo prese su un frate francescano che andava a 15 l'ora, puzzava come una jena e bestemmiava come mai aveva sentito nella sua vita. In vista del casello di Milano pensò di far prima proseguendo a piedi. Al casello A1 Sud c'era il Visconte Generale che cercava di accoltellare alcuni dirigenti della società, tutti in nero e con delle facce tirate. Lui cercò di buttarsi per campi ma la voce del Visconte al megafono lo bloccò:

«Fantocci non faccia il merdone, venghi».

Lo incatenarono subito. Il Visconte gli sputò in faccia. Lui ringraziò e si lasciò portar via dagli uscieri.

Solo quando fu fuori vista cominciò a urlare perché capiva che per lui e la sua famiglia questa volta era proprio la fine. Erano passati esattamente tre giorni e tre notti dalla sua partenza.

XVII

Alla corrida

«Madrid, Barcellona, Ronda, Cordova e Granada cioè le capitali e le tre città moresche e tutto il Nord Africa arabo in sei giorni!» diceva il manifesto. Lui c'era caduto subito come sempre, da merdaccia qualunque.

Tutte le volte che compariva vicino all'orologio timbratura cartellini una di quelle maledette trappole dell'ufficio svaghi lui cercava di resistere attaccato all'orologio poi veniva ipnotizzato dal manifesto e in uno stato di semidelirio correva ad autorizzare immediatamente l'ufficio svaghi a trattenere le sue quote sullo stipendio. Ogni quota era pari a due sue mensilità!

«Mi dia subito il programma dettagliato!» urlò al ragionier Miseria che era l'impiegato dell'ufficio svaghi e si occupava dei viaggi aziendali. Aveva gli occhi bianchi e guardava il muro dietro di lui. Miseria che sapeva che era in uno stato di trance cercò di salvarlo, si guardò in giro e gli mollò un ceffone fragoroso. «Ragionier Fantozzi» gli soffiò alle orecchie «stia attento è la solita trappolaccia, non ci cada ogni volta come un deficiente.»

Entrò il Conte Máscar capo di tutti gli svaghi. «Chi sarebbe deficiente Miseria?» e lui: «Sarebbe un deficiente il ragionier Fantozzi se non andasse al viaggio in Spagna!» e gli mise sotto il naso l'autorizzazione di trattenuta. Lui si lasciò prendere la mano, fece una specie di sgorbio sotto la parola «il dipendente», ma continuava a guardare nel vuoto.

Quando tornò in sé, domandò: «Miseria dove vado questa volta?».

«Dunque ragioniere» cominciò Miseria tristissimo «si parte dalla stazione centrale alle 4,45 col treno Ospedale di Lourdes.» Fantozzi impallidì. «Mi dica la verità sono affetto da un male inguaribile?»

«Ma che dice ragioniere, attaccano le vostre due carrozze al treno Ospedale per Lourdes perché è di strada e risparmiano con le Ferrovie. Dunque partenza alle 4,45. L'appuntamento è sotto il tabellone generale partenze nell'atrio centrale alle 3,45 di sabato mattina. Un caffè al bar e tutti in treno. Vagoni di 6ª classe riservati. Dopo 39 ore siete a Lourdes dove staccano i vostri due vagoni e li attaccano...» Lui non lo sentiva ormai più, gli voltò lentamente le spalle e si avviò rassegnato verso la sua stanza. Sulla porta gli disse tristemente: «Grazie Miseria, sabato mattina sarò alla stazione».

Quel sabato 13 si alzò alle 2 in punto. Era andato a dormire come tutti i venerdì sera all'una e mezza perché c'era stato un programma eccitantissimo sul TG2: «Sui restauri degli affreschi di Cimabue» che lo aveva addormentato come una martellata in nuca ai titoli di testa, ma poi, come gli capitava sempre a programma finito, era rinvenuto ed era stato con un «barrato» tremendo sul frullìo bianco a programmi finiti per tre ore esatte. Si era quasi addormentato alle due meno un quarto quando una svegliona di un metro di diametro lo buttò a soffitto alle due in punto. Lui pensò ad una catastrofe nucleare e quasi veniva stroncato da un infarto miocardico. Si era scaraventato in cesso nella cupa speranza di cominciare bene la giornata, ma nonostante dei quasi latrati si rassegnò alla sua stitichezza maledetta. Passò con violenza alla barba e si asportò subito all'altezza basetta quasi un centimetro quadrato di pelle riducendosi subito una maschera di sangue. Si presentò all'appuntamento che sembrava un suo zio anziano: occhi due palle di fuoco, colorito grigio, capelli «presbitero».

Si avvicinò a Filini e gli tese la mano. Quello gli mise in mano una moneta da 50 lire. «Circolare, per favore... abbiamo molto da fare.» Lui sorrise restando sul posto pensando al solito scherzo. Ma quando due colleghi che lo conoscevano da almeno 12 anni cercarono di allontanarlo: «Non ha sentito... ha già avuto del denaro... alle volte questi manigoldi sono proprio implacabili». Fu costretto ad esibire la carta d'identità. In un silenzio osceno fu accolto nel branco.

Venti metri più in là due odiose ricchissime dame della San Vincenzo – munite di alito fetido e di una cattiveria potenziale clamorosa – intrappolavano un gruppo di poveri malati di estrazione proletaria. Li trattavano con il solito colonialismo assistenziale: cioè come bestie.

Due volte Fantozzi si spostò leggermente dal suo branco verso l'edicola per spiare la copertina di «Play Boy», e due volte entrò nel raggio d'azione delle due jene: «Emanuela» trillò subito una «attenta che ne sta scappando uno, quel malato lì in piedi vicino all'edicola». Lui si liberò la prima volta come un lottatore armeno. La seconda volta le due vecchie lo avevano immobilizzato con una presa di collo e Filini provvidenzialmente lo salvò. « Prego signore questo è mio, è mio. » E anche qui dovette esibire la miracolosa carta d'identità.

Si spostarono al marciapiede n. 13 dove era previsto l'arrivo del treno per le 4,45. L'accelerato per Lourdes arrivò con tre ore di ritardo e per conquistare i posti nelle vetture riservate ci fu una delle più ignobili mischie degli ultimi 26 anni. Filini conduceva il suo gruppo: « Eccole! » urlò indicando purtroppo le vetture ospedale per Lourdes e attaccarono una corsa orrenda lungo la banchina con valigie da 180 chili in mano e sulle spalle. Si scontrarono con il gruppo « malati » in gran parte in carrozzelle e barelle e le dame della San Vincenzo che venivano in giù in senso opposto. Fu un frontale spaventoso. Filini finì sotto ad un vagone postale. Un vecchio malato fece carambola con la sedia a rotelle e schizzò dentro un sacco nell'interno del vagone postale dove due impiegati lo timbrarono subito e lo spedirono a Caltanissetta da un negoziante di articoli di arredamento per la casa. I due gruppi arrivarono ai vagoni sbagliati massacrati. « Sono quelli dei malati » urlò Fantozzi e attaccarono una orrenda volata di ritorno. Si aprì di colpo il valigione monumentale di Calboni che era in testa, caddero faccia sull'asfalto formando una orrenda piramide umana di fronte agli esterrefatti viaggiatori di prima classe. Quando arrivarono ai vagoni prenotati, Filini che intanto era riemerso, si sporse di colpo da un finestrino per urlare « Son quest... » non finì la frase perché Fantozzi, cercando di farla volare dentro il vagone, l'aveva centrato sui denti con una valigiata agghiacciante. Filini scomparve senza un lamento. L'assestamento interno fu terrificante: valigiate in nuca, morsi, manie di persecuzione, graffi, miraggi, lamenti, borse coi soldi dimenticate sulla banchina. Fantozzi era ancora giù in stato confusionale quando la signora Belleri gli urlò di lanciargli il figlio di quattro anni dimenticato piangente sul marciapiede. Lui prese il piccolo per una gamba e dopo una buona rincorsa da pesista lo lanciò, il corpicino scavalcò il suo treno e centrò in pieno un finestrino aperto del rapido Roma-Vienna che partì a velocità mostruosa.

Una dama della San Vincenzo lo indicò subito alla collega: « Eccolo, lo vedi, è quel malato di mente che crede di essere un impiegato ». Il treno partì all'improvviso e senza preavviso lasciando sul marciapiedi il 30% delle valigie, tre impiegati svenuti e quindici malati urlanti.

All'uscita della stazione attaccarono subito a cantare la « Val Camonica » e cominciò una delle più strazianti avventure della storia della società umana.

Dopo la « Val Camonica », Filini attaccò « La Paganella » ma molti si erano già addormentati.

La temperatura era sui 75° e ci furono delle risse con ginocchiate al ventre per la regolazione dell'apertura dei finestrini: erano divisi in due gruppi: quelli che avevano conquistato i finestrini avevano capelli « presbitero » ed erano surgelati, gli altri in una sauna orrenda. Si massacrarono fino a notte inoltrata. Verso le due alcune dame d'assalto della San Vincenzo catturarono in una sortita nei corridoi Filini e Fantozzi « come malati di mente » e li portarono nei vagoni ospedale.

I due disgraziati furono sbarcati a Lourdes con gli altri malati. « Sono un funzionario dell'IRI » urlava Filini in una camicia di forza. « Sì e io sono Giulio Cesare » gli rispose un barelliere con un ghigno osceno.

Erano ingabbiati in due camicie di forza tremende ai bordi piscina stesi con altri 1.500 malati veri.

Sarà stato per il caldo o per le « notti » insonni, ma Fantozzi cominciò a delirare.

Gli apparve come sempre la Madonna di Fatima. Era seduta sulla barella accanto e lui cominciò a parlarle fitto fitto.

Una dama domandò « Con chi parli malato? ». E lui « Con la Madonna, non la vedi? » « Miracolo » urlò la donna e si buttò ai piedi di Fantozzi. Ci fu un momento di misticismo collettivo.

Fantozzi si alzò sorridente per benedire la folla, quando una dama lo spinse in piscina con la camicia di forza. Lui rimase sul fondo immobile. Dopo 26 minuti esatti lo tirarono su cianotico che diceva di essere San Giovanni Nisostromo il protettore dei sommozzatori. Mentre le dame si guardavano con oscena complicità, riuscirono con uno stratagemma banale a scappare al consolato italiano.

Raggiunsero, con la vecchia 1500 del console, il treno per Barcellona a Perpignano dove riuscirono finalmente a liberarli dalle infernali camicie di forza con dei coltelli da cucina. I colleghi li accolsero in un silenzio agghiacciante e ripartirono implacabilmente sul terrificante accelerato.

A Barcellona arrivò un branco di reduci, con barbe lunghe, aliti da fogna ma soprattutto massacrati da 56 ore di treno. Erano le 3,45 del mattino, Filini come da programma li portò al Moline Alegre un albergo topaia di una tristezza disperata.

Non c'era nessuno. Dormirono stesi per terra nell'atrio tra le valigie fino alle 7,30 dove furono svegliati a colpi di aspirapolvere in faccia da due vecchiacce delle pulizie.

Poterono – esplicate le formalità – raggiungere le stanze a mezzogiorno esatto. Fantozzi disse giulivo a Filini: «Una bella doccia e si esce è d'accordo?». Non c'era acqua! Uscirono con gli occhi vetrizzati, voglia di vomitare, brividi gelati lungo la schiena, tremiti e sdoppiamento della vista.

Raggiunsero il bar la Pugnalada sulla Diagonal angolo con il Paseo des Flores. «Venga» disse Filini «prendiamoci un bell'aperitivo con un bocadillos» (famosi spuntini spagnoli che si offrono con gli aperitivi). Fantozzi credendo di avere fame inghiottì quattro uova sode intere e ci bevve sopra un bicchiere di vino rosso gelato. Vomitò subito le uova ancora intere sul pavimento dove rimbalzarono come palle da ping pong colla gente che saltellava per schivarle.

Fecero il vuoto nel locale e furono pregati di allontanarsi. Si trascinarono verso il porto dove c'è ancorata una copia della Santa Maria, la caravella di Cristoforo Colombo. Entrarono a visitarla. Nella camera da letto di Colombo nel quadrato di poppa Fantozzi ebbe un cedimento e si buttò sul letto mancandolo clamorosamente! Uscì dall'oblò con un urlo orrendo sotto gli occhi esterrefatti di un gruppo di turisti giapponesi. «Alle 4 del pomeriggio tutti alla stazione: partenza in treno per Madrid 56 ore a 58° gradi di temperatura e subito con il pullman alla corrida.» Così stabiliva l'implacabile programma. In vista di Madrid parlavano tutti da soli, ogni tanto qualcuno degli sventurati lanciava in un dormiveglia pieno di incubi degli urli agghiaccianti e poi si lasciava vincere da un invincibile torpore. Fantozzi fu svegliato di soprassalto già dentro l'arena dallo squillo di tromba che annunciava l'inizio dello spettacolo, si guardò in giro si alzò in piedi e urlò: «Alè alè Inter!». Poi la voce gli morì in gola mentre il gruppo dei giapponesi lo fotografava spietatamente scambiandolo per il Presidente della corrida. Entrarono i tre toreri con le quadriglie e i sei picadores.

Il primo era un certo Epifanio: terrorizzato! I giapponesi lo bombardarono coi flashes mentre avanzava verso la barrera.

Fantozzi sentì a 30 metri i suoi denti che sbattevano come nacchere impazzite. Fece due passi verso i giapponesi e poi si levò la montera (il cappellino dei toreri): era calvo come una palla da biliardo, cioè al posto della testa un ginocchio, nell'arena ci fu allora un momento di grande delusione che disorientò il torero... fece qualche passo esitante, e gettò verso di loro il cappello come omaggio rituale. Prese male le distanze e quello volò oltre le tribune in strada dove fu straziato da una corriera piena di giapponesi. Nell'arena serpeggiò un mormorio di disapprovazione in giapponese. Epifanio cercò di sorridere, si inchinò al pubblico per scusarsi, ma di spalle gli entrò un toro su rotaie di oltre 600 chili che lo centrò in pieno mentre era ancora giù. Epifanio si rialzò 40 metri più in là con la faccia di uno che è andato sotto l'Orient Express. Corricchiò zoppicando verso la barrera. Si fece dare due banderillas e le mostrò con orgoglio spagnolesco al pubblico come per dire: « Queste le pianto io... Hacca toro... » urlacchiò poi alla belva che lo guardò stupito e poi fece con la zampa anteriore destra al pubblico un gesto di stupore come per domandare: « Ma che cacchio vuole questo? È matto? » e partì come una locomotiva incazzata. Quando il toro fu a portata di mano Epifanio piantò nell'arena le banderillas, ma a toro già passato. Rimase a faccia in giù con la sua testa calva sulla sabbia. Non osava alzare gli occhi al silenzio del pubblico mentre i giapponesi implacabili lo bombardarono con le loro Nikon. Si rialzò di colpo con un coraggio disperato. Tornò verso il « tercio de las capotes » aveva una banderillas in mano, se ne fece dare altre due e se ne trovò in mano tre! Ebbe un attimo di indecisione quanto bastò all'Orient Express per centrarlo con una terrificante cornata alle spalle. Venne a sbattere una craniata rimbombante sotto i posti di barrera dov'era Fantozzi che intanto stava diventando rosso semaforo per l'implacabile sole di Madrid. Epifanio si rialzò, fece un gesto al picador pregandolo di massacrare il mostro con la pica e poi rassegnato si gettò contro il toro con spada e muleta per il « tercio » della morte. Lo scontro degenerò subito in un incontro di lotta libera: calci nelle palle, bestemmie, sputi negli occhi, prese di collo in un groviglio di sangue. I giapponesi fotografavano implacabili. A Fantozzi venne da vomitare per lo schifo, gli girò la testa, si sporse e cadde dentro l'arena. « Uno spontaneo! » urlò il pubblico balzando in piedi in un fragoroso applauso.

Epifanio ne approfittò per scappare con un taxi verso Tarragona a tutta velocità e per Fantozzi cominciò il quarto d'ora più terrificante della sua vita. Il mostro si accorse che si trattava di un torero dilettante e dettò subito condizioni: si fece portare da bere e una sdraio e poi con un gesto imperioso lo obbligò a fare il ballo dell'orso e poi con un miserabile tutù bianco – che avevano fatto venire in gran fretta da un costumista del centro – a ballare sulle punte tutto lo schiaccianoci di Ciaikovski senza musica. L'arena seguì tutta l'esibizione in un silenzio orrendo: si sentivano solo gli scatti implacabili delle Nikon. All'ultima battuta dello schiaccianoci Fantozzi svenne in avanti e il toro ne approfittò per correre a tutta velocità con un taxi verso Tarragona sulle tracce di Epifanio.

Per Fantozzi fu il trionfo, l'apoteosi: fece due volte il giro dell'arena con musica mentre gli tiravano fiori, cappelli e una bottiglia di vino tinto che lo centrò in nuca. Il presidente gli assegnò le orecchie di Epifanio.

Filini in un momento di entusiasmo tirò anche una scarpa ma quelli della quadriglia che restituivano tutto ritirandolo verso il pubblico, la fecero sparire. Lui cominciò a girare per l'arena seguendoli. «Permesso, permesso, permesso!» diceva spostando grappoli di fotografi giapponesi «scusino, mi perdonino... potrebbero restituirmi la scarpa... scusi...» tornò verso l'albergo a piede nudo.

Ultima serata a Madrid. Era in programma il tablâo flamenco col famoso paso doble.

Entrarono in una luce fioca a spettacolo già cominciato. C'era un'atmosfera inquietante.

Scavalcarono dei giapponesi e «permesso, permesso, permesso» si sistemarono tutti dietro una colonna. Aspettarono 6 minuti buoni in un silenzio totale e allora Fantozzi tentò di domandare a Filini: «Scusi, ma su che cosa consist...» un urlo tremendo di un flamenchero, seduto alla sua destra lo fece andare a soffitto. E capirono subito che lo spettacolo consisteva in questo: momenti di silenzio pieno di suspence e poi di colpo al buio partiva con urla terrorizzanti un cantante nei punti più impensabili della sala semibuia e nei travestimenti più sofisticati.

Si erano fatti scaltri per non rischiare l'infarto e guardavano con sospetto anche le tovaglie, le bottiglie, i tavolini, insomma tutti gli oggetti della sala: tutto ormai poteva essere un abilissimo camuffamento dietro il quale si nascondevano i cantanti spagnoli.

Speravano invano che la colonna maledetta che gli impediva completamente la vista del palchetto in cui avveniva poi quel rito spaventoso si animasse e fosse in realtà uno di loro. All'improvviso la sedia sulla quale si era assestato a fatica Fantozzi balzò in piedi urlando e facendolo rotolare sotto il gruppo dei giapponesi. Era un cantante mascherato! Fantozzi fu bersagliato dai flashes dei giapponesi.

Quando raggiunse la sua posizione al buio Filini gli soffiò in un grande silenzio « Ragionier Fantozzi ma che fa si esibisce?... ». Fantozzi non sentiva, fece un salto in avanti « Come dice? » e lo centrò nel piedone nudo. Filini partì in un urlo da flamenchero, che oltre a mandare a soffitto tutti i giapponesi, fu applaudito dagli stessi spagnoli con un entusiasmo mostruoso. Filini preso da quell'implacabile ingranaggio fu costretto a finire tutta la canzone in dialetto veneto. Il suo passo doppio, si fa per dire perché aveva una scarpa sola, spense lentamente l'entusiasmo in sala fino ad un imbarazzante senso di pietà per quel disgraziato.

Il ritorno era programmato quella notte stessa. A Lourdes attaccarono all'acceleratone le vetture ospedale della San Vincenzo. Fantozzi e Filini si fecero catturare dalle dame di carità senza opporre resistenza e furono buttati in camicia di forza tra i malati di mente.

Due giorni dopo nella « fossa dei serpenti » del manicomio provinciale di Colorno dove erano stati ricoverati, venne la Pina accompagnata dal dr. Morli capo dell'URIS (Ufficio Ricerche Impiegati Smarriti).

Loro si guardarono negli occhi e finsero di non riconoscerli. Anzi cominciarono a sputarsi addosso e a dimenarsi freneticamente nelle camicie di forza.

Era stata una scelta: meglio la fossa di Colorno che tornare nella fogna maledetta nella quale erano condannati da una vita.

XVIII

Le sette perle del Mediterraneo

Le sette perle erano: Napoli, Palermo, Tunisi, Palma di Majorca, Barcellona, Cannes e Genova. « Viaggio di sogno alle sette perle del Mediterraneo. » Questo era l'invitante promessa di una crociera con l'Eburnia, una vecchia cannoniera inglese della prima guerra mondiale, trasformata da un astuto armatore greco in una splendida nave da crociera.

E lui travolto dal « massacratore » Filini come un fagottaccio di merda si era scaraventato all'ufficio personale ad autorizzare le trattenute sullo stipendio.

« L'Eburnia è l'unica nave da crociera che non ha bisogno di stabilizzatori perché regge il mare di fianco. » Diceva l'ipocrita descrizione della nave nel dépliant della crociera che lui aveva letto subito avidamente una decina di volte in uno di quei pomeriggi di ufficio che si sarebbe sparato nelle palle dalla noia.

« Sarà la crociera del sole! » annunciò trionfalmente Filini venerdì sera.

La crociera del sole partì il giorno dell'unica inondazione di Genova in questo millennio. I pochi che riuscirono ad imbarcarsi, e tra questi c'era Fantozzi, furono trascinati dall'onda di piena fino alla banchina e ineluttabilmente scaraventati a bordo. Il ragionier Conti fu invece inghiottito da una petroliera liberiana che faceva le rotte del Capo di Buona Speranza. Di lui resta solo una pietosa lettera ad una zia.

Fuori c'era una libecciata terrificante. Il capitano era riluttante, ma ad un gesto imperioso dell'armatore staccò gli ormeggi.

Fantozzi era molto preoccupato, perché lo sorprese, prima di dare il via alle operazioni di manovra, mentre recitava un velocissimo rosario con l'ufficiale di plancia: erano entrambi pallidissimi.

Fuori dalla diga foranea c'era ad attenderli immobile da

due ore un'onda anomala di sedici metri che fece capire a tutti i crocieristi che cosa sarebbe stata l'insidiosa promessa del dépliant: «settimana di relax cullati dalle onde del Mediterraneo». Il quale Mediterraneo per chi non lo sapesse – e Fantozzi ovviamente era un esordiente totale – è il mare più carogna del mondo, se prende di mira una nave, «la cura» dalla uscita del porto di inizio di una crociera fino al molo d'arrivo. Questa volta aveva fatto la sua scelta: l'Eburnia!

Fantozzi avvertì subito un aumento irregolare della salivazione, poi un po' di sudorazione alle mani, una strana imperlatura della fronte e dei brividi lungo la schiena. Il programma prevedeva subito dopo la partenza il party del comandante: un'occasione per presentare i crocieristi alla massima autorità della nave.

Il capitano Seretti aveva un pauroso difetto di dizione: non riusciva a pronunciare la S e la T e diceva penosamente «Piacere... sono il capiano... ere...i!» Era in abito da sera e vomitò in faccia al primo crocierista che gli presentarono, il geometra Colsi, alla prima crociera della sua vita.

A Fantozzi che era a tre metri era come se gli avessero messo nello stomaco un coniglio selvaggio: deglutì, respirò profondamente e vomitò in nuca al geometra Colsi di Milano «esordiente» come lo sventurato andava dicendo con orgoglio a tutti.

Il capitano salutò a stento una decina di sventurati dando la mano sinistra perché con la destra si tappava disperatamente la bocca e poi corse al galoppo verso i cessi. Allora anche i crocieristi e gli ufficiali di plancia si scaraventarono agli oblò, dietro i divani, agli anfratti più improbabili e fu subito l'inferno. La veneranda cannoniera inglese che non aveva gli stabilizzatori «perché regge anche il mare di fianco alle ondate di libeccio» rollava di 15 gradi a sinistra e poi facendo un angolo completo di quasi 180 gradi, 75 a destra.

Fantozzi si rifugiò nella cabina per crocieristi aziendali. Lo spettacolo era agghiacciante. In 8 metri quadrati in sette loculi stavano rantolando altrettanti disgraziati caduti nella trappola di Filini.

Anche gli spostamenti elementari avevano delle conseguenze assolutamente imprevedibili: Fantozzi impiegò quasi tre minuti buoni per guadagnare il piccolo cassetto che era in fondo alla cabina. Mancò clamorosamente il water per il rollio e orinò metà per terra e metà in faccia al ragionier Colsi. Poi credendo l'operazione finita si pisciò addosso quasi un'orrenda litrata. Si asciugò le mani nella giacca di Filini che era al loculo 4 e si infilò nel suo. Stavano aggrappati disperatamente alle sporgenze dei lettini, piedi puntati contro le pareti in un dignitoso silenzio: solo Colsi ogni tanto sollevava qualche timida osservazione del tipo: « È la prima volta d'accordo, ma sono leggerissimamente deluso ».

Cominciò il tormento di un implacabile altoparlante nel corridoietto subito fuori della cabina con annunci di pranzi dalle alle, gare di canasta nelle sale giochi, cacce al tesoro che cominciavano, messe serali, crocieristi pregati di ritornare nelle loro cabine dove le mogli li aspettavano disperate e soprattutto tornei di ping-pong. Il tutto con un mare forza 9.

La prima perla era Cannes, la nave si fermò in rada solo un'ora: giusto il tempo per raccogliere pochi crocieristi francesi intrappolati dall'armatore. Fantozzi aveva perso un po' di tempo per vestirsi per scendere a terra. Poi si era perso con un gruppetto di colleghi nei ponti della nave che era un labirinto inestricabile al punto che Fantozzi e gli altri incauti furono quasi assaliti nei meandri più oscuri da un piccolo branco di superstiti della crociera precedente. Erano in condizioni terrificanti. Gli occhi bianchi lattiginosi da pipistrelli, barbe da eremiti, ma soprattutto tanto affamati che cercarono di morsicarli subito alle caviglie.

Tutti piansero di gioia.

Al ponte C incontrarono 3 francesi in stato confusionale: dovevano scendere assolutamente a Cannes e non trovavano l'uscita.

« Ci penso io! » disse orgogliosamente Filini. « Conosco la nave come le mie tasche. »

Sbucarono nell'ordine: in sala macchine, nella lavanderia dove Filini finse di dover ritirare una camicia e nella riposteria formaggi. Solo dopo l'annuncio di Filini: « Ecco l'uscita! » e si ritrovarono nella cella mortuaria, cominciarono a guardarlo sospettosamente.

Riuscirono a risalire alla luce quando la nave era già a 4 miglia dalla costa e Filini si rifugiò in sala macchine mentre i 3 crocieristi francesi cercavano di accoltellarlo. Stava per iniziare il « PRANZO del benvenuto ». Il golfo del Leone anche questa volta si fece onore e riservò agli sventurati un'accoglienza straordinaria.

Erano appena sbucati colla nave dietro le isole Heyres dov'erano un po' più riparati dal Mistral, che Filini che era il capo cerimoniere disse, portandosi un bicchiere di rosso alla bocca: « Sarà una crociera indimenticabile! ». E si spappolò le labbra con una terrificante bicchierata perché era come se la vecchia cannoniera inglese fosse stata centrata da sei siluri di un U-bot tedesco.

Il rollio era tale che alle 9,00 entrò il comandante con degli ufficiali di coperta in sala da pranzo, l'attraversò tutta bestemmiando in maniera atroce e scomparve con tutto il suo seguito nelle scale, da dove giunse un sinistro rumore di valanga umana. Ricomparve quasi subito, entrò a testa bassa attraversò mezza sala urlando « Aiuto! » e centrò in piena faccia il geometra Colsi riducendolo una maschera di sangue. Chi tentava piccoli spostamenti era fottuto.

Entrò il capo cameriere con il grande piatto degli antipasti: attraversò tutti i tavoli dei crocieristi in un silenzio orrendo e finì in mare con un urlo agghiacciante dopo aver lasciato solo una fetta di salame nel piatto del 1° commissario.

Il gruppo Filini era tutto sotto i tavoli: ad un segnale convenuto avanzarono strisciando verso i loro loculi. Passarono ai piedi del comandante che vomitò addosso a Colsi come saluto e furono inghiottiti dal baratro delle scale.

Di fronte alla porticina della loro cabina c'era il gruppo elettrogeno della nave e quella notte fu come se avessero avuto Agostini con la sua Yamaka 500 in stanza durante una corsa per il titolo.

La seconda perla era Barcellona, ma le condizioni del mare erano tali che il comandante non fece neppure l'atto di avvicinarsi alla costa.

La nave naufragò quasi nel Porto di Majorca dove furono scaraventati al soffitto alle sei e trenta dall'implacabile altoparlante che annunciava l'escursione a terra. Ci fu una lotta sorda ma violentissima per la conquista del cessetto — Fantozzi rinunciò decise di tentare la sorte e si mise in caccia per la nave. Era ormai con la vista annebbiata e una pressione viscerale di due atmosfere quando adocchiò una bella cabina vuota al ponte A. Si guardò prudentemente intorno ed entrò decisamente. Non c'era il water solo un piccolo lavabo ad altezza uomo. Si denudò, spostò una sedia mise l'altro piede sul letto, si sedette sul lavabo ed entrò il comandante nella sua cabina!

« Sono venuto per un'informazione sulla navigazione » tentò Fantozzi e svenne a faccia in giù.

L'appuntamento era subito dopo l'attracco sul molo. Filini il « massacratore » ebbe un'idea:

« Ragazzi la sosta a Majorca sarà di sei ore, affittiamo una macchina così potremo visitare buona parte dell'isola: "Valldemosa con la casa di Chopin e George Sand, Capo Formentor e la Magnifica gola di Sacalobra e poi velocemente per la "Caretera de Manacor", Puerto Christo con le rinomate Grotte del Drago" » stava leggendo avidamente da una guida turistica.

Affittarono in sei una Seato dell'Hertz e Filini al volante deciso puntò su Valldemosa. Stavano attraversando la zona degli oleifici della periferia di Palma e c'era un odore tremendo.

Fantozzi fece un lungo sospiro di quasi felicità e disse: « Ora sì che comincia la vacanza! ». La macchina si piantò sull'asfalto. Le tentarono tutte per farla ripartire: preghiere, controllo delle candele, ricatti e poi calci. Alla fine cominciarono a chiedere di un meccanico. Nessuno capiva il loro spagnolo che poi era una cattiva imitazione del dialetto veneto: diventarono minacciosi! Una vecchia spaventata li mandò da un tipo in fondo alla strada che stava suonando un flauto dolce.

Non capiva le loro intenzioni, poi gli strapparono lo strumento di mano e lo portarono di peso alla macchina. Invitandolo minacciosamente a riparare il motore, lui cercò di svincolarsi, ma viste le loro facce inquietanti, cominciò l'operazione. Fatto un profondo sospiro, attaccò a smontare il motore, a gran velocità. Distribuiva candele, guarnizioni, viti, cilindri, bielle al gruppo Filini poi anche a passanti che andavano via guardando gli oggetti con gran curiosità.

In otto minuti aveva finito, disse: « Fenido señor, el motor es smontado ».

« Ma che cos'ha che non andava? » domandò con ansia Filini.

« Por esto señor es necessario un meccanico. »

Filini deglutì mezzo litro di saliva: « Ma lei non è un... ».

« No señor jo soi un sonador de clarino! »

Fantozzi respirava a fatica: « Ma allora siamo praticamente fot... ».

« Non disperiamo » lo interruppe il « massacratore ». « Al lavoro! »

Cominciarono col chiedere informazioni in veneto sulla sorte dei pezzi mancanti. Un cilindro poteva essere finito in mano di un certo Nino Garcia Moreno che abitava in calle Recoletos 5 a Madrid, la ventola e la sua cintura di trasmissione purtroppo ad un dentista di Barcellona dottor Requena che era assolutamente di passaggio.

« Intanto facciamo un inventario degli altri pezzi » disse Filini inesorabile. Fantozzi tirò fuori la sua fedele Parker da ufficio e su un foglio d'agenda cominciò a scrivere quello che Filini gli diceva mettendo il tutto in un sacchetto di plastica.

La lettura finale di Fantozzi fu molto imbarazzante: avevano 3 candele, 2 cilindri, di cui uno purtroppo da sera, una caffettiera di tipo napoletano, la testata del motore, 185 viti e un oggetto misterioso che lui aveva segnato con due punti interrogativi.

Con coraggio disperato tentarono la rimonta: s'era intanto radunata una gran folla a vedere la strana costruzione che quel gruppetto di subumani stava facendo inframmezzata a gomitate sui denti, bestemmie e qualche singhiozzo. Quando si sentì una sirena lontana: « La nave! » disse Filini guardando gli orologi: erano quasi passate sei ore! Lasciarono disordinatamente la posizione con grande rammarico degli spettatori che quando furono lontani applaudirono a lungo. « Bis... bis! » urlavano.

Fantozzi tornò indietro varie volte e si inchinò sempre a ringraziare.

Filini lo ammonì: « Ma che fa ragioniere, vuol perdere la nave? ».

Cominciarono una corsa disperata. Il secondo colpo tremendo di sirena fu come una frustata nelle natiche. E qui cadde di schianto il geometra Colsi. « Andate ragazzi, lasciatemi qui, io ho poche speranze di cavarmela ». Filini lo salutò militarmente e gli disse: « Sei un bravo ragazzo Colsi » e riattaccò la corsa oscena con gli altri.

Al terzo segnale Fantozzi si accorse di aver dimenticato la giacca col portafoglio e il passaporto in macchina. Arrivarono al porto rantolando in stato confusionale. Avevano tutti vomitato, sudori gelati alla schiena, manie di persecuzione, miraggi.

« Tutti in mare! » urlò Filini. Si buttarono nell'acqua merdosa del porto e cominciarono a nuotare verso una nave in rada.

« Che fate? » era la voce di Calboni tutto in bianco appoggiato al ponte sole dell'Eburnia ormeggiata lì a fianco. « Siete impazziti? C'è ancora un'ora. »

La nave che aveva suonato la sirena era l'Hamburg una nave da crociera tedesca che stava uscendo dal porto. Ci fu un tentativo di affogamento di Filini ma senza convinzione. Il gruppetto scese con gli occhi bianchi verso i loculi al ponte C.

Filini in vista della cabina accelerò impercettibilmente per conquistare il cessetto. Ci fu una tremenda bagarre tipo volata finale della Milano-San Remo.

Fantozzi capì al volo la situazione. Li lasciò un attimo prima di una caduta rovinosa di tutto il gruppo. Salì trafelato una scaletta, aveva una pressione vescicale di quattro atmosfere, svoltò a destra, si arrampicò su una rigida scala a sinistra ed entrò di colpo in un piccolo ufficio con un lavabo, si sbottonò urlacchiando per la soddisfazione e cominciò. In quel preciso istante entrò il comandante nel suo ufficio e subito si avventò al collo del «maniaco».

Lo trascinò per un orecchio fino all'ufficio commissario di prima classe dove volle aprire una penosa inchiesta.

Il comandante rimase con l'Eburnia dietro la diga foranea di Palma a spiare il mare calmo come un olio con i suoi binocoli per almeno due ore, poi alla fine disse:

«Avanti adagio... questa volta finalmente lo freghiamo questo Mediterraneo di merda, c'è una bonaccia assolut...».

Due mostruose onde anomale li aspettavano nascoste abilmente dietro la diga. Era il momento del bingo nel salone delle feste e l'allievo commissario aveva appena avuto dalle mani di un bambino cieco bendato la pallina: «Numero 85!» lesse con voce stentorea. Fantozzi che era in prima fila si alzò rosso congestionato dall'emozione e tentò di dire: «Ho fatto bing...» furono scaraventati tutti, orchestrali, crocieristi, numeri, tavolette, allievo commissario, e bambino cieco bendato contro la parete di destra, e poi tutti contro quella di sinistra e poi tutti a destra di cui 16 al ponte A poi tutti a sinistra di cui 18 al ponte A e 3 al ponte B, uno rotolò giù fino al C: Fantozzi!

Tornò su che teneva ben stretta la sua unica cartellina da 200 lire ansimava: «Ho fatto bingo!!». Tutti scoppiarono in una grande risata, erano già tutti riseduti e l'allievo aveva cominciato una nuova estrazione: «Vedrà» lo tranquillizzò «che sarà più fortunato la prossima volta».

«Sì, ma ve lo giuro, avevo fatto...»

«Caro» lo interruppe l'allievo «quell'estrazione è stata invalidata dal mare»

Si sentivano ancora risatine trattenute e mormorii: tutti ormai lo chiamavano «il maniaco». Prese posto. Era esterrefatto.

Entrò il «massacratore» accolto da un lungo applauso di

simpatia generale: «Ragazzi, è arrivato forse il momento più importante di questa magnifica crociera». E fece una pausa teatrale: «L'estrazione del numero della cabina e della cuccetta del fortunato che avrà così diritto a ripetere le sette perle l'anno prossimo e gratis».

Ci fu un mormorio di grande stupore.

«Ed ora attenzione» continuò Filini «ora farò estrarre dalla cesta del bingo due numeri e quindi li passerò al signor comandante che li leggerà, il numero della cabina e poi il numero della cuccetta. Pronti?» E fece un gesto al batterista dell'orchestra che cominciò ad eseguire un rullìo pieno di suspance.

Si stavano disponendo tutti in posizione di sparo tipo Mennea alla partenza della finale olimpica. Erano tutti sulle ginocchia curvi come pantere. Finì il rullìo e il capitano Seretti col suo mostruoso difetto di dizione cercò di leggere il 77 ma disse «...eette!».

Partirono come sparati da un cannone tutte le finali 7 cioè circa 180 persone! Travolsero comandante, Filini, cesto del bingo, orchestrali e furono inghiottiti tutti dalla tromba delle scale in un mostruoso frastuono di ossaglia e guaiti.

Ci volle un quarto d'ora di assestamento e il rituale ricominciò. «Daccapo» urlò giulivo Filini «il signor comandante rileggerà il numero del fortunato» e fece un cenno al batterista che aveva appena finito di rimontare la sua attrezzatura. Rullìo... il comandante fece «e ...ette» ripartì la valanga umana.

Questa volta 36 sfondarono la vetrata del bar veranda e finirono nella piscina vuota col comandante. Li tirarono fuori tutti, il capitano aveva perso i sensi, intervenne Filini. Lo sdraiarono sul bordo della piscina: «Presto Fantozzi, gli pratichi il bocca a bocca». Lui cominciò l'operazione. Il comandante rinvenne e lo guardò esterrefatto e cominciò ad urlare: «Il maniaco... aiuto... il maniaco» e volle fosse riaperta subito un'altra penosa inchiesta.

Vinse la crociera gratis Calboni che aveva snobbato l'estrazione ed era al bar di prima classe dove teneva banco con un gruppo di signore ammirate. Entrò nella sala del bingo con passo molleggiato, fece il doloroso ganascino a Fantozzi: «Ciao Puccetto» e salì con un balzo, rischiando grosso per i tacchi alti che portava, sul palco dove fu applaudito a lungo.

Fantozzi sentì i commenti soprattutto delle crocieriste: «Che simpaticone, molto a modo». E lui che sapeva quanto fosse cialtrone e odioso cercò di spiegarlo ai più vicini ma fu guardato come il «maniaco invidioso».

La navigazione verso la quarta perla cioè Tunisi, avvennne finalmente in un mare calmo come un olio e Filini si scatenò: «Organizzerò subito il tiro al piattello, l'ho già iscritto» disse a Fantozzi «venghi, venghi, che stiamo per cominciare». Lo seguì preoccupato. «Vadi in plancia e si facci dare il megafono dal comandante» gli ordinò trafelato come sempre Filini. Lui obbedì meccanicamente. Al ponte di comando guardarono il «maniaco» con diffidenza.

«Guardi» gli disse il secondo ufficiale «che ce lo deve assolutamente riportare per l'attracco di Tunisi perché il comandante fa la manovra alla voce!».

Fantozzi giurò che era chiaro che l'avrebbe fatto. Era il primo iscritto alla gara. All'ultimo momento, quando già aveva il fucile carico tra le braccia rivelò a Filini che era la prima volta nella sua vita. «Ma che gliene importa» fece Filini «è facilissimo vedrà» e fece partire il piattello, lui lo seguì con la canna e fece fuoco due volte. «Mancata» urlò Filini, ma dal ponte lance pochi videro cadere in mare ad angelo il ragionier Tonelli dell'ufficio sinistri.

Filini fece ripartire il piattello che deviato dal vento fece una strana curva e volò verso il ponte di comando. «Spari, spari» lo incitò Filini col megafono. Lui fece fuoco due volte portando via il berretto al comandante. Il comandante guardava il «maniaco» con il suo binocolo e aveva gli occhi bianchi.

Filini fece ripartire il piattello: «Spari... spari». Niente. «Si è inceppato!» disse il 1° commissario di passaggio «mi facci vedere» mise l'occhio nella canna e partì una terrificante cannonata. Il comandante dalla plancia seguiva la scena con gli occhi pallati.

Fantozzi si rifugiò prudenzialmente nel suo loculo e attaccò un sonno pieno di incubi. Fu svegliato da poderose cannonate nella fiancata della nave, balzò a sedere diede una testata a Filini che russava come una belva sopra di lui.

«Chi è?» urlò Filini «siamo a Tunisi, si è ricordato il megafono del comandante?»

«Quale megafono» fece lui in un soffio. Poi corse disperato al ponte del tiro al piattello, vide subito il megafono e si avvicinò alla fiancata della nave cercando di nascondere il megafono sotto il pullover.

Gli si offrì uno spettacolo terribile. Il comandante sugli alettoni del ponte di comando, facendosi megafono con le mani, era ormai completamente afono e cercava disperatamente di farsi capire con gli occhi: «Indietro tutta!» implorava con tragica rotazione pupille. E giù una cannonata tremenda da 15 milioni di danni divisi fra nave e banchina. Disperato alzò gli occhi e vide Fantozzi mentre cercava di buttare il megafono in una presa d'aria. «È lui, eccolo il "maniaco" è il "maniaco"!»

Lo raggiunse, cercava disperato di strappargli le orecchie e il naso, quando l'Eburnia tentò di buttar giù anche la piccola stazione marittima di La Marsa, con una fiancata rimbombante.

Dal porto cominciarono a sparare. Uscirono precipitosamente in rada per raggiungere il mare aperto dove furono inseguiti da due motovedette tunisine che con le bandierine ammonirono: per questa volta passi, ma n-o-n f-a-t-e-v-i v-e-d-e-r-e! m-a-i più!

Né l'armatore, né il comandante si scusarono né commentarono minimamente l'accaduto. Anzi la parola d'ordine della compagnia era di cadere dalle nuvole quando qualche crocierista domandava: «Ma perché non ci siamo fermati a Tunisi?». Rispondevano: «Come Tunisi? In che senso? Chi? l'opera?».

Nella traversata da Tunisi a Palermo ci fu un tempo meraviglioso e Filini visto il sole dall'oblò della sala da pranzo urlacchiò: «Tutti in piscina, presto». Corsa ai loculi, lui si mise l'implacabile «ascellare» di lana e su di volata impaziente verso il ponte sole. Una scaletta a destra, poi un corridoietto, un'altra scaletta ed ecco finalmente la piscina. Era il primo! Si avventò in tuffo domandando al deck stewart: «Com'è l'acqua?». «Ma quale acqua?» domandò quello esterrefatto, e si sentì lo schianto sinistro di ossaglia nel maiolicato.

Il comandante del ponte guardava il «maniaco» ormai senza più commentare. Avrebbe all'arrivo chiesto un'inchiesta parlamentare. Arrivarono anche tutti gli altri. Calboni che aveva uno slip a fiori osceno fece notare a tutti l'orrenda borsata di organi genitali di Fantozzi che gli arrivava sotto le ginocchia.

«Uhè ragazzi, guardate che pacco ha il nostro Fantozzi!»

Fu tutto allora uno sfottere.

«Fantozzi ci facci vedere il pacco... Fantozzi che pacco mostruoso si ritrova.»

«Fantozzi a cena farà vedere il pacco» annunciò Filini e tutti risero divertiti.

A Palermo il comandante, dove era prevista una sosta, non fece mettere la scala: voleva trattenerli a bordo perché c'era un party in onore di un notabile palermitano capo di tutte le chioschie mafiose dell'isola: Al Tigre Capone che salì con tutti i suoi mammasantissima, picciotti e guardaspalle. Gli si fecero incontro spaventati l'armatore, il comandante, il capocommissario, il direttore di macchina e il cappellano, cioè le massime autorità della nave. Tutti si accorsero che Al Tigre era quasi cieco, ma per vanità non portava gli occhiali. Disse infatti al cappellano «Motto lieto signora» e al capo commissario «Cameriere pottami dell'acqua».

Erano tutti allibiti e preoccupati quando Al Tigre si avvicinò al gruppo Filini e guardando verso il parco della Favorita domandò a Fantozzi: «Fammi vedere il pacco, subbeto!».

Lui si abbassò il costume sul davanti senza indugio. Successe il finimondo, il comandante in ginocchio si scusò a nome della compagnia, lo pregò di capire che a bordo purtroppo c'era un «maniaco» che doveva sbarcare a Genova.

Al Tigre disse solo: «La cosa non finisce accà!» e scendendo prese il numero della nave.

Arrivarono a Napoli l'indomani pomeriggio. Era domenica ed era appena finita la partita Napoli-Roma. Cioè non era finita perché sul secondo goal per la Roma avevano invaso il campo e impiccato l'arbitro e i guardalinee alle porte.

Filini programmò: «Un giro per la città è quello che ci vuole. Venga Fantozzi, affittiamo una macchina».

Scelsero una Avis targata Roma e puntarono su Fuori Grotta. Il comandante che seguiva l'operazione col suo binocolo li vide entrare nel tunnel di Fuorigrotta e subito dopo uscire inseguiti – con sua grande soddisfazione – da una folla inferocita. Balzarono sulla scaletta e per salvarli il comandante tolse gli ormeggi e fece rotta verso Genova. Dove li sbarcò selvaggiamente con solo una parte dei bagagli alla stazione marittima e ripartì senza un segnale di addio.

Sulla banchina della stazione Marittima di Genova dopo quasi 20 minuti Filini domandò: «Di tutte le sette perle che avete visto, qual è quella che vi è piaciuta di più?».

Non gli risposero, ma cominciarono a inseguirlo verso le montagne.

XIX

La gara di cocktail

Il primo cocktail era così forte che Fantozzi vide subito una grande aurora boreale. Era stato consigliato da Calboni a partecipare alla gran gara di cocktail offerta da una quasi sconosciuta marca di vermouth:

« Se dimostrerai di reggere bene l'alcool ti affideranno anche incarichi ad alto livello. Tipo colazioni di lavoro coi Russi o gli Americani. Perché vedi, sono tutti dei fantastici bevitori quelli! »

Lo aveva convinto miseramente con quest'ultima argomentazione.

Erano le 5 e un quarto di venerdì 22 maggio quando gli portarono il secondo cocktail « la bomba portoricana »: lui tracannò! Fu come se gli avessero data una scudisciata nelle natiche. Si lasciò sfuggire alto un nitrito da cavallina storna. Non ci badò nessuno tranne la Pina che lo conosceva così bene che impallidì. Per fortuna la parte finale del nitrito fu coperta da un applauso di incoraggiamento.

Erano in sala mensa.

La gara era appena iniziata, c'erano tutti meno il direttore naturale duca Molli. Il terzo cocktail in programma fu il « Torriente de fuego » un temutissimo miscuglio che veniva usato dai minatori nelle miniere di argento del Chihuahua, a 400 km da Mexico City, per potenziare le cariche di dinamite.

Filini, lo starter ufficiale, diede il segnale e lui – che era completamente astemio – prosciugò il grosso calice.

Assunse subito un'aria di grande beatitudine: occhi socchiusi, viso reclinato dolcemente sulla spalla di sua moglie come colto da una crisi mistica. Poi gli arrivò quella maledizione allo stomaco; gli sfuggì un urlo come se un grosso mulo di montagna gli avesse « sparato » un calcio nelle palle. Andò su a soffitto con uno strano gorgoglio e cominciò a volare per la sala in un silenzio mostruoso.

Sua moglie abbassò gli occhi, arrossendo. Passò due volte, a volo radente con tono chiaramente provocatorio sopra i tavoli dei baristi che si erano dovuti gettare ventre a terra bestemmiando e poi dopo un nitrito appena percettibile planò dolcemente fino a sedersi sulla sua sedia.

In quel preciso istante successero due cose fondamentali:

a) accolto da uno squillo di trombe d'argento e da un vecchio applauso di repertorio registrato, entrò con un gruppo di leccaculi il direttore naturale duca-conte Molli;

b) gli portarono, « L'infierno de lava roviente tritolada », una micidiale mistura dominicana composta da:

1) un quarto di Gin
2) un quarto di Rum
3) un cucchiaio da tavola di pepe di Caienna
4) un cucchiaio da the di paprika
5) due cucchiai da tavola di peperoncino
6) una parte di nitro
7) una parte di glicerina
8) una miccia a corta durata
9) sale e pepe.

Calboni, carogna, aveva fatto preparare la bomba da un barman di Montego Bay in Giamaica, certo Fàrnon. Era un meticcio odioso e cattivo che aveva già ammazzato una quarantina di persone in altre manifestazioni della Martini & Rossi. Calboni gli aveva fatto capire con un giro di parole, una perifrasi e poi con dieci mila lire che Fantozzi era un razzista, suo vero e peggior nemico, fonte di tutti i suoi guai.

« Sta seguro señor » disse Fàrnon, con quel suo tipico accento dei Caribici di lingua inglese quando cercano di parlare italiano, « che se sussederà qualche cosa de tremiendo. »

Mentre lui aveva la bocca aperta in un tentativo di boccheggio, i due gli infilarono in gola la mistura e il candelotto a miccia corta acceso, il duca Molli intanto era al centro della sala a ricevere l'omaggio degli inferiori.

Si sentì solo una curiosa esplosione interna.

Lui partì sghignazzando. Una rincorsa di 15 metri e diede una testata rimbombante nei denti nuovi del duca-conte.

Il Molli andò a pavimento mugolando, Fantozzi fece appena in tempo a strappargli una manica della giacca e a morsicargli una mano che glielo tolsero disotto.

E cominciò la vendetta del conte. I suoi usceri piantarono 2 grossi chiodi e lo legarono faccia alla parete bianca della sala con le mani in alto. Poi gli abbassarono le brache e di fronte a tutti, il conte con un colpo di lametta Bolzano gli fece una piccola incisione sul retro della giacca in basso, prese i due lembi e con un urlo selvaggio gliela squarciò tutta a due mani. Poi, urlando ritmicamente, gli strappò le maniche, la cravatta e le mutande.

Rimase quasi nudo, coi brandelli di giacca sulle spalle, in calze e giarrettiere. C'erano tutti, allibiti.

Si sentivano solo le due oscene e sommesse risate di Calboni e Fàrnon.

«Cleaf... cleaf... clif...» facevano flebilmente e sembravano due civette.

Molli fece un gesto imperioso e con la stanza ora piena di sommesse risatine, gli fecero un clistere preparatorio di acqua calda. Riuscì a trattenersi solo 18 secondi.

«Vergogna... che schifo...» urlavano tutti i ruffiani.

Sua moglie era in mezzo ammutolita. Lui nascondeva la faccia contro la parete. Ansimava, non era riuscito a trattenere il terribile clistere che gli avevano fatto e ora gliene stavano preparando un altro immenso: 12 litri!

Con la coda dell'occhio vide che Fàrnon si dava un gran daffare per approntarglielo in modo da farlo veramente sfigurare.

C'era molta attesa. Sentiva soltanto il pianto sommesso di sua moglie. Calboni e Fàrnon unsero, mugolando dei «Cleaf... cleaf...» tremendi, il beccuccio, due usceri lo fecero chinare leggermente in avanti e gli spararono dentro quasi 23 cm di plastica fredda. Sentì subito il getto di acqua caldissima che lo gonfiava come una mongolfiera.

Era una mistura orrenda di acqua salata bollente, glicerina, olio di tasso svevo, un po' di rosmarino, timo e purtroppo sentì anche la cosa che temeva di più: Fàrnon aveva messo del peperoncino rosso tritato finemente, che nei regolamenti aziendali non era ammesso. Si lasciò andare subito. Sentì l'urlo di trionfo di Molli e lo scherno di tutta la sala:

«Che schifo... che relitto... che vergogna!!!...».

Sua moglie urlava troppo e la dovettero portare via. Era uno spettacolo decisamente imbarazzante.

C'era anche la Silvani in prima fila molto pallida. Lui aveva insozzato il parqué per quasi cinque metri tutt'intorno. Sentì che il conte Molli dava l'ordine di preparare un terzo clistere imperiale da 28 litri.

Non resse più e urlò:

«No... no... basta!» e si lasciò cadere giù.

Si sedette in quella specie di pantano che aveva fatto. Subito, con dei guanti scuri, Calboni e Fàrnon gli furono sopra, lo girarono e lo fecero andar giù con la faccia e gliela sfregarono nella melma.

Allora cominciò a piangere silenziosamente.

La gente uscendo faceva commenti molto severi sul come non fosse riuscito a reggere l'alcool.

Quando se ne furono andati tutti, e rimase solo, cominciò a urlare.

Solo quando rientrò la moglie, che era andata a casa a prendergli un ricambio, cercò di trattenersi con un po' più di dignità.

XX

L'iniziazione

Fantozzi era così timido che, quando avevano rinnovato i vecchi cessi dell'ufficio sostituendoli con quei gabbiotti aperti sopra e sotto che sono i cessi all'americana, sarebbe morto di vergogna.

E così ogni volta che in ufficio era colto da stimoli preoccupanti si tratteneva il più a lungo possibile – rischiando l'esplosione – ma poi doveva lasciare precipitosamente la stanza, scaraventarsi giù per le scale e uscire ansimando dal palazzo di vetro, raggiungere le colline dove, sentendosi al sicuro, si lasciava andare.

I proprietari delle bancarelle di frutta e verdura di un mercatino, che lui in quei frangenti attraversava al galoppo, lo guardavano sempre con grande curiosità: non capivano che tipo di raptus si impadronisse da un po' di tempo alle cinque del pomeriggio, di quell'omino così garbato. Dopo un mese fu il suo stesso direttore plateale marchese Cémbram che lo chiamò:

« La sua timidezza è patologica... va curata... se non vuole essere danneggiato nel suo lavoro! Le consiglio di praticare uno sport violento... che so? La lotta libera o meglio il pugilato, ecco il pugilato le conferirebbe quel minimo di aggressività che le manca completamente ».

Lui arrossì violentemente, si incasinò in ringraziamenti e andando via rovesciò la sedia, dopo aver tragicamente baciato il calamaio del nobiluomo. Gli segnalarono la palestra « Primo Carnera » in via Firenze.

Dopo l'ufficio quella sera stessa ci andò con sua moglie.

Era lì vicino e s'incamminarono a piedi: era molto preoccupato. Così preoccupato che ad un attraversamento pedonale si trovò il muso di una macchina appoggiato alla coscia sinistra.

« Stronzone, deficiente, coglionazzo imbecille » urlava il

guidatore violaceo. Lui arrossì. Sua moglie lo incoraggiò:

«Ma ti fai offendere così da quel villano, non vedi che il semaforo è rosso... è lui in torto!».

«Mi scusi.. permette le faccio cortesemente notare...» cominciò lui con grande imbarazzo, ma non finì la frase perché l'automobilista era uscito di colpo con intenzioni minacciose dalla utilitaria: tre metri e venti, quattrocento chili, al posto delle mani due vanghe.

«Che volevi dire stronzonaccio?» gli chiese la montagna umana e gli prese il naso fra le dita.

Si era formata una piccola folla che guardava divertita.

Sua moglie lo guardava allibita, lui ne incrociò gli occhi e cercò di sorriderle, ma la cosa non gli riuscì completamente perché gli arrivò una «cannonata» nei denti e dal labbro gli zampillò un fiotto di sangue. Cadde in avanti con la faccia in un tombino. La montagna gli sparò due tremendi calci alle costole, gli sputò addosso e gli sfilò una scarpa che per sfregio, buttò lontano.

La gente che prima ridacchiava, ora assisteva a quel massacro in un silenzio agghiacciante.

La belva si allontanò in macchina dopo aver tentato anche di passargli sopra con le ruote, ma senza riuscirci. Lo tirarono su; era una maschera di sangue e stava pregando. In una farmacia lì all'angolo, gli fecero bere un cordiale che lo rianimò al punto di fargli dire:

«Bisogna capirli questi automobilisti, ormai il traffico è così schifoso che perdono giustamente la bussola... e poi non mi ha quasi toccato».

E svenne pesantemente di fronte al farmacista esterrefatto.

Entrarono alla palestra «Primo Carnera» alle 7 e 10.

Venne loro incontro un vischiosissimo segretario. Era un uomo di una volgarità d'animo rivoltante, ex-ruffiano, ladro e certamente bugiardo.

«I signori sono qui per la prima volta, vero? Allora le condizioni di pagamento sono: tutto subito, cioè quarantacinque mila lire e lei diventa socio fondatore.» E dicendo questo gli sfilò dalla tasca interna della giacca il portafoglio; gli contò avidamente quarantacinquemila lire, si diede una mancia di quattromila lire e gli fece firmare un foglio di carta da macellaio.

«Ecco fatto!» disse con risonanze agghiaccianti, e fece una palla del contratto e con un colpo di tacco lo buttò giù dalla finestra. Lui ringraziava sorridendo a sorriso dentato.

« Signore venghi per il massaggio e le misure antropometriche. »

Era la voce di un cialtrone in cappa bianca coi capelli ossigenati dalla stanza accanto che era la palestra vera e propria.

Guardò sua moglie, che con un'occhiata gli diede il permesso di andare.

Avanzò lentamente e si trovò al centro della palestra.

C'erano una ventina di avanzi di galera che lo guardavano divertiti.

Erano tutti enormi e con delle facce spietate.

« Si spogli » ordinò il cialtrone. Si trovò al centro del gruppaccio in mutande ascellari umilianti, con una borsata di organi di riproduzione che gli arrivava alle ginocchia.

Lo fecero sdraiare per terra con la faccia in giù.

Poi senza sollevargli la testa gli sfilarono lentamente le mutande. Gli tremavano le mani! Cominciarono. Misurava con un centimetro il cialtronaccio ossigenato e dettava ad un ceffo che scriveva le cifre in un quadernino nero.

« Spalle 21 » disse il maledetto e tutti a ridere come jene.

« Vita 102 » e giù risate che sentiva anche sua moglie nella saletta. « Circonferenza bicipite... » e qui fece una pausa teatrale... « dieci centimetri. » Si buttarono tutti a terra compreso il misuratore per il gran ridere.

Lui era per terra con la faccia nascosta, immobile.

« Ed ora un po' di massaggio prima dell'incontro », era sempre il cialtrone che parlava e con un gesto fece avanzare un certo Sergio: un uomo molto grosso e peloso con gli occhi molto truccati che i compagni di palestra chiamavano « Sabrina ».

Questi avanzava lentamente ondeggiando con una luce laida negli occhi.

Stringeva in mano un gran barattolone di pomata bianca.

Il clima della palestra era cambiato completamente: si erano abbassate lentamente le luci, c'era un gran silenzio pieno di suspence. « Sabrina » cominciò a massaggiargli la schiena, delicatamente, poi le natiche e poi dopo l'ultima ditata nel barattolo lo deflorò con tutto il pollice. Lui fece solo una specie di rantolino soffocato.

A sua moglie che facendo capolino aveva assistito a tutto lo spettacolo il cialtrone sussurrò:

« È l'iniziazione ora lui è dei nostri! ». Tutti allora batterono le mani.

Lo alzarono su velocemente, gli misero dei mutandoni di

seta nera, guantoni, piedi nudi e lo fecero salire a forza su di un ring che c'era in fondo alla palestra. Aveva un lato attaccato ad una parete con una porta nera.

Suonò il gong, si spalancò la porta ed entrò di colpo la montagna umana che lo aveva massacrato per strada un'ora prima.

Era vestito da battaglia. Gli sparò subito una cannonata sugli occhi. E poi una decina in tutto il corpo a velocità supersonica, finché lui perse i sensi. Suonò il gong e uscirono tutti.

Quando ritornò in sé, era buio, c'era sua moglie inginocchiata che cercava di rivestirlo per riportarlo a casa. Presero un taxi, ma era così frastornato che volle guidare lui. Nella curva del garage sotto casa rigò il parafango e dovettero scappare su per le scale mentre il tassista cercava di accoltellarli. Tornò in ufficio dopo 2 giorni: era terrorizzato e sobbalzava ogni volta che suonava il telefono sul tavolo.

XXI

La madrina

« Voglio fare la madrina di una nave! » disse improvvisamente durante una riunione il dottor Pier Matteo Semenzara direttor de' direttori.

Il Semenzara era un uomo di una femminilità bruciante.

Si truccava come una ballerina turca, si dava smalto verde alle unghie e andava pazzo per i marinai di colore. Ma era tale il suo potere che nei corridoi si diceva che era molto virile, « con due affari così », e si faceva con le sue spie un gran parlare di tutte le relazioni che aveva con tutte le donne possibili: « Guardi purché respiri... ».

In realtà il Semenzara tutte le sere si faceva accompagnare dall'autista della società ad un tragico vespasiano noto convegno di omosessuali, stava lì dentro due ore ogni volta, dalle 11 all'1, e poi tornava sempre a casa con qualche militare.

Era religiosissimo. La comunione ogni primo venerdì del mese, a messa ogni domenica.

Una volta durante una cerimonia di consegna regali natalizi ai figli dei dipendenti aveva trillato che al referendum per il divorzio aveva votato per un NO sacrosanto:

« Per liberare tanti bei ragazzi dalla schiavitù di quelle orribili donne... ».

La frase era rimasta a galleggiare in un imbarazzo pesante poi il direttore dell'Ufficio Adulazioni dottor Serra aveva attaccato un applauso isolato, che restò isolato per venti interminabili secondi... poi il direttore continuando l'applauso urlacchiò: « Ma andiamo, via è... giustissimo... » e l'applauso divenne generale.

Ci fu durante la cerimonia un momento di osceno imbarazzo quando sul palco salì Fantozzi con sua figlia – il Semenzara non degnò di un'occhiata Mariangela che stava quasi piangendo, e le tirò distrattamente il panettone in faccia – ma continuò a guardar lui fisso negli occhi:

«Ma sa che lei ha degli occhi vellutati da cervo?... si faccia vedere bene...».

Lo prese per la mano mentre lui cercava di scendere dal palco:

«Ha anche le ciglia lunghe sa!...». E cercò di baciarlo sulla bocca, ma lui fu bravo a schivare con una finta di corpo.

Il giorno dopo alle nove del mattino squillò il telefono sul suo tavolo.

«Il dottor Semenzara la desidera!» era la voce della segretaria che non l'aveva mai chiamato in dodici anni.

Passò una mattinata orrenda a giocare a «dottore e operazione».

Il Semenzara al pomeriggio lo fece chiamare subito alle due e un quarto appena entrati.

L'indomani dopo un'intera giornata di «dottore e operazione» gli telefonò a casa dopo cena e lo invitò ad andare da lui per «parlare di un lavoro urgente che gli voleva affidare».

Dopo un mese dormiva da Semenzara e passava a casa solo per cambiarsi, ma senza commentare la cosa.

A primavera cominciarono a fare le rituali collette per le nozze: il Direttore aveva deciso di sposarlo alla fine di giugno!

In una magnifica mattina piena di luce venne in ufficio Cortisani, un sarto da donna alla moda per le misure dell'abito da sposa. Tornò parecchie volte. Quelle prove in ufficio di fronte ai colleghi avvenivano in un silenzio ripugnante.

E si arrivò al giorno delle nozze. La chiesa era gremita. Testimoni del Semenzara erano il dottor Cantoni, uno dei più servili della società capo del Servizio Omosessuali e «Patty Pravo», un orrendo travestito di 46 anni, amico d'infanzia del direttor de' direttori.

Per la sposa – cioè per Fantozzi – Filini e Calboni incravattati e ingessati i 2 doppipetti di granito blu.

L'officiante padre Colella, un cappuccino che puzzava in maniera angosciosa, spese nobili parole sui doveri e sui compiti della sposa nella società contemporanea. Nella chiesa, piena di colleghi drammatizzati dal terrore di una possibile retrocessione, si ascoltava con servile imbarazzo.

Il cappuccino concluse la cerimonia con il rituale «vi dichiaro marito e moglie» e partì l'applauso isolato del dottor Serra. Quando l'applauso divenne generale si sentì la voce di «Patty Pravo» che gelò la chiesa: «Tutti devono baciare la sposa!» e si avventò vogliosamente su Fantozzi e col suo alito da fogna lo baciò sulla bocca violentemente. Rotolarono per terra e nella navata si alzò un urlo agghiacciante, lui stava quasi per ribellarsi, ma incrociò lo sguardo da cobra sorridente del Semenzara e capì che per lui e la sua famiglia sarebbe stata la fine.

Padre Colella lo aiutò a rialzarsi cercando anche di staccargli di dosso « Patty Pravo ». « Tutti... devono baciare la sposa » trillò l'orrendo finocchio. Subito si formò una lunga coda di colleghi.

Quando passavano vicino a Semenzara si congratulavano e mostravano una gran voglia di « baciare una donna così bella » « te la faresti? » mormoravano con laidi toni di complicità « io subito! Mi tira da matti! ».

L'organo attaccò la marcia nuziale di Mendelsshon e Semenzara gli offrì il braccio e si formò il corteo verso l'uscita. Fu accolto da una pioggia di riso.

« Viva gli sposi... viva gli sposi » attaccò il dottor Serra.

Lui incrociò solo per un attimo lo sguardo di sua moglie con un pugno di riso in una mano inerte: era ferma, immobile, di marmo. Salirono in una « Mercedes » nera della società.

Prima tappa Venezia. La formazione era Fantozzi, « suo marito » e l'autista: purtroppo « Patty Pravo ».

Avevano preso una stanza con lettone a tre piazze, all'Hotel Danieli, tre giorni, ma lui cercò di non viverli.

Decideva « Patty Pravo ». Al mattino facevano colazione a letto e poi gli saltavano subito addosso.

« Bisogna pulirlo bene » raccomandava « Patty Pravo » e se lo portava continuamente in bagno.

Finalmente uscivano, lui naturalmente in minigonna plissettata e tacchi a spillo. L'occhiata che gli dava ogni volta il portiere era una sciabolata. Andavano alle Mercerie in tutti i negozi di cosmetici e poi da Roberta di Camerino a comperare delle borsette e degli ombrellini variopinti.

Ogni sera all'« Harry's Bar »: cena al tavolo di Hemingway e poi subito in albergo, come proponeva oscenamente « Patty Pravo ». E cominciava la parte più orrenda. Veniva braccato dietro i divani del salottino, nascosto dietro il televisore, rintanato nella vasca: il tutto in urli orrendi.

Quando prendeva sonno tremava come una foglia perché lo facevano dormire in mezzo e lui nella notte sentiva ogni tanto l'alito di fogna di « Patty Pravo ».

Il Semenzara al terzo giorno del viaggio di nozze gli disse affettuosamente baciandogli una spalla: « Non ti preoccupare amore, quando torniamo ti farò mettere in maternità! ».

Da impiegato di seconda categoria C, era stato promosso vice direttore centrale. Ma il ritorno in ufficio fu ugualmente l'umiliazione più dolorosa della sua vita.

Si era dovuto presentare subito al capo del personale dottor Viperi con un certificato di maternità nel quale si dichiarava che « il ragionier Ugo Fantozzi era in stato interessante e che chiedeva con arroganza a questa cara ditta, dopo il parto, anche due mesi di ferie pagate per allattamento! ».

Viveva a casa di suo marito.

Passarono venti giorni nei quali imparò a lavorare a maglia, a ricamare al tombolo e a cucinare dei buoni pranzetti, ma era molto triste perché sentiva una gran nostalgia per sua figlia, sua moglie e anche per i colleghi e l'atmosfera dell'ufficio.

Ma un giorno il Semenzara si stancò improvvisamente di lui e, da serpente qual era, mise in moto un'orrenda manfrina: il varo!

«Voglio fare la madrina di una nave» disse improvvisamente durante una riunione il direttor de' direttori.

Serra dell'ufficio adulazioni scelse subito un buon varo tra i molti che la società aveva a disposizione.

Si varava sabato mattina una grande porta-containers da sessantamila tonnellate, la « Pier Matteo Semenzara » che il direttor de' direttori aveva così voluto chiamare in un attacco di modestia.

La « madrina » assegnò a ciascuno una mansione specifica: il dottor Serra comandare gli applausi, padre Colella benedire la nave, Filini allestire un coro di voci bianche per il quale si offrì subito quel mascalzone di Calboni e « Patty Pravo » doveva fare il discorso augurale.

« E tu mi farai da bottiglia! » disse, con un lampo da vipera negli occhi, a Fantozzi che stava ricamando.

Il mattino del varo passò da casa sua e si vestì con un vecchio vestito verde-bottiglia e poi andò al cantiere navale con sua moglie. Gli misero della carta argentata intorno al collo, un gran tappo in bocca e gli legarono i piedi con un nastro tricolore. Alle 9,30 lo issarono a 15 metri da terra attaccato a testa in giù. Rimase appeso in quella posizione orrenda fino a mezzogiorno circa, con i colleghi che facevano finta di non vederlo.

A mezzogiorno e trenta in punto, finito il discorso, il dottor Serra attaccò l'applauso in un silenzio miserabile. La «madrina» prese Fantozzi per le orecchie e lo scagliò contro la murata.

Nel volo di quasi diciotto metri lui chiuse gli occhi e si lasciò scappare un urletto soffocato di terrore.

Fu bravissimo. Picchiò con le spalle, come gli avevano consigliato, senza aprire le braccia e sputò il tappo con violenza.

Alle due circa, quando se ne erano andati tutti al banchetto, fu calato da due operai! Perdeva un po' di sangue dal labbro perché si era graffiato sputando il tappo.

La Pina lo medicò e senza parlare lo riportò a casa da Mariangela.

Il lunedì mattina, al bar Stella, i suoi colleghi quando c'era lui per non dire bottiglia usavano delle strane perifrasi del tipo: «Mi dia per favore una cosa tonda di vetro con dentro della Coca Cola!».

Ma a mensa quando sentì ordinare «un contenitore verde per acqua minerale al quattro» cominciò a sghignazzare piangendo.

XXII

Il Grand Prix di Montecarlo

« Alla domenica almeno mi voglio divertire! » disse Fantozzi alla Pina che era venuta a prenderlo come tutti i venerdì sera all'uscita dell'ufficio.

« E che cosa vorresti fare, rimanere in casa? »

« Rimanere in casa, ma non ci penso nemmeno! Voglio uscire, svagarmi, veder gente! Ecco cosa voglio fare! »

« E dove vorresti andare? » domandò la Pina con un velo di ansia.

« Ho già deciso da tempo, andiamo al Grand Prix di Montecarlo! »

Nel fondo degli occhi della Pina passò un'ombra di impercettibile terrore.

« La partenza della corsa è alle 15,30. Basterà essere sul posto un'ora prima! », questa era stata la diagnosi di Fantozzi. Ma aveva sottovalutato la marcia su Montecarlo. Anche per lui abituato a ritorni da week-end spaventevoli, a ingorghi galattici, a « croci uncinate di 5 ore », e a tamponamenti record fino a 168 automobili, lo spettacolo dell'avvicinamento fu davvero un'esperienza straordinaria.

Erano venuti a migliaia con ogni mezzo dalle più lontane province italiane: treni, automobili e nella maggior parte pullman. Erano soprattutto questi ultimi che avevano ceduto per primi: c'era sulla costa un ingorgo immanovrabile, il sole era una palla di rame implacabile ed erano chiusi nelle scatole maledette da 30 ore, completamente disidratati, si lamentavano, speravano, pregavano. Molti erano sdraiati sotto i motori con le famiglie per sopportare temperature da forno crematorio.

Non avevano potuto soddisfare nelle ultime 56 ore i più elementari bisogni fisiologici: avevano pressioni ventrali e vescicali terrificanti! Ogni tanto si sentivano nella lunga coda delle sinistre esplosioni di disgraziati che venivano dilaniati di fronte alle famiglie esterrefatte.

Ai bordi della strada centinaia di sventurati, in preda a gravissime crisi mistiche, parlottavano sinistramente con San Cristoforo protettore degli automobilisti. Erano a Cap Martin, a 26 chilometri dal circuito!

Lui si rivolse a sua moglie e disse: «Mi conviene... quasi quasi la macchina lasciarla qui! Che dici?». La Pina non rispose, aveva gli occhi bianchi.

Si incamminarono a piedi canticchiando. Passarono vicino a macchine abbandonate, ad altre semivuote perché gli occupanti erano tutti riparati all'ombra dei motori. C'era un silenzio innaturale: ogni tanto si sentiva gorgogliare qualche disgraziato, altri parlavano sommessamente da soli.

Ormai quasi tutti lasciavano le automobili e si avvicinavano, o meglio cercavano di avvicinarsi alla corsa. Erano una lunga fila disperata sotto il sole.

Al ventesimo chilometro anche Fantozzi cominciò a sghignazzare senza alcun motivo.

Sua moglie lo spiava preoccupata. Al ventitreesimo cominciò ovviamente a parlare da solo: aveva aperto un dibattito sull'opportunità della cattività avignonese dei Papi. Poi cominciò a sentire le voci come Giovanna D'Arco ad Orleans, poi le campane e finalmente gli venne incontro l'Arcangelo Gabriele: svolazzava leggero come una farfalla a 1 metro circa da terra. Lui si buttò in ginocchio frantumandosi quasi le rotule:

«Prendimi con te!... portami via di qui!» lo supplicava.

«Andiamo Ugo, non fare così» la moglie cercava di tirarlo su. «Ma non vedi che sto parlando qui con Sua Eccellenza l'angelo?» si divincolava lui da terra. Gli buttarono in faccia dell'acqua: in silenzio si alzò e ricominciarono l'avvicinamento ai recinti della corsa.

Guardò i suoi biglietti che gli erano costati sangue: c'era scritto: Ingresso A cancello S settore H Tribuna Cichane n. 132 e 134.

Si avvicinò ad un «addetto» con bracciale rosso e tentò in francese:

«Escusez moi me sa dir gentilment dov se truv l'ingress A?».

«Vous vous êtes trompé! Vous devez retourner en arrière!»[1] fece l'«addetto» senza guardare i biglietti.

«Indietr dov?»

[1] Si è sbagliato! Deve tornare indietro!

« En arrière! Vous devez retourner en arrière! »[2] Tornarono indietro.

Fermò un gendarme in alta uniforme che si stava letteralmente sciogliendo dal caldo:

« Me scus mi savè dir gentilment dov si troverebb l'ingress A? »

« Allez, avancez, circulez! Vous ne voyez pas qu'içi vous bouchez la circulation? »[3]

Furono spinti in avanti da un gruppo di una trentina di sventurati che cercava il proprio ingresso.

Tornò a trovarsi di fronte all'« addetto » di prima.

« Mais que diable voulez-vous donc? Je vais appeler le jendarme »[4] fece quello con la faccia dura e risoluta a tutto. Intanto sentivano che le auto stavano ultimando il giro di prova.

Furono risucchiati dal gruppo che cercava un qualunque varco: erano quasi disperati: erano le 15,32 e stava per cominciare la corsa! Furono trasportati verso un cavalcavia di tubolari Innocenti.

Lì davanti c'erano una decina di « addettissimi » in tuta arancione e bracciali. Gli si buttarono quasi tutti alle ginocchia abbracciandoli e cercando di baciargli le mani.

« Abbiate pietà... aiutateci, abbiamo i biglietti, diteci da quale parte si passa! »

Il gruppo di addetti era imbarazzatissimo. Uno in borghese che sembrava il capo fece un gesto come a dire: « facciamoli passare poveracci! ». Si rialzarono ringraziando e si avventarono quasi tutti su per le scale, dico quasi tutti perché Fantozzi non riuscì a filtrare.

« Mais pas tous! »[5] urlò l'addetto capo fermando solo Fantozzi con un braccio. « Voulez-vous que j'appelle la police? »[6] aggiunse minaccioso.

Mentre tornava disperato verso non sapeva dove, si sentì l'inno monegasco, si mise a correre: gli mancava il fiato e sentiva un preoccupante dolore in mezzo al petto e rallentò prudentemente. Si voltò verso sua moglie che era rimasta indietro: « Vieni Pina che sta per cominciare la co... ». Non finì la frase: si sentì il ruggito delle macchine che erano partite. Ricominciò a correre in preda ad un attacco di disperazione: stava

[2] Indietro! Deve tornare indietro!

[3] Avanti, avanti, circolare! Non vede che blocca il passaggio?

[4] Si può sapere cosa diavolo vuole lei? Guardi che chiamo il gendarme.

[5] Tutti no!

[6] Vuole che chiami la polizia?

perdendo il mitico Grand Prix di Montecarlo!

Vide un varco e tentò un'azione disperata: cercò di scavalcare ma fu quasi sbranato da un grosso cane lupo da «battaglia»: solo il comando imperioso del canista lo salvò da una fine miserabile.

Ormai tutti gli addetti si erano ritirati oltre i varchi, lui non riusciva a farsi sentire da nessuno, il rumore delle macchine era terrificante: neppure urlando, implorando notizie alle orecchie di qualche sorvegliante riuscì ad avere notizie del suo ingresso: era svanito, volatilizzato, come se non ci fosse mai stato! Salirono faticosamente sulla collina che era piena di gente fin dal mattino.

Da quella tragica posizione controllavano venti centimetri del percorso: cioè non si vedeva quasi niente.

Solo laggiù in fondo a grande distanza ogni tanto sfrecciava qualcosa che sembrava una macchina.

«Chi è in testa per favoreeeee??...» Urlò Fantozzi all'orecchio di uno spettatore. Il rumore era terrificante.

«Le quattro e un quartoooo!!!...» gli urlò lo spettatore all'orecchio perforandogli quasi il timpano e mostrandogli l'orologio. Si rassegnò a capire della corsa quello che vedeva, cioè nulla.

Quell'inferno durò tre ore esatte. Tre ore nelle quali aveva tifato per Clay Regazzoni che non era in corsa. Poi d'incanto improvvisamente senza alcun logico motivo l'inferno cessò e su Montecarlo piombò un silenzio improvviso, innaturale. Lui non osò chiedere chi aveva vinto e con sua moglie finse di saperlo: «1° Regazzoni, 2° Lauda, 3° ... non ricordo» mentì penosamente.

Aveva voglia di fare pipì e si mise in una lunga coda di disperati scalpitanti davanti ad un piccolo edificio. A 100 metri cominciò quasi a pisciacchiarsi addosso. Entrò: era una rivendita di «hamburger». Con la vista sdoppiata domandò al garzone al banco ovviamente scortesissimo:

«Sapet vous dov se truve il cess?».

Quello non rispose e lui guardandolo negli occhi cominciò a pisciarsi addosso lentissimamente. Diceva intorno a sé: «Scusat... scusé moi... non ne potev più!».

Tornò dalla moglie. «Hai trovato la toilette?» domandò lei, poi lo guardò in basso e non fece altre domande.

Impiegarono 56 ore per raggiungere il confine a Ponte San Luigi e quando vide la bandiera che gli indicava che era ritornato in quell'osceno paese che era l'Italia gli parve di essere in Paradiso e cominciò a cantare «O sole mio» a gola spiegata.

XXIII

Il femminista

Il suo rapporto con Filini, suo compagno di cella da dodici anni era ormai una cosa orrenda: non si sopportavano più. Ognuno vedeva nell'altro l'emblema della propria disperazione. Quando poi c'era presente la Silvani, lui diventava una belva. Una sera c'era lei e Filini più che mai «incivettato» dietro le sue spesse lenti da cieco: era come sempre battaglia grossa: si stavano azzannando da due ore su tutto: calcio, politica, donne, cucina. Ed ora stavano per sputarsi in faccia sul femminismo.

«La donna ha una condizione privilegiata in Italia» osò dire lui.

«Privilegiata? Dove? In Italia?...» lo interruppe Filini cercando di esprimere sottile ironia, disprezzo e intelligenza da dietro la barriera bianca dei vetroni.

«Sì, privilegiata perché più amata, più rispettata, portata in palmo di mano...» incalzava Fantozzi con foga.

«Ma lei vive in un altro secolo, caro amico!»

«E non mi chiami amico!»

E Filini senza ascoltarlo: «Vorrei vedere lei al posto di sua moglie...»

«Cioè?» fece Fantozzi sospettoso.

«Cioè... cioè... vorrei vederla buttato giù all'alba per preparare un caffè da portarle a letto, e dopo la sua uscita rifare i letti, pulire i cessi e il lavandino dove ovviamente lei piscia!!» E Filini gli venne contro col dito puntato minacciosamente. «È vero o no che lei piscia nel lavandino?»

«Io?» fece Fantozzi sentendosi un po' colpevole. «Ma cosa sta dicendo?»

Quest'ultima frase gli uscì fuori un po' più sommessa, perché in effetti lui pisciava regolarmente sempre e solo nel lavandino dove si lavavano gli occhi sua moglie e sua figlia.

E Filini implacabile:

«Poi uscire, fare la spesa, prepararle da mangiare con puntualità svizzera, spaghetti a cottura giusta sennò è una tragedia, silenzio assoluto durante la sua sacrosanta pennichella, svegliarla dolcemente col caffeuccio, non troppo caldo o troppo zuccherato, accompagnarla alla porta, salutarla amorevolmente, possibilmente sorridendo, aspettare tutto il pomeriggio a casa senza uscire, perché lei nei suoi pomeriggi in cella telefona ogni mezz'ora, non per controllare... che per carità lei non ha dubbi su sua moglie che, diciamo la verità, è al di là di ogni tentazione, ma per noia o peggio per rompere i coglioni. Poi preparare la cena, sopportare il suo inferno del salto continuo di canale in canale alla TV, andare a dormire e possibilmente soddisfare la sua sessualità da porco impigrito. Ma se ne rende conto! Lei è un mascalzone, caro amico, un virilista di merda! ».

Filini fece tutta quella sparata con gli occhiali appannati senza prendere fiato e per di più, purtroppo, di fronte alla Silvani. Lui era marmorizzato perché aveva accusato il colpo.

« Fantozzi? » fece la Silvani dolcemente.

« Sì? » fece lui timoroso.

« Lei mi fa schifo!! » E uscì sbattendo la porta e lasciandoli soli, mentre Filini lo guardava come si guarda una merda nel salotto di casa in una giornata di sole.

Quella sera tornò a casa con fieri propositi: dimostrare a se stesso che quello che aveva detto Filini non era assolutamente vero.

Alle sette e trenta eccolo entrare a casa, incazzato come una belva: quello era il suo habitat naturale dove dava il meglio di sé!

Mariangela gli buttò le braccia al collo col solito affetto:

« Papà, debbo parlarti. »

« Vieni, vieni amore » fece lui frettolosamente. « Mettiti su quella sedia lì e aspettami solo due minuti. » E si chiuse in cesso con la « Gazzetta dello Sport ».

Mariangela aspettò quasi un'ora. Trillò il telefono, lui uscì in mutande, facendo una curiosissima pantomima alla figlia e alla moglie che guardavano terrorizzate. Fece capire roteando gli occhi come un orco impazzito un:

« Domandate chi è prima! Domandate chi è! ».

« Il Segretario del Presidente del Consorzio Furti » risposero le due poverine tenendo il microfono tappato a sei mani e lasciando in sospeso un « Che cosa dobbiamo dire? ».

Lui le fulminò con un'occhiata che significava: « Brutte deficienti» e gli strappò il microfono di mano con brutale violenza:

«Carissimo dottore» urlacchiò con voce da colombone innamorato «che piacere sentire la sua voce, non so come esprimerle i sensi della mia...» E giù tutta una serie di «Si figuri!» «Ma non lo dica neppure per scherzo...» «Ma l'avrei fatto anche... se lei non me l'avesse chiesto...»

Abbassò il microfono e si avventò contro le due sventurate cercando di colpirle al basso ventre con la punta ferrata delle scarpe: «Stronzacce maledette mi avete fatto incastrare, io vi faccio a pez...».

Altro trillo e nuova spaventevole rotazione di occhi. Rispose Mariangela con gli occhi imploranti un'indicazione:

«Chi è che parla, scusi? No, mi dispiace, papà è fuori Roma».

«Chi era al telefono?» ruggì lui subito con una strana luce pupillare.

«Un amico del Vice Presidente dell'Associazione Nazionale Grandi Ladri» rispose la povera bambina con un filo di voce.

«E non me lo passi?!»

La Pina questa volta fece fatica a levargliela da sotto agli artigli mentre il «femminista» cercava di rosicchiarle un orecchio. Trillò ancora il telefono:

«Rispondo iooo!!» ululò la belva con tono padronale. «Pronto? Ah è lei Mescini» era un ex fattorino della società disoccupato «che diavolo vuole a quest'ora? Sì... Sì... Ho capito. Sì... Mi... Mi rendo conto della sua penosa situazione» sputò addosso alla moglie che gli passava vicino mancandola per un pelo e centrando un braccio di sua figlia «ma in questo momento non saprei proprio come fare... No, parto... Sì, sto via due, forse tre anni... Addio. E non mi richiami mai più!»

Si scaraventò subito contro la moglie: la colpì violentemente sui denti con una decina di pugni rimbombanti:

«Infame, troia, maledetta, quante volte ti devo dire che per quello stronzo di Mescini non ci sono mai! Hai capito? Maiiiiii!!!!».

La povera donna rotolò al pavimento con uno strano gorgoglio, soffocato da un filo di sangue che le usciva dalla bocca. Stava per finirla con un pesante portacenere di marmo quando il telefono gli fermò il braccio. Mariangela scappò a chiudersi in cucina, lui la inseguì:

«Rispondi al telefono, mascalzona, e fatti dire chi è! Guarda che sfondo la porta e ti passo due volte nel tritacarne! ».

La bimba rispose solo al settimo squillo: singhiozzava.

« Chi parla, scusi? È la segretaria del Capo dell'Anonima Sequestri » bisbigliò tenendo tappato con la mano destra il microfono.

Lui le strappò violentemente il telefono graffiandola a sangue con l'anello:

« Carissima, come va? Che magnifica sorpresa! Ma quando vuole lui... D'accordissimo... Perfetto... Magnifico! ».

Fantozzi sorrise:

« Scusami, amore, ora sono subito da te, ma questo maledetto tele... ».

Non finì la frase perché il telefono trillò ancora sinistramente. Lui alzò il ricevitore, lo accostò all'orecchio di sua figlia restando ad ascoltare col suo sulla cornetta.

« Pronto? » fece una voce. Era il Segretario di Bàlabam, il Capo del Servizio Ricatti.

« Pronto? » fece lui con un tono tenorile strappandole il ricevitore e il lobo dell'orecchio destro: « Caro avvocato, che piacere sentirla! Certo che vengo... Venerdì sera alle nove a casa sua... Con mia moglie, certo... Non potrei vivere senza di lei... Lei sa che io adoro mia moglie... D'accordo, avvocato, e grazie ».

Il telefono gli concesse una piccola pausa.

« Papà non vorrei disturb... » tentò Mariangela.

Ma lui non fece caso alle sue parole e cominciò subito a commemorarsi:

« Cara la mia bambina » e la baciò teneramente in fronte « ti sei almeno resa conto che razza di vita faccia tuo padre? Pensa che io, oltre al mio lavoro che è la mia attività prevalente, sono Presidente del Comitato di quartiere per l'emancipazione della donna » sua moglie che si stava alzando lentamente da terra era una maschera di sangue « Segretario naturale dell'Associazione Nazionale Combattenti per il Femminismo e membro del Consiglio Regionale dell'Associazione Nazionale Mariti Modello. Con tutto ciò sono un uomo aperto a tutti i problemi della povera gente come tua madre o quel Mescini, come hai potuto sentire tu stessa, mi espongo politicamente come femminista combattivo e sono soprattutto intelligente, ma buono! ». Fece una pausa e alla moglie che si stava trascinando carponi verso la cucina domandò con voce da cobra: « A che ora si mangia? ».

« C'è da aspettare solo dieci minuti » rispose la povera bestia da terra.

Lo squalo tigre si scaraventò verso la cucina, si sentì solo un lamento e del sangue schizzò contro la porta smerigliata.

Mariangela si rifugiò in camera sua a risolvere i suoi problemi come sempre da sola. Puntualissimo alle otto e trenta, si sedette a tavola, si servì per primo i tre quarti della frittata, mangiò rumorosamente, bevve a collo dalla bottiglia comune, faccia al televisore, cambiando continuamente canale e senza rivolgere la parola a nessuno.

Poi senza aspettare che loro finissero si buttò sulla poltrona, fece un rutto da competizione e si addormentò. Alle undici a letto fece un timido approccio con la Pina e la toccò con la punta ghiacciata di un piede:

« Pina, ti amo » ma sentì ormai che lei stava russando sconciamente.

A mezzanotte pensò che forse Filini aveva ragione e come sempre prima di addormentarsi si fece veramente schifo.

XXIV

Una persona proprio come si deve

Un venerdì pomeriggio rimase senza macchina perché gli si era rotto il motorino d'avviamento. Accettò allora servilmente un passaggio sulla Lancia Beta con radiotelefono dell'avvocato dott. ing. lup. mann. grand. farabutt. Guido Camorrani: notabile, grande civilista e conosciutissimo in tutto il quartiere come cittadino esemplare.

L'avvocato lo fece salire sulla sua auto blu e gli diede democraticamente la mano. Questo gesto lo lusingò molto perché quello abitualmente non salutava nessuno e quando gli si passava vicino era capace di morsicare.

« Ma diciamo la verità » pensò Fantozzi « tutto questo è giusto perché l'avvocato è tutto preso dalle sue gravi responsabilità civiche. »

Camorrani gli domandò gentilmente nome e professione e senza attendere risposta cominciò subito a commemorarsi:

« Vede caro signor Fantocci... ».

« Fantozzi, mi chiamo Fantozzi » lo corresse lui debolissimamente.

« Vede caro signor Fantacci, io sono soprattutto un uomo onestissimo e intelligentissimo, ma buono. Io, che sono, noti bene, uno dei più grandi avvocati della città » e qui abbassò leggermente e con finta modestia la voce e gli occhi « sono uno che per gli altri darebbe la vita, perché vede caro Fantuzzi, io sono un uomo giusto, ma soprattutto eccezionale. E quindi caro Fantelli, lei può ben immaginare quali sentimenti agitino il mio animo nel veder tutta l'abiezione, il marciume, lo scarso senso civico nel quale siamo precipitati. »

E dicendo questo passò a quasi centoventi l'ora col semaforo rosso, sfiorando una misera utilitaria che il grand'uomo guardò con disprezzo:

« Stronzo! » urlò « stai più attento che così rischi la vita!... È il rispetto delle leggi che è venuto a mancare in Italia, nessuno crede più nelle istituzioni, manca il senso dello Stato come bene comune e tutti questi maledetti farabutti fanno quello che vogliono...»

Si stava intanto avvicinando ad un incrocio con cinque semafori, tutti rossi. Camorrani rallentò e poi con lentezza da pantera cominciò a passare lo stesso. Fantozzi lo guardava ammiratissimo.

Ed ecco finalmente il primo semaforo verde: lui passò come un treno rapido a tutto clackson. Da destra fece capolino con il muso dell'auto un furbettino che voleva passare lo stesso col rosso:

«Delinquente maledetto» cominciò ad urlare Camorrani paonazzo «sono i farabutti come te che rovinano questo Paese!!! Pena di morte! Pena di morte!» urlava stravolto «Orefici con pallottole incamiciate, vigilantes campioni di Karaté, ecco cosa ci vuole per questi mascalzoni...».

E gli stava per esplodere la vena giugulare. Si calmò:

«E poi, tutta questa violenza non si capisce proprio da chi l'abbiano ereditata i giovani d'oggi!»

«Eh sì!» concluse Fantozzi «chissà dove andremo a finire... Povera Italia!»

Poi prese un po' di coraggio e gli domandò «Senta signor avvocato Camorrani, immagino che lei conosca gente molto in alto?»

«Io?» fece Camorrani con un sorriso da squalo tigre «conosco tutti!»

«Allora, non vorrei disturbare, ma se lei potesse farmi togliere una piccola multicina da cinquemila lire che ho preso l'altro giorno di fronte al mio ufficio per divieto di sosta, mi toglierebbe da una piccolissima difficoltà» fece quasi arrossendo.

«Ma caro mi facci avere tutte le multe che vuole, io le multe gliele faccio togliere per sempre. Io» disse con un lampo di osceno trionfo negli occhi «le multe non le pago mai!»

«Grazie, molte grazie, signor avvocato. Lei è veramente una persona come si deve.»

«E le tasse? Immagino che lei le paga» domandò lo squalo tigre con un fondo di disprezzo nella voce.

«Sì» si scusò quasi Fantozzi. «Tutte, proprio tutte fino in fondo, me le trattengono sull'o stipendio.»

«Coglionate!» fece Camorrani facendo un senso vietato pauroso e sonando una sirena speciale che si era fatto montare per scrollarsi di dosso quei mascalzoni che venivano in senso giusto. « Le insegnerò io a non pagare una lira. È semplicissimo. Basta fare una società fantasma e lei risulterà nullatenente, come me che prendo un sussidio dallo Stato come mendicante! »

« Va bene, ma come si fa? » domandò Fantozzi « perché vede sinceramente questo sussidio a me farebbe... insomma molto comodo. »

« Ma con una bustarella! » Il Gran Mascalzone era trionfante e stava facendo con arroganza tutta una corsia riservata ai mezzi pubblici.

« Caro Cartocci, io le insegnerò a vivere in mezzo a questo mondo di lupi! Perché noi uomini onesti dobbiamo galleggiare. »

« Lei ha la barca? » domandò Fantozzi.

« Certo, panamense ovviamente, la tengo in Francia! Peccato, e pensi che si stava così bene in questo paese quando ancora non c'erano tutti questi maledetti comunisti! »

« Mi scusi » tentò Fantozzi « forse lei stava bene avvocato, perché noi avevamo stipendi ridicoli. »

« Idiozie, cosa vuole che gliene freghi alla gente come voi del denaro? »

« Avvocato » domandò Fantozzi con un leggero sospetto « ma lei come la pensa? »

« Io? » rispose lo squalo « sono socialista e ho fatto la resistenza! »

Fermò la macchina sotto il suo ufficio.

« Eccola arrivato, caro Corbatti, e mi raccomando mi facci avere quelle multe. »

« Grazie, grazie tante signor avvocato, lei è veramente una persona gentile. »

« Eh! Lo so » disse lui con rammarico « purtroppo di uomini come me ce ne sono sempre meno. »

« Peccato » pensò Fantozzi inchinandosi fino a terra. « Ormai non c'è più religione! »

XXV

Ma lei come la pensa scusi?

Un mercoledì Fantozzi tornava in treno da Milano dove era stato in missione per conto della sua società. Aveva preso il «Settebello»: solo prima classe, prenotazione obbligatoria, servizio ristorante.

Era a tavola, quando all'ultimo momento, stavano già cominciando a servire da mangiare, ecco l'avvocato Camorrani che stava cercando un posto. Era tutto completo e quello era l'unico turno.

Fantozzi si offrì timidamente:

«Avvocato se vuole le posso cedere il mio...».

«Grazie, molto caro» fece lui con voce agnellata e si sedette quasi sulle sue ginocchia. Fantozzi fece appena in tempo a sfilarsi di sotto i suoi ottantadue chili che lui disse:

«Vadi, vadi intanto che io mangio, a leggersi qualche giornaletto nel suo scompartimento...».

«Ma veramente non è che io abbia un posto prenotato... Ho pagato la prenotazione obbligatoria, ma i posti erano tutti esauriti... È per questo che in via eccezionale mi sono deciso a venire qui...»

«Beh! Mi aspetti in corridoio» fece lui con un sorriso dentato «mi lasci almeno mangiare un boccone e vengo subito»

Fantozzi si allontanò dopo una breve indecisione: non sapeva se andare in giù o in su.

«Vadi verso Roma... così risparmierà un po' di strada.» Era Camorrani che si stava avventando sugli spaghetti fumanti e gli indicava la direzione.

«Grazie» disse Fantozzi «Molto gentile.»

«Scusi, signore, il suo conto!» Questa era la voce un po' aspra del capocameriere che l'aveva inseguito fino a mezzo corridoio dell'altro vagone.

«Mi deve scusare, ma i conti si pagano!... Sono sedicimilasettecento lire» disse cercando con gli occhi il consenso di tutti i viaggiatori. Lo guardarono tutti come un delinquente. Mentre lui tirava fuori i soldi sentì anche qualche commento:

« E poi si lamentano perché le cose vanno male in Italia! Se cominciamo col fregare anche i pasti in treno... »

« Ma guarda che razza di mascalzoni che ci sono in giro!! »

Lui passò senza replicare in mezzo a quel linciaggio morale e si sistemò sul seggiolino di fortuna di fronte al cesso.

Dopo quasi un'ora arrivò l'avvocato Camorrani.

« Si vuole accomodare? »

Fantozzi fece l'atto di alzarsi. Si scansò appena in tempo perché quello si era lasciato cadere a corpo morto sul seggiolino in legno.

Era un posto di passaggio perché era di fronte al cesso: c'era gente che entrava, gente che aspettava con una certa impazienza e che li guardava con diffidenza e odio perché li credeva in coda.

Arrivò trafelato il parlamentare democristiano Magnante: era un tombolone di 97 chili molto piccolo di statura, aveva una preoccupante « perlinatura » alla fronte e capirono il grave pericolo al quale erano esposti in caso di una sua possibile esplosione.

Camorrani si slanciò verso la porta del cesso e cominciò a martellarla a pugni ed a urlacchiare guardando negli occhi servilmente quel possibile potente:

« Aprite vigliacchi... Aprite mascalzoni, c'è qui un gentiluomo che ha bisogno della toilette! ».

Magnante lo guardò con estrema riconoscenza: si mordeva le labbra ferocemente perché aveva una pressione ventrale terrificante: sei atmosfere!

Quando uscì aveva i muscoli facciali distesi: era fuori pericolo e aveva il dolce sorriso di una popolana appena uscita dalla sala parto.

« Grazie » disse a Camorrani e poi, dopo un'esitazione sospettosa, aggiunse: « Ma mi scusi, lei come la pensa? ».

« Lei è? » domandò con un sorriso da lupo Camorrani.

« Sono l'On. democristiano Magnante! » rispose quello con arroganza. « Allora, mi dica, come la vede la nostra situazione attuale? »

« Caro On. Magnante, ma come vuole che la pensi di questi tempi? Io non sono un militante del suo partito, ma se dovessi fare un quadro della situazione italiana di questi ultimi mesi non posso che attribuire tutte le colpe alla politica suicida del partito comunista: quei mascalzoni in mala fede hanno voluto tirare troppo la corda di una lotta di rivendicazioni sindacali che hanno ucciso la piccola industria, scoraggiando gli investimenti, favorendo la fuga di capitali, ma soprattutto non hanno capito che il maggiore pericolo per il nostro Paese erano gli 'opposti estremismi'.»

«Bravo!» disse con gli occhi pieni di ammirazione l'On. Magnante. «Come si chiama lei?»

«Camorrani, sono l'avvocato Camorrani» disse lui inchinandosi impercettibilmente.

«Venga, ho uno scompartimento riservato per lei.»

Camorrani fece a Fantozzi con la testa il cenno di seguirlo. Si sistemarono per il resto del viaggio da gran signori in poltroncine di pelle umana. C'era un caldo terrificante. Il sole era una palla di rame. Le lamiere del treno erano arroventate e dai finestrini aperti entrava un soffio di aria caldissima che gonfiava le tendine abbassate.

A Bologna si affacciarono per cercare da bere: stavano per soffocare. Il servizio ristorante aveva esaurito tutto, finita la scorta d'acqua dei cessi. Tutto il treno era ai finestrini, urlavano come bestie:

«Aiutoooo... acqua... assassini, dateci da bere».

Sulla banchina un giovane venditore di bibite aveva messo all'asta un'unica bottiglia di Fiuggi gelata. I viaggiatori si sbracciavano cianotici rischiando di cadere di sotto:

«A me, a meee... Ti do quello che vuoi...».

«Non è questione di soldi» disse il ragazzo e fece un gesto autorevole quasi fosse un direttore d'orchestra: ottenne un silenzio totale:

«Voglio prima sapere come la pensate».

«Lotta armata per il comunismo!» urlacchiò prontissimo Camorrani.

«E cioè?» domandò il ragazzo interessatissimo. Aveva una bella faccia da adolescente.

«Sono per la lotta armata alle istituzioni, contro le squadre speciali, contro il tentativo di criminalizzazione del movimento studentesco... autonomia operaia, organizzazione, lotta armata per la rivoluzione!»

Accompagnò l'ultimo slogan con il gesto della pistola puntata verso l'alto.

«Tieni compagno!» gli urlò il ragazzo gettandogli la bottiglia mentre il treno partiva.

Camorrani l'afferrò al volo.

«Non ho soldi» disse.

« Non fa nulla » fece il ragazzo ridendo e aggiunse: « Trematte... tremate che presto sarà estate!!! ».

Camorrani si cacciò il collo della bottiglia in gola e cominciò a vuotarla avidamente. Si interruppe un attimo per respirare.

« Mi dispiace, ma non gliene posso dare neppure un goccio! » rantolò e riattaccò prosciugandola.

Fantozzi guardò tutta l'operazione: aveva una scarpa al posto della lingua.

A Firenze, prima di entrare nella stazione di SMN, il treno si fermò per uno sciopero selvaggio: le rotaie erano invase da dimostranti con striscioni rossi.

« Maledetti stronzi » ringhiò a labbra serrate Camorrani « arriverò in ritardo al mio incontro coi giovani di gioventù socialista! »

Si tolse la giacca, si sporse il più possibile fuori e cominciò:

« Compagni lavoratori, sono un sindacalista che ha sacrificato la vita per l'avanzata del movimento operaio e delle forze popolari in un contesto democràtico. Che ha fatto dell'eurocomunismo l'arma non violenta dell'affermazione operaia! Fate largo compagni a un vecchio combattente della guerra di Spagna! A morte gli "sfascisti" ».

Ci fu un applauso fragoroso e mentre i dimostranti si aprivano lasciando passare lentamente il treno verso Roma, Camorrani al finestrino salutava col pugno chiuso. Alle sue spalle entrò di sorpresa l'On. Corsi del MSI.

« Sono un parlamentare missino. »

Camorrani aprì con una prontezza di riflessi da giaguaro il pugno, lasciando il braccio alzato.

« A noi! » urlacchiò.

Corsi sorrise: « A Roma sarà difficile trovare un taxi » continuò il parlamentare soddisfatto dell'accoglienza « se volete potete venire con la mia macchina... Ma lei chi è? » domandò dopo una leggera esitazione.

« Sono un cittadino italianissimo che si batte contro la piaga del permissivismo dilagante, contro il cancro dell'aborto e per l'ordine della Patria Tricolore! »

« Bravo! » disse lui. « Mi aspetti all'uscita sotto la pensilina di Termini, ho una mercedes nera blindata, la metto a sua disposizione! » e uscì.

Rimasero soli. Fantozzi guardava Camorrani con grande sconfinata ammirazione.

« Ma mi scusi, ma lei come la pensa veramente? » gli domandò timidamente, lui che non sapeva mai cosa pensare.

« Io? » fece l'avvocato. « Esattamente come lei. »

« E cioè? » incalzò Fantozzi con una certa ansia di sapere le proprie idee.

« Nel modo migliore » rispose il mascalzone con un largo simpatico sorriso.

Avrebbe avuto voglia di abbracciarlo.

XXVI

L'uomo più felice del mondo

Una vomitevole mattina, arrivato in ufficio dopo una notte piena di incubi, tamponò un collega al parcheggio fottendosi il muso della Bianchina, si accorse che gli avevano fregato il portafogli con la patente, la tessera della « bocciofila » e tutto il resto della mesata. Sentendosi disperato si lasciò cadere sulla sedia prendendo una terrificante ginocchiata interna sullo spigolo di ferro della sua scrivania Trau Olivetti:

« Ma porca puttana... bastaaa! Che diavolo di male ho fatto io al mondo? ».

Stava quasi per piangere, più per il dolore al ginocchio che per la disperazione alla quale era ormai abituato, quando di spalle, di colpo, entrò il Conte Colombani. Gli diede subito uno schiaffo per farlo uscire da quel terribile stato di trance: « Fantocci... Fantocci... si calmi per favore » e giù un altro schiaffo da cinque chili con la mano piena di anelli. « Calma, calma. »

Fantozzi ritornò in sé prima del terzo schiaffo, gli fermò la mano: « Scusi, signor Conte, ma alle volte temo proprio di essere un uomo bersagliato dalla sorte ».

« Lei? » Il Conte Colombani lo guardò con grande stupore « Ma chi è più felice e più fortunato di lei, caro il mio Fantocci? »

« Fantozzi » corresse lui timidamente.

« Caro Fantucci, non ha da pensare a nulla, non ha responsabilità, c'è un ufficio Svaghi che pensa al suo tempo libero, c'è un ufficio Personale che è come se fosse sua madre. Ha un lavoro comodo e rilassante, orari sopportabilissimi, un mese all'anno di ferie pagate, il sabato e la domenica se ne può stare spaparanzato a casa a vedere la TV a colori e il 27 di ogni mese non ha che da ritirare una succolenta e rigonfia busta paga. Ma chi è più felice di lei, eh? Ci pensi bene e non si lamenti Fanticci. »

« Ma, signor Conte, io non sono felice perché non mi sento

realizzato, frustrato in tutto, castrato in ogni iniziativa, irresponsabile come un subnormale. Mi creda, io sono molto, molto infelice. »

Colombani gli mise una mano sulla spalla e disse con voce dolcissima:

« Battacchi le dimostrerò il contrario. Le offro una straordinaria occasione. Lei, a spese dell'ufficio Furti e Sequestri avrà la possibilità di andarsene per un anno dove vorrà alla ricerca di un uomo più felice di lei ».

« Come? » domandò lui che non capiva.

« Sì, caro amico » continuò il Colombani con voce da cardinale innamorato « lei avrà il compito di cercare l'uomo più felice del mondo! » E fece una pausa guardando la sua incredulità con un odioso sorriso.

« Lei, per un anno sarà quindi sollevato dall'obbligo di venire in ufficio perché noi le vogliamo dare tutto il tempo necessario per girare il mondo intero alla ricerca di un uomo più felice di lei, sarà spesato di tutto: viaggi, alberghi, automobili e tutto quanto sarà necessario alla sua ricerca. » Fece un'altra pausa irritante e cominciò ad accarezzargli la nuca. « Ricerca che, si ricordi, sarà del tutto inutile, perché quest'uomo non esiste, perché lei, amico mio – e me lo consenta – caro figliolo è l'uomo più fortunato e quindi più felice che ci sia al mondo. »

Fantozzi lo guardava esterrefatto, non riusciva a parlare per la gratitudine e aveva gli occhi umidi.

« Partirà domattina » disse il Conte. « Vadi subito all'Ufficio Personale e all'Ufficio Viaggi per i permessi e gli accrediti che le saranno necessari. »

Fantozzi non rispose perché svenne sulla sua scrivania.

A salutarlo al parcheggio, l'indomani mattina, c'erano tutti i suoi colleghi. C'era sua moglie, signora Pina, molto orgogliosa, col vestito importante e cappellino con veletta. Lui aveva l'implacabile spigato siberiano delle grandi occasioni. Filini lo abbracciò commosso.

« Ragionier Fantozzi, in culo alla balena. »

Gli si avvicinò Calboni per un doloroso ganascino.

« Calboni, pensi che lo troverò questo felicissimo? »

« Se dipendesse da me » disse Calboni « non lo troverei mai e me ne starei via una vita. » E rivolto alla Pina « Scusi, eh signora! ».

Tutti risero di cuore. Lui abbracciò sua moglie, saltò in macchina sportivamente dando una tibiata micidiale sul filo rasoiato del cruscotto e infilandosi mezzo cambio in culo.

« Ciao Puccetto » gli fece Calboni « ci hai un bel culo, va là! » Mentre lui non poteva rispondere per il dolore. « Vai in giro per i migliori alberghi mentre noi siamo qui a marcire nella fogna maledetta. »

« Me lo porti qui se lo trova l'uomo più felice » trillò la Silvani « che me ne innamorerò immediatamente. »

Lui era molto commosso. Baciò dal finestrino ancora una volta sua moglie e partì per la grande avventura. Prima di voltare per via Verdi si voltò a guardarli che agitavano i fazzoletti.

« Ne sentirò la mancanza » pensò, tentò di salutarli col braccio e si infilò come sempre al bar Stella facendo un disastro di un milione e seicentomila lire di danno.

« Rispondo di tutto » urlacchiò mentre tentava di frenare. Poi fece una rapida marcia indietro e uscì lasciando il barista con gli occhi bianchi.

Era ormai passato un lungo mese da quella lontana mattina e lui era sempre in viaggio.

Era in Cashemir. La Bianchina si arrampicava a fatica su, su sempre più in alto in una valle ancora viola nella luce dell'alba verso le alte montagne bianchissime al sole. Era ai piedi del Karakòrum. Aveva avuto notizia nella piana di Srinagar, su indicazione di un mercante di tappeti di Amritsar, che lassù viveva l'uomo più felice del mondo: era un santone buddista che aveva raggiunto il nirvana dopo una vita intera di meditazione e contemplazione.

Alle nove del mattino entrò nella zona di luce. Si fermò a bere l'acqua fresca di un ruscello. Sentì il caldo del sole sulle spalle, alzò il viso bagnato, respirò profondamente, aprì gli occhi e in una luce abbagliante di fronte a lui troneggiava altissima la magica vetta del K2.

« Ehi la laaa » urlò di gioia.

« Ehi la laaa » gli risposero varie modulazioni dell'eco della sua voce. Respirò profondamente e si sentì molto felice. A mezzogiorno finalmente arrivò in vista della grotta del santone.

« Ecco la grotta » pensò lui. « Ma il santo dov'è? »

Poi improvvisamente lo vide. Era grigio come la pietra, stava seduto all'ingresso della caverna con le gambe e le braccia nella posizione del loto, completamente nudo, incurante del freddo con un sorriso ineffabile.

Fu colto da una grande, rispettosa emozione. Parcheggiò

la macchina, guardò con sospetto se non c'era qualche divieto di sosta e si avvicinò a piedi.

Arrivò di fronte al guru, il santone sembrava non essersi accorto della sua presenza, lui molto imbarazzato tossicchiò. Improvvisamente quello gli sorrise in un modo tale che si sentì arrivare sulla pelle un grande calore. Poi gli fece senza guardarlo un cenno regale di sedersi al suo fianco di fronte alle montagne di luce. Fantozzi si accartocciò per terra a fatica. Stavano senza parlare a guardare le montagne e lui pensò:

«Ecco, il paradiso deve essere proprio così».

Passarono alcune ore in un silenzio affascinante senza che il santo gli rivolgesse una sola parola, era sorridente e immobile nella posizione del loto, il vento secco di montagna gli muoveva i lunghissimi capelli grigi, gli occhi alle vette luminose del Karakorum. Fantozzi era sempre aggrovigliato per terra al suo fianco, aveva le natiche ormai completamente cartonate e gran parte delle gambe e delle braccia formicolate per quella posizione insopportabile per un burocrate. Alle cinque, quando stava ormai per svenire, il grande guru si voltò verso di lui lentamente, staccò con grande dolcezza un piccolo fiore bianco che era nella poca erba di fronte a loro e glielo offrì con un altro penetrante, magnifico sorriso. Fantozzi ne approfittò per cambiare improvvisamente posizione, per fare due passi e fare pipì.

Gli venne anche voglia di fumare. Si frugò in tasca, ne estrasse un pacchetto di Muratti. Si mise una sigaretta in bocca, l'accese e aspirò una profonda, voluttuosa boccata.

Il santone lo guardava con la coda dell'occhio, poi improvvisamente crollò. Lasciò la posizione del loto, gli strappò la sigaretta dalle mani e cominciò a fumare delle violente boccate a due mani. Sembrava un indemoniato. Faceva dei mugolii di soddisfazione. Poi con lui imbarazzatissimo, gli si buttò ai piedi e implorò con suoni gutturali e singhiozzi tutto il pacchetto. I suoi occhi erano pervasi da una sinistra luce di cupidigia. Fantozzi capì che quell'uomo per delle sigarette sarebbe stato capace di uccidere. Buttò il pacchetto lontano, ma quello con un tuffo all'Albertosi e un urlo di cupidigia lo placcò al volo. Impressionato, si scaraventò giù verso la Bianchina. Saltò al volante infilandosi implacabilmente mezzo cambio nel culo. E mentre il mostro con gli occhi iniettati di sangue, stava per azzannarlo, gli tirò una gomma da masticare per distrarlo e partì a tavoletta.

«Dammi il paginone centrale di "Play boy", mascalzone,

sono solo... Sono infeliceeeee » urlava il pazzo in un'atroce poltiglia di hindu e di inglese. Sentì le sue bestemmie disperate che rimbalzavano nelle maestose vallate, poi minacce alonate e sempre più fioche e lontane, mentre lui si buttava a capofitto verso Srinagar.

Passarono tre lunghi mesi di inutili ricerche. Era la fine di maggio e il Giappone era tutto un trionfo di ciliegi in fiore. Lui era a Kyoto, a tre sole ore da Tokyo con la famosa monorotaia da duecentoquaranta l'ora. Lì, gli avevano detto all'American Express di Hong-Kong, che c'era la splendida casa di bambù e di carta di riso dell'uomo più ricco del mondo e forse, questo lo sperava lui, del più felice: il padrone della Sony.

Quando Fantozzi fece suonare il curioso carillon di canne laccate di rosso, gli aprì una geisha bellissima e i suoi piccoli occhi a mandorla gli fecero subito l'effetto di due Noan presi con un bicchiere di Barbera dopo una massacrante giornata di lavoro. La ragazza cominciò ad inchinarsi varie volte cerimoniosamente. Anche lui si inchinò e subito si accorse che dietro ad un grande paralume di carta di riso con scene di pesca dell'antico Giappone c'erano almeno altre cinque o sei ragazze che ridevano sommessamente, chinate fino a terra. « Sembrano dei maggiolini colorati » pensò lui. « Mio nome è Mitzuko, onorevole ospite... Vieni, mio onorevole signore ti aspetta. » E sempre inchinandosi e facendosi precedere lo portò nella grande sala degli ospiti, seguita dallo sciame dei maggiolini multicolori e gorgoglianti. Al centro c'era una grande vasca di acqua tiepida e profumata. Agli angoli della stanza delle ragazze in kimono bianco accesero dei piccoli bracieri di tenero incenso vellutato. I « maggiolini » squittirono divertiti al suo imbarazzo mentre lo spogliavano completamente. Gli fasciarono i fianchi con un lungo panno bianco chiamato *mawashi* e lo calarono dolcemente nell'acqua. Fu qui che per la prima volta Fantozzi vide il molto onorevole Yoshio Imada: forse l'uomo più felice del mondo, il mitico padrone della Sony.

Era nudo, immerso nella piscina con la testa poggiata sulle ginocchia di una geisha seduta sul bordo di legno di ciliegio. La ragazza gli massaggiava dolcemente le tempie, mentre un'altra con voce melodiosa gli leggeva tutti i balzi in avanti delle sue azioni, nella pagina economica dell'« Asaki Shimbun », uno dei quotidiani di Tokyo e uno dei più diffusi nel mondo, un'altra vicino ai bracieri suonava una specie di banjo a quattro corde. Imada teneva gli occhietti semichiusi e faceva solo dei piccoli mugolii di soddisfazione e non si capiva se era per il massaggio della ragazza o per i guadagni di milioni di dollari che l'altra gli leggeva di volta in volta.

Quando si accorse che Fantozzi galleggiava di fronte a lui alzò la testa e cominciò ad inchinarsi cerimoniosamente varie volte.

Anche Fantozzi inchinò la testa varie volte ma cercando di dire «Molto lieto, sono il...» bevve due o tre sorsate giganti di acqua nella vasca.

«Speriamo che non ci abbia pisciato dentro» pensò e tossicchiando gli sorrise.

Imada con un cenno impercettibile del capo fece portare a Fantozzi del saké caldo in un minuscolo bicchiere di porcellana. Una ragazza gli accostò il bicchierino alle labbra e lui inchinandosi bevve: un terzo di saké e due terzi di acqua della piscina sperando sempre nella tenuta della prostata del padrone di casa.

Entrarono quattro geishe in kimono rosso, molto giovani e belle.

«Avranno al massimo quattordici anni» pensò Fantozzi guardandole ammirato. Li estrassero dolcemente dall'acqua, li sdraiarono su due stuoie e con dei piccoli asciugamani di spugna profumata cominciarono ad asciugarli delicatamente mentre le altre continuavano a versare saké, altre gli massaggiavano le tempie con mani leggere come orchidee, ma soprattutto a leggere esaltanti notizie da Wall Street per Imada.

Li coprirono di talco lievemente profumato, li vestirono con due kimoni di seta bianca e li trasportarono nella stanza accanto. Qui c'era un tavolo largo e basso in legno di ciliegio. Ci erano già preparati due piatti neri laccati con del sàshimi, cioè del meraviglioso pesce crudo, della tempùra, cioè un soave fritto misto croccante di scampi e verdure di stagione e poi, in appositi recipienti di legno, del riso bianco fumante.

L'uomo più felice del mondo si inginocchiò da un lato della tavola e fece a Fantozzi con un sorriso dolcissimo il gesto di prendere posto. Lui si abbassò con scricchiolii sinistri di tutte le giunture e si lasciò cadere sulle ginocchia. Prese una rotulata rimbombante sul pavimento di teck con bordatura di bronzo. Gli si annebbiò la vista, forse bestemmiò pesantemente, ma non avrebbe potuto giurarlo, gli si costellò la fronte di perline gelate e svenne rotolando sotto il basso tavolo di ciliegio.

Quando fu estratto Yoshio Imada ripeté il gesto invitandolo a mangiare e subito nella stanza accanto, dalla quale li separava solo una sottile paratia di carta colorata, si levò la sottile musica di un tenue strumento a plettro. Fantozzi, dopo aver evitato accuratamente anche con dei lentissimi gesti osceni il pesce crudo che una geisha gli offriva, stava ascoltando estasiato una vecchia canzone giapponese e sgranocchiando uno scampo fritto, quando la ragazza che leggeva le notizie di borsa ebbe un'esitazione impercettibile nella sua misteriosa lettura di rialzi. Imada fece con la destra un cortese gesto invitandola a continuare e la ragazza con un po' di timore, che Fantozzi credette di scoprirle nella voce, lesse una cifra della borsa di Francoforte. Ioshio Imada sorrise, fece un gesto alla ragazza che gli offrì subito, staccandola dalla parete, la sua spada di samurai, si inchinò a Fantozzi quasi per chiedergli scusa del disturbo, si aprì il kimono e si infilò la spada nel ventre con uno zampillo di sangue orrendo.

Fantozzi inorridito cercò di tracannare del saké, ma per errore si infilò in gola una testa di seppia cruda. Balzò in piedi per l'orrore, sputò in faccia ad una geisha la seppia masticata e col kimono sporco di sangue fuggì vomitando. Uscì nel patio, massacrò quindici bonzai, i preziosissimi alberi nani e, rovesciando prodigiose composizioni floreali ikebana, balzò sulla Bianchina posteggiata sotto un ciliegio e partì a tavoletta col cambio nel culo.

L'arcipelago delle Tuamotu nella Polinesia francese è uno degli arcipelaghi più sperduti della terra. Sono bassi anelli di corallo, dove crescono solo palme di cocco e grossi granchi neri. In uno di questi anelli, uno dei più lontani di tutti di nome Aratika, viveva un vecchio pescatore Tuamotu di nome Virì. Virì viveva in una capanna di palme intrecciata che lui chiamava faré, solo con i granchi che nella sua lingua si chiamano tupà e vivevano insieme di pesce e cocco. Una convivenza che durava da cinquant'anni, lui parlava una lingua elementare con pochi vocaboli e verbi: pescare, molti nomi di pesci e di coralli, vento, tupà, cocchi e nient'altro, perché questo era tutto il suo universo. Nella sua lingua non c'era la parola felice, ma neppure il suo contrario, infelice.

Fantozzi quando ebbe notizia del mondo di Virì pensò che quello forse era il suo uomo e una mattina, intanto era già il mese di novembre, con la sua Bianchina anfibia si stava avvicinando alla barriera di corallo di Aratika. Vedeva le cime delle palme di cocco dell'atollo sparire e ricomparire, dietro le lunghe, lente onde dell'Oceano. Virì, quando lui fu vicino al passaggio per entrare dentro la laguna, gli venne incontro con la sua canoa a bilancere e gli fece evitare i coralli più insidiosi. I due uomini si abbracciarono.

Fantozzi passò un magnifico novembre: furono giornate di incredibile serenità.

All'alba andavano a pescare nella laguna i pesci pappagallo, i tonù o i «chirurghi» e li mangiavano macerati nel latte di cocco. Poi si dedicavano alla raccolta della copra, cioè del cocco essiccato al sole che una goletta ogni due mesi veniva a ritirare. La sera stavano seduti immobili di fronte al piccolo faré a guardare il sempre vario spettacolo del tramonto, Virì cantava alcuni salmi della Bibbia e si addormentavano su due piccole stuoie di foglie di palma intrecciata.

Virì gli aveva insegnato i grandi pericoli che si annidavano fuori della barriera: i grandi squali tigre e i «martello» e aveva imparato che per vivere doveva pescare nella laguna. Ormai non aveva più paura delle migliaia di squali di vario tipo: i pinna bianca, i pinna nera, i grigi detti roirà tutti non pericolosi, ma con i quali però bisognava lottare per non farsi strappare i pesci dalla punta del patià, che è l'arpione polinesiano. Sapeva che sulla sabbia viveva ed è impossibile distinguerlo da un corallo, il pesce pietra la cui puntura velenosissima uccideva quasi sempre in meno di mezz'ora. Bastava solo fare un po' d'attenzione gli ripeteva Virì. A terra c'era il tormento delle mosche azzurre e al tramonto dei terribili no-no: moscerini invisibili che vivevano sotto la sabbia di corallo e assaltano a nuvoli provocando, specie alle gambe dei pruriti insopportabili. Nei buchi del corallo sotto le palme vivevano i tupà, i granchi di terra e sotto il marciume delle foglie di palma cadute, vivevano i grandi granchi del cocco di colore rosso e viola con delle tenaglie così grosse che possono facilmente tranciare le dita. Dopo tre settimane Fantozzi sapeva tutto dell'isola, ma aveva anche i capelli bianchi per gli spaventi e aveva perso quindici delle venti dita in dotazione.

Era ormai certo di aver trovato il suo uomo, ma non osava domandargli la conferma delle sue speranze. Una notte cominciò a piovere e Fantozzi fu svegliato da un pianto sommesso. Schiuse gli occhi e vide che Virì con le ginocchia sulla sua stuoia teneva la faccia al cielo e mormorava curiose maledizioni. Aveva il viso bagnato di lacrime. La pioggia tropicale continuò implacabile fino a mezzogiorno e Virì era sempre più disperato. Fantozzi alla fine si azzardò a chiedergli i motivi di tanto dolore e lui gli spiegò a gesti che la pioggia inumidiva e rovinava la copra che aveva messo ad essiccare al sole e che sarebbe marcita tutta rovinandolo. Nel pomeriggio la pioggia cessò e comparve il sole e Virì scoppiò in un pianto disperato.

«Ma perché piangi ora» chiese Fantozzi «dovresti essere felice per la tua copra.»

Ma Virì gli fece capire che l'acqua piovana che lui raccoglieva in un barile era la sua unica acqua potabile e quella pioggia da sola non poteva bastare dopo tanta siccità. Poi repentinamente gli si buttò ai piedi e, indicando la Bianchina ormeggiata nella laguna lì davanti, lo implorò tra i singhiozzi di portarlo via da quell'isola maledetta. Fantozzi lo calmò accarezzandogli la nuca e gli disse di aspettare. Andò verso la macchina, saltellò velocemente sulla sabbia per evitare i terribili no-no, evitò miracolosamente due pesci pietra, fu quasi azzannato da una murena, saltò a bordo infilzandosi sul cambio e partì a tutto vapore. Centrò per puro miracolo il passaggio verso il mare aperto inseguito da una quarantina di squali martello. Solo due delfini lo scortarono fino in alto mare.

Quattro mesi dopo era in California. Gli avevano detto che a Bel Air nella città di Los Angeles, nella sua clamorosa villa, viveva Tony Samanti, il più grande, il più pagato, il più amato divo di quel momento magico del cinema americano.

Erano le sei di sera: prima del tramonto. Fantozzi trovò la porta aperta perché stava per cominciare il solito indimenticabile party a sorpresa che le amiche di Tony organizzavano a sua insaputa, ovviamente nella sua villa. Entrò timidamente e si trovò subito tra Jack Nicholson e Robert Redford, circondato da una mandria delle più belle donne che avesse mai visto nella sua vita. Erano tutti abbronzati e profumati e ridevano felici. Decise di lasciarsi portare dalla corrente. Finì al centro del salotto, dove sepolto sotto uno stuolo di attricette, conigliette di Play Boy, produttori cinematografici, scrittori, fotografi, cameramen della NBC, CBS e cine-operatori stava immobile e sorridente Tony Samanti, il più fortunato divo d'America e quindi il più felice del mondo.

«Questo è proprio il mio uomo» sperò lui ammirato.

«Poi finito qui si va tutti a giocare al Bingo al Caesar Palace di Las Vegas col mio DC9» disse il grande divo. La proposta fu accolta da un frenetico applauso e tutti brindarono con champagne Cristall e con il Mai-thai il cocktail preferito dall'attore.

Il party a sorpresa ebbe come sempre momenti straordinari:

Robert Redford fece il ballo dell'orso sul tavolo per divertire Tony, Jane Fonda si spogliò ballando al centro della sala e rimase solo con delle piccolissime mutande bianche trasparenti. E mentre Francis Ford Coppola la ungeva con dell'olio di cocco, Jack Nicholson lesse una breve cosa che Gregory Corso aveva scritto a quattro mani con Ferlinghetti espressamente per quella serata. I momenti più significativi sarebbero usciti sulle copertine dei rotocalchi di tutto il mondo.

Nel DC9 imbottito di pelli di leopardo che li portava a Las Vegas c'era molta gente in piedi. Sinatra intonò trascinando tutti « Happy Mathilda » un vecchio canto delle Rocky Mountains, cioè praticamente la « Montanara ». Arrivarono nella capitale del gioco dopo aver sorvolato il Gran Cañon del Colorado all'alba: tutto un incendio rosso vermiglio indimenticabile. Li accolse il caldo secco del deserto. All'aeroporto c'erano già piazzate le telecamere di due emittenti delle TV commerciali di Dallas e del Nevada che avevano saputo della spedizione e che non si lasciarono sfuggire l'occasione di trasmettere in diretta l'arrivo di quella banda felice.

Nella enorme hall del Caesar Palace, proprio vicino alla indescrivibile nave romana, Tony giocò subito ai dadi vincendo in sette colpi di fila fortunati quasi seimila dollari: Fantozzi che era proprio dietro di lui fece dei rapidi conti: erano quasi 5 milioni di lire, cioè quello che lui guadagnava in quattro anni di lavoro! Verso le tre del mattino Marlon Brando si scusò con Tony Samanti e fu il primo ad andarsene a dormire. Lo seguirono a ruota tutti gli altri: dovevano essere riposati perché l'indomani sera nella suite di Tony all'MGM Hotel c'era un altro surprise party.

Fantozzi intanto lui non mollava. Gli stava sempre alle spalle per spiare in ogni attimo la sua felicità. Alle sei si trasferirono all'appartamento di Samanti all'MGM con un piccolo branco di starlettes. Fiutarono cocaina purissima, fumarono Acapulco Gold, mescalina e bevvero Cristall gelato mentre le ragazze si baciavano nude sulla moquette del salotto in un fantastico gruppo di seni, culi, corpi e bocche stupende come rose. L'ultima ragazza se ne andò verso mezzogiorno ridendo felice con le mutande in mano.

Rimasero soli: lui e Tony. Solo allora il divo si accorse della presenza di Fantozzi. Gli disse bruscamente che se era un produttore poteva passare dai suoi agenti a Los Angeles o a New York. Poi visto che lui non capiva gli domandò in un curioso italoamericano:

«You cosa volite?».

«Lei è felice?» chiese timido Fantozzi.

Tony lo guardò un attimo negli occhi, poi gli appoggiò la testa sulla spalla e cominciò uno strano pianto di singhiozzi senza lacrime. Si alzò lentamente le maniche della camicia e gli mostrò con occhi disperati i suoi avambracci viola per le «pere» di eroina con le quali si stava uccidendo lentamente.

«Salva me, you buono, salva me... Porta nella tua casa di Italia... Farò quello che you dice, ma now dammi eroina che non abbio e che sto male.»

E questa volta ruppe in uno straziante pianto dirotto. Fantozzi si alzò e indietreggiò.

«Aspetti... Aspetti un attimo signor Samanti vado qui nella mia suite a prendere un po', ne ho portata appositamente un mezzo chilo dalla Thailandia, per il viaggio, aspetti, vado e torno, è roba pura: "Polvere d'angelo".»

Sulla porta gli sorrise e gli disse:

«Torno subito» e scomparve nei meandri dell'MGM, lasciandolo solo e disperato mentre diceva:

«You santo. You very good fellow».

Passò un altro mese e Fantozzi aveva perso tutte le sue speranze quando sotto Natale ebbe notizia che alla Sorbona, la famosa università di Parigi, insegnava matematica il famoso prof. Carlo Levi Olsen, cartesiano puro, discendente diretto dell'illuminismo volterriano e amico personale di Malraux e di Sartre: un faro della cultura occidentale. Fantozzi lo aspettò al varco vicino al Caffè des duex Magots, all'incrocio tra Boulevard Saint-Michael e Saint-Germain e quando lo vide che andava a casa a piedi dopo aver finita la lezione balzò fuori della macchina, in uno stentato francese gli disse che lui era la sua ultima speranza, che era un fatto di vita o di morte e lo pregava di venire in Italia con lui. Con suo grande stupore Olsen in un italiano quasi perfetto gli disse che sì, che era vero che lui era proprio l'uomo più felice del mondo e che sarebbe venuto a dimostrarlo dovunque e a chiunque, anche alle televisioni libere. Fantozzi gli baciò le mani. Salirono in macchina e si diressero rapidi all'Aeroporto De Gaulle e, caricata anche la Bianchina, presero il primo volo per Roma: era una magnifica giornata di sole. Olsen gli rivelò il segreto della sua felicità: aveva vinto la paura ancestrale dell'uomo: la paura di quell'evento irrazionale che è la morte. La morte lui l'accettava completamente come felice conseguenza della vita. Come fatto biologico, naturale, e da un punto di vista numerico, contemplato dal calcolo delle possibilità; per lui la morte era solo una semplice formula matematica. Tutto si poteva razionalizzare, controllare e ridurre a semplici formule. Spiegava il tutto a Fantozzi con un sorriso di ineffabile felicità.

Lui lo guardava ammirato. « Ce l'ho fatta » pensava « all'ultimo momento, ma ce l'ho fatta alla grande. »

Sopra le Alpi il comandante del Caravel pregò di allacciare le cinture perché c'era una leggerissima turbolenza. Si cominciò a ballare quasi impercettibilmente. Olsen divenne bianco come un cencio, le mani gli si trasformarono in due spugne gelate. Cominciò a recitare un atto di dolore, tirò fuori dalla giacca un corno d'osso napoletano, una saliera con la quale cominciò a spargere sale tutto intorno e in faccia agli altri passeggeri. Poi purtroppo si sentì nella cabina un tragico odore inequivocabile: Carlo Levi Olsen, grande filosofo matematico, faro della cultura occidentale aveva ceduto di schianto: si era completamente cagato addosso per un leggero colpo di vento!

Era il giorno della Vigilia di Natale e Fantozzi ritornò disperato a casa sua. Non aveva osato passare prima da Colombani a dichiarare la sua sconfitta. Dal fondo della strada vide sua figlia e il suo cagnolino Fuffi che gli correvano incontro. Cominciò a correre anche lui e si abbracciarono a lungo felici.

« Che cosa hai, papà? » gli domandò Mariangela perché lui si passava il fazzoletto sugli occhi.

« È questa polvere... È questa maledetta polvere che mi dà fastidio. »

Salirono su a casa. Entrarono in silenzio e lui abbracciò la Pina di spalle facendole una sorpresa meravigliosa.

« Buon Natale, amore » disse lui.

« Buon Natale, amore » rispose la Pina.

« Ma c'è polvere anche qui? » domandò Mariangela felice, guardando gli occhi di sua madre.

A tavola gli dissero che l'amavano moltissimo, che avevano sentito la sua mancanza, ma che ora finalmente erano felici. Lui teneva il suo cane sulle ginocchia.

« Ora ti preparo anche la pizza » disse la Pina che sapeva che era la cosa che gli piaceva di più al mondo.

Mariangela gli fece vedere in prima pagina sul « Corriere » che quella sera avrebbero trasmesso in televisione in diretta e a colori, da Berna, Olanda-Argentina. Lui era già piazzato in mutande e vestaglione di flanella di fronte al suo nuovo

Gründig a sedici canali, la Pina gli aveva appena portato una Peroni gelata, quando lui ebbe l'illuminazione. Si alzò di colpo.

«Pina, ci vediamo dopo» urlacchiò e volò verso l'ufficio finendo di vestirsi in ascensore. Entrò ansante nell'ufficio del Conte Colombani che stava per andare alla riunione natalizia al settimo piano:

«L'ho trovato...» diceva senza fiato. «L'ho trovato.»

«Ben tornato, caro Fantocci. Innanzi tutto si calmi, beva qualcosa, si segga e mi dica: che cosa ha trovato?»

«Lui!» disse Fantozzi rimanendo in piedi «l'ho trovato... Ho trovato l'uomo di gran lunga più felice del mondo.»

«Sì?» fece incredulo Colombani «me ne compiaccio, venga, venga su con me, dirà il nome di questo fortunato di fronte al Presidente Galattico e al Gran Consiglio dei Dieci Assenti che sta per riunirsi ora a dividersi il bottino annuale.»

In ascensore Colombani gli sorrideva paternamente.

«Prego, si accomodi» fece quando si fermarono al settimo piano e vedendolo esitante lo spinse dolcemente facendolo uscire per primo. Entrarono nella sala del Gran Consiglio. A capo di una lunga tavolata di Consiglieri c'era già il mitico Galattico in persona.

«Fantocci ha trovato l'uomo più felice del mondo!» annunciò trionfante Colombani.

Tutti applaudirono. Il Galattico fece un gesto e ci fu subito un grande silenzio.

«E chi sarebbe questo fortunato?» domandò dopo una lunga pausa teatrale.

«Ecco... Veramente...» esitò Fantozzi «sono, insomma... Signor Presidente Galattico sarei io!... io, perché io sono l'uomo più felice che conosco.»

Il Galattico rimase un attimo immobile, fece una lunga panoramica di meraviglia su tutti i Consiglieri con gli occhi «pallati». Poi cominciarono lentamente a gonfiarglisi le guance e così a tutti gli altri. Alla fine non ce la fecero più ed esplosero in una risata irrefrenabile. Il Galattico stava soffocando dalle risate e cominciò a rotolarsi sulla moquette, imitato subito dal Colombani e poi da tutti gli altri.

La risata cominciò a scendere, con la notizia, di piano in piano.

«Fantozzi crede di essere felice» si urlavano gli uscieri sulle scale e si buttavano sui marmi dal ridere. Si rotolavano tutti:

nei corridoi, negli archivi, si rotolavano nei garage in mezzo alle macchie di olio gli autisti dei potenti.

Era l'ora dell'uscita della Messa Natalizia. I suoi colleghi uscivano ridendo nelle pose più sguaiate, salivano nelle auto sghignazzando, ridevano nei bar, dalle finestre delle case, in mezzo ai presepi e si abbattevano ansimando sugli alberi di Natale. Alla fine la risata divenne cosmica e salì al cielo. Quella stessa sera il Colombani con un colpo di mano lo fece ricoverare alla Neuro in osservazione e lui mentre lo legavano cominciò ad urlare perché stava perdendo come sempre la partita alla TV.

SOMMARIO

BUR
Periodico settimanale: 3 settembre 2003
Direttore responsabile: Rosaria Carpinelli
Registr. Trib. di Milano n. 68 del 1°-3-74
Spedizione in abbonamento postale TR edit.
Aut. N. 51804 del 30-7-46 della Direzione PP.TT. di Milano
Finito di stampare nell'agosto 2003 presso
il Nuovo Istituto Italiano d'Arti Grafiche - Bergamo
Printed in Italy

ISBN 88-17-10775-1